लाइफ़-लाइन

स्मृति-वीथिका

लाइफ़-लाइन

(सैनिक जीवन की कहानियाँ)

मुकुल जोशी

लोकभारती प्रकाशन

लोकभारती प्रकाशन
पहली मंजिल, दरबारी बिल्डिंग, महात्मा गांधी मार्ग
प्रयागराज-211 001
वेबसाइट: www.lokbhartiprakashan.com
ईमेल : info@lokbhartiprakashan.com

शाखाएँ : 1-बी, नेताजी सुभाष मार्ग, दरियागंज
नई दिल्ली-110 002
अशोक राजपथ, साइंस कॉलेज के सामने
पटना-800 006
1, अनमोल सोराबजी संतुक लेन, मरीन लाइंस
मुम्बई-400 002

पहला संस्करण : 2023

बी.के. ऑफसेट
नवीन शाहदरा, दिल्ली-110 32 द्वारा मुद्रित

LIFE-LINE
Stories by Mukul Joshi

ISBN : 978-81-962184-5-4

मूल्य : ₹495

स्वर्गीय माँ बाबू को समर्पित

क्रम

मैं यहाँ कुशल से हूँ

रोज़ की भाँति वह और हवलदार हरक सिंह रात को ग्लेशियर में सन्तरियों की पोस्टों को चेक करने के बाद अपने स्नो-आर्कटिक टेंट की तरफ़ लौट रहे थे। क़रीब साढ़े बारह बजे का वक़्त रहा होगा, उसने अनुमान लगाया, क्योंकि बारह बजे वह दुर्गा पोस्ट पर था। वहाँ से वे दोनों लाल पोस्ट और कैमल पोस्ट का निरीक्षण करके लौटे थे और यह दूरी पैदल चलने में आधा घंटा तो ले ही लेती है। यहाँ आए उन्हें चार माह से ऊपर हो गया था और न जाने कितना रहना पड़े। यह सियाचिन ग्लेशियर है, जहाँ तक नज़र जा सकती थी, चाँद की रोशनी में भी, मीलों फैली बर्फ़ की सफ़ेद चादर, चारों ओर बर्फ़ीले पहाड़ और बीच में एक छोटी पहाड़ी के नीचे उनका प्लाटून। दूर से स्नो-टेंट भी बड़ी मुश्किल से दिखाई दे रहे थे, क्योंकि स्नो-टेंट का रंग भी सफ़ेद, ग्लेशियर भी सफ़ेद और ऊपर से गिर रही बर्फ़ भी सफे़द। सिर्फ़ एक रंग ही देख रहे थे वे सब, पिछले चार महीनों से। बर्फ़ के समुद्र में चलते हुए उसे मोपांसा की कहानी 'द माउंटेन इन' की याद हो आई, जिसमें परिवार के सभी सदस्य बर्फ़ीले पहाड़ों के 'सिनिस्टर इन्वायरमेंट' के शिकार हो जाते हैं। बर्फ़-सा सफ़ेद रंग यूँ तो शान्ति का प्रतीक भी माना जाता है, परन्तु उसे इस सफ़ेद बर्फ़ीली चादर से अक्सर सफ़ेद कफ़न—जिससे शव को लपेटा जाता है—की याद हो आती। इस सफ़ेद कफ़न ने पिछले महीने उसके चार जवानों को लपेटा है।

ड्राॅइंगरूम में लगी हिमाच्छादित पर्वत शृंखलाओं की चोटियाँ पेटिंगों में

कितनी अच्छी लगती हैं! कई कवियों ने हिमालय और ग्लेशियर सरीखे पहाड़ों पर कई कविताएँ लिखी हैं, कई विशेषण और उपमाएँ भी दी हैं। वह सोचने लगा कि यदि उन कवियों को यहाँ दो दिन भी रखा जाता, तो वे पहाड़ों पर कविताएँ कभी न लिखते। "ऑल दैट ग्लिटर्स इज नॉट गोल्ड" वह बुदबुदाया। बर्फ़ बड़ी तेज़ी से गिरने लगी, फलतः पगडंडियों में बनाए निशान भी छिप गए थे। रास्ते में ग़लत पाँव पड़ने से वे कई बार फिसल भी गए।

"हरक सिंह, घर से चिट्ठी आई?" उसने पूछा।

"पिछले हफ़्ते आई थी साब, पिता जी ने बुलाया है, मोतियाबिन्द के इलाज के लिए।" हरक सिंह बोला।

"तूने क्या लिखा चिट्ठी में?" उसने पूछा।

"साब, यहाँ चिट्ठी लिखने की इच्छा नहीं होती। जब से अपने सामने लोगों को दम तोड़ते देखा है ग्लेशियर में, तब से घरवालों को याद करके मन कमज़ोर हो जाता है। इसलिए चिट्ठी लिखने की इच्छा नहीं होती। बस, भगवान ही याद आते हैं।"

हरक सिंह की ये बातें सुनकर उसे लगा कि वह उसी की बातें दोहरा रहा है। उसने भी तो घर को चिट्ठी लिखना लगभग बन्द ही कर दिया है। मौत की समीपता वैराग्य को जन्म देती है और वह भी वैरागी बन चुका था।

सामने लिसनिंग पोस्ट को देखकर उसने लांस नायक शेर सिंह को आवाज़ लगाई, "शेर सिंह, सब ठीक-ठाक है?"

"हाँ साब, ऑल ओ.के." शेर सिंह बोला।

"शाबाश! चौकन्ने रहना, कोई हरकत दिखाई दे, तो बताए गए तरीक़े से तुरन्त सूचना देना।" यह कहकर बर्फ़ तेज़ गिरने की वज़ह से वह जल्दी-जल्दी चलने लगा। स्नो आर्कटिक टेंट में अब वह पहुँच चुका था।

"अच्छा हरदा, अब तुम अपने टेंट में आराम करो। मेरा खाना तो रखवा दिया होगा टेंट में?" उसने पूछा।

"हाँ साब, हॉट-केस में रखवा दिया है। अच्छा साब, राम-राम।" सिपाहिया अन्दाज़ में सैल्यूट मारकर हरक सिंह अपने टेंट की दिशा में चल दिया।

टेंट में पहुँचकर उसने सबसे पहले बुखारी पूरे ज़ोर से जलाई। मिट्टी के तेल की मोटी धार छोड़ते ही बुखारी धप-धपकर जलने लगी। फिर उसने कोट-पारका और बाल-कलावा उतारे और खूँटे में टाँग दिए। कोट पर लगी

ताज़ा बर्फ़ अब बुखारी की गर्मी से पिघलकर पानी बन गिरने लगी थी। उसने फिर लालटेन की रोशनी को तेज़ किया। अब स्नो-बूट खोलना था, फीते खोलने से पहले उसने हाथ गरम किए। बूट खोलकर उसने एक कोने में रख दिए। अन्दर से दो जोड़ी मोटे ऊनी ज़ुराब पसीने से या शायद बर्फ़ घुसने की वज़ह से गीले हो गए थे और बदबू फेंक रहे थे। इच्छा हुई कि पाँव को बुखारी के ऊपर रख दे, पर तभी उसे याद आया कि ऐसा करने से फ्रास्ट-बाइट हो सकती है। बटालियन हैड-क्वार्टर्स से चलने से पहले डॉक्टर ने 'ग्लेशियर में अपने को कैसे स्वस्थ रखा जाए' विषय पर पूरी प्लाटून को ब्रीफ किया था। इसलिए बताए गए तरीके के अनुसार उसने हाथ-पैरों को ख़ूब मला, जिससे ख़ून का सर्कुलेशन तेज़ हो और घर्षण से हाथ-पैर गरम हो जाएँ। उसने ट्रांजिस्टर उठाया और ट्यूनिंग को घुमाने लगा। रेडियो की सुई को काफ़ी दाएँ से बाएँ और बाएँ से दाएँ घुमाने के बाद भी कोई गाना, न्यूज़ वग़ैरह नहीं आई।

घड़ी पर नज़र डाली, तो चौंका। उसकी घड़ी का डायल तो काला था, सफ़ेद कैसे हो गया। लालटेन की रोशनी के थोड़ा और नज़दीक आने पर उसने देखा कि घड़ी के डायल में पानी का वाष्प जम गया था, जिसके कारण समय देखना मुश्किल हो रहा था। वह घड़ी को गरम करने के लिए बुखारी के थोड़ा नज़दीक आया। घड़ी गरमाई और घड़ी के डायल पर जमा ग्लेशियर पिघला और घड़ी ने पौने एक का समय बताया। ट्रांजिस्टर की सुई को उसने फिर एक अनज़ान और अपरिचित स्टेशन से ट्यून कर दिया, जहाँ से कोई आवाज़ आ रही थी बोलने की, पर उसकी समझ से परे थी। "साली, कुछ तो आवाज़ आ रही है।" वह बुदबुदाया।

उसे पेशाब जाने की इच्छा हुई। बाथरूम जाना भी अपने आपमें उसे एक भारी-भरकम काम लगने लगा, जब से वह यहाँ रह रहा है। शौच करने सुबह पानी की बोतल लेकर वह पहले-पहल ग्लेशियर में गया। जब तक उसने शौच किया, बोतल का पानी इतना ठंडा हो गया था कि वह बिना धोए ही चला आया। फिर पानी गरम करके टेंट में ही उसने धोया था। तब से वह बोतल में गरम पानी ले जाता है शौच के लिए और बोतल को वह ग्लेशियर के ऊपर नहीं रखता है, बल्कि अपने पेट से लगाकर शौच के लिए बैठता है। अस्थायी बने फनल बाथरूम में जाने के लिए वह उठा और भारी क़दमों से बाथरूम

में पहुँचा। उसे 'उसे' निकालने और ढूँढ़ने में बहुत दिक़्क़त आई। इसके दो कारण थे—एक तो 'वह' कई कपड़ों की तहों के अन्दर था, यानी पहले स्नो-पैंट, फिर इनर यानी ऊन का चूड़ीदार पायजामा और फिर अंडरवियर; दूसरा कारण, माइनस फोर्टी टेंपरेचर में 'वह' छोटी मूँगफली के आकार में तब्दील हो गया था। पेशाब करते हुए पेशाब का धुआँ छोटे से बाथरूम में इतना भर गया था कि उसे अपनी साँस थोड़ी देर के लिए रोकनी पड़ी, पर पेशाब थी कि निकली ही जा रही थी, दो बार साँस तोड़कर नहीं चाहते हुए भी उसे पेशाब की वाष्प अपने नथुनों में भरनी ही पड़ी।

दो उँगलियों को आधे इंच तक धोने के लिए उसने पानी के मग में हाथ डाला, तो उँगलियाँ पानी में नहीं घुसीं, पानी बर्फ़ बन चुका था।

बुखारी के पास वह दुबारा आकर बैठ गया था। खाने की इच्छा तो नहीं थी उसकी, पर चूँकि नींद न आना यानी इन्सोम्निया ग्लेशियर की विशेषता है, साथ ही भूख न लगना, पर कुछ-न-कुछ करते हुए समय तो काटना ही था और फिर इस ख़्याल से कि क्या पता, ताज़ी सब्ज़ियाँ सप्लाई में आई हों हेड क्वाटर्स से, उसने हॉट-केस खोला।

दोनों डिब्बों से एक-एक कौर मुँह में डाला, तो इतना ही खा पाया, हॉट-केस बन्द कर दिया। टिंड-फूड खाते-खाते थक गया है वह। एक ऐसी महक, ऐसा नीरस स्वाद और दो ही तरह के टिंड-फूड, टिंड-मटर और टिंड-फिश। आख़िर कब तक खाए वह इनको। ऊपर से सप्लाई अफ़सर ने फ़ोन पर इत्तिला दी है कि 'कंज़्यूम फास्ट', शायद टिंड-फूड की एक्सपायरी डेट पूरी होने वाली है। आसमान है कि साफ़ ही नहीं होता। कई दिनों से पठानकोट और चंडीगढ़ से राशन सॉर्टी ही नहीं आ पाई, मौसम ख़राब होने के कारण।

उसने थर्मस से गरम पानी निकाला, गिलास में भरा और पास में रखी विटामिन 'सी' की दो गोलियाँ निगल गया। ग्लेशियर में स्वस्थ रहने के लिए ये दो गोलियाँ रोज़ खानी पड़ती हैं, शायद इससे और कॉफ़ी-रम से ही वे सब ज़िन्दा हैं। वह अब बिस्तर के अन्दर घुस गया और स्लीपिंग-बैग की चेन बन्द कर दी। ट्रांजिस्टर कूँ-कूँ कर रहा था, दो-तीन स्टेशन एक साथ बोल रहे थे। उसने उसे बन्द किया। उसकी निग़ाहें सामने बक्से के ऊपर तरतीब से रखी हुई किताबों पर गई, जो वह घर से चलते समय अपने साथ ले आया था—उपन्यास, कहानियों की किताबें और पत्रिकाएँ, परन्तु शुरू के एक-दो

दिनों को छोड़कर वह कुछ भी नहीं पढ़ पाया है। अपने जवानों को ग्लेशियर पर दम तोड़ते देख अब उसकी कुछ भी करने की इच्छा नहीं होती। फैंटेसी करने लगा है वह अब। अचानक उसके नीचे का ग्लेशियर फटे और एक गहरी-नीली क्रेवास फट जाए और वह अन्दर। कई वर्षों तक उसकी लाश क्रेवास में सुरक्षित रहेगी, 'ममी' की तरह। रात की वीरानी और चीरता हुआ एक विशाल हिमखंड एवलॉन्च के रूप में स्नो-टेंट्स में सोए या सेंट्री-पोस्ट पर पहरा दे रहे जवानों को बर्फ़ के कफ़न से पाटता चला जा रहा है। बात करते-करते पल्मोनरी ऑडमा से वहीं ढेर हो जाना या फिर दुश्मन के तोप के गोलों का टेंट के ऊपर गिरना। सिपाही कान्तिराम, खड़ग सिंह, बचीराम, लाल सिंह—इन सबको ग्लेशियर ने अपना काल-ग्रास बनाया था। कौन जाने सब आसपास के इलाक़े में ही दफ़्न हों।

उसने अपना मुँह स्लीपिंग-बैग से बाहर निकाला, घुटन-सी हो रही थी उसे। 18,000 फीट की ऊँचाई पर, जहाँ घास का एक पत्ता तक नज़र नहीं आता, साँस लेना भी बोझ ढोने जैसा ही होता है। उसके चेहरे के आगे सिपाही कान्तिराम, खड़ग सिंह, बचीराम, लाल सिंह के चेहरे घूम गए। कान्तिराम को शंकर रिज पोस्ट पर भेजा गया था, वापस लौटते समय वह पल्मोनरी ऑडमा से दम तोड़ गया। उसने मुँह में मुँह डालकर कान्तिराम को कृत्रिम श्वास देने की कोशिश आधे घंटे तक की थी, फिर बारी-बारी से हर जवान ने यही क्रिया दोहराई थी, जबकि वह जान चुका था कि कान्तिराम मर चुका है। उस दिन रातभर कमान अफ़सर कर्नल कटनेश्वरकर के ए.एन.पी.आर.सी. सेट पर बार-बार सन्देश आते रहे—"जो, गिव हिम आर्टीफिशियल रेसपिरेशन, प्रेस हिज़ चेस्ट विद बोथ ऑफ़ योर हैंड्स, रब हिज़ हैंड्स एंड फीट, सेव हिम टिल हैप्टर रीचेज यू।" इस उम्मीद में कि शायद शरीर के किसी कोने से साँस लौट आए, वे सब लगे थे कान्तिराम को ज़िन्दा करने में। शायद इसी को कहते हैं—'होप अगेंस्ट होप।'

सिपाही खड़ग सिंह और बचीराम—दोनों उसके सेवादार रह चुके हैं डलहौजी में, पलटन के ग्लेशियर मूव करने से पहले। पिछले मई में दोनों की शादी हुई थी। उस रात हॉट-केस देने आए थे उसे। वे बोले थे, "साब! अगले महीने छुट्टी चाहिए, बाप बननेवाला हूँ।" बचीराम का तो दो-तीन दिन पहले बेटा होने का तार भी आया था। उस रात वे दोनों कुमाऊँ-पोस्ट पर

पहरा देते समय एक-दूसरे के साथ छुट्टियों के ताने-बाने बुन रहे होंगे, जब वे एवलॉन्च के शिकार हुए। एक विशाल हिमखंड उनके सपनों को नेस्तनाबूद करता ऐसे गुज़र गया होगा, जैसे कुछ हुआ ही न हो। उनकी लाशें भी ढूँढ़ी नहीं जा सकीं। बर्फ़ के इतने बड़े समुद्र में कोई ढूँढ़ भी कैसे सकता है।

और लाल सिंह की मौत। सुबह पाख़ाना करने निकला ग्लेशियर में। ताज़ा-ताज़ा बर्फ़ गिरने से गहरी क्रेवास ढँक-सी गई थी, पाँव रखते ही क्रेवास के अन्दर। क्रेवास यानी दो सौ-तीन सौ फीट गहरी और दो-तीन फीट चौड़ी खाई। प्लाटून में खलबली मच गई थी, जब सुबह दस बजे तक सिपाही लाल सिंह वापस नहीं पहुँचा था। वह ख़ुद दो जवानों के साथ बर्फ़ की कुल्हाड़ी और नायलोन-रोप लेकर निकला ढूँढ़ने। कुछ दूर बाएँ चलने पर उसे काले रंग की कोई चीज़ दिखी। पास आने पर पता लगा कि ओल्ड-मंक रम की बोतल थी। हल्के-हल्के स्नो-बूट्स के निशान भी नज़र आए थे उसे। बोतल के पास ही एक गड्ढा नज़र आया था। उसने अनुमान सही लगाया था कि हो-न-हो, लाल सिंह क्रेवास में दफ़्न हो गया होगा। शाम तक उसकी लाश नहीं निकाली जा सकी थी।

वह बिस्तर से बाहर निकला, बुखारी थोड़ी मन्द की और बुखारी के ऊपर पानी से भरा पतीला, जिसे अब 'बर्फ़ से भरा पतीला' कहना ज़्यादा सही होगा, रखा। वापस बिस्तर में आकर तकिया ठीक तरह से रखा, तो सहसा उसे एक चिट्ठी मिली। लालटेन की रोशनी में देखा, तो पता चला—ये तो बाबू की चिट्ठी है। काफ़ी दिन पहले आई थी। उसे चिट्ठी नहीं लिखे दो महीने से भी ऊपर हो गया है, जबकि वह अच्छी तरह जानता है कि उसकी चिट्ठियों का उसके बूढ़े बाबू, ईजा कितनी बेसब्री से इन्तज़ार करते हैं। फिर उसे याद आया कि छुट्टियों में जब भी वह घर जाता, तो उसके बाबू, ईजा उससे किस क़दर लिपटकर रोते हैं आने की ख़ुशी में। और छुट्टियाँ ख़त्म होने पर जिस दिन वह जानेवाला होता है, उस दिन सुबह से ही मन्दिर में मंत्रोच्चार, पानी छिड़कना, भस्म लगाना, शकुन-अपशकुन का ख़्याल रखना आदि। सबसे ज़्यादा मुश्किल होती है वह घड़ी, जब वह ईजा, बाबू को प्रणाम कर रिक्शे पर बैठता है। उसकी हिम्मत नहीं होती, उनके चेहरे देखने की। उसकी आँखें भी छलछला जाती हैं। बड़ी मुश्किल से वह रोना छुपा पाता है अपना। जाते-जाते बाबू कहते, "बेटा, चाहे दो ही लाइन लिखो, पर

अपनी कुशल हर हफ़्ते भेजते रहना, हमें फ़िक्र लगी रहती है। तुम्हारी दो लाइनों से हमें ज़िन्दगी मिल जाती है, वरना बेटा, अब हमारा क्या, आज हैं, कल नहीं।" और फिर बाबू, ईजा तब तक हाथ हिलाते रहते, जब तक वह ओझल नहीं हो जाता। रिक्शे से हाथ हिलाते वह यही सोचता, कहीं यह आख़िरी मुलाक़ात न हो।

वह बेचैन हो उठा—ईजा, बाबू को चिट्ठी लिखने के लिए। दरअसल उसकी इच्छा ही मर गई है कुछ करने की, जबसे उसने आसपास इतनी मौतें देखी हैं। उसे नहीं लगता कि वह ग्लेशियर से ज़िन्दा वापस जा पाएगा। उसे लगता कि चिट्ठी लिखकर वह कमज़ोर हो जाएगा; जब ग्लेशियर से ज़िन्दा वापस नहीं जा सकता, तो फिर मौत के बाद तो सब कुछ ख़त्म हो जाता है, तो फिर चिट्ठी की बिसात ही क्या और क्या रिश्ते-नाते। उसे महसूस होने लगा था कि वैराग्य में बहुत ताक़त होती है और माया-मोह का जाल आदमी को कमज़ोर बना देता है।

वह उठा, रम की बोतल से एक लार्ज पैग नीट पी गया। गले में जलन महसूस हुई, तो थर्मस से गरम पानी पीने लगा। फिर उसने पास में रखे बक्से के ऊपर से क्लिप-बोर्ड निकाला, जिसमें सैनिक-पत्र दबाकर रखा था। पैन लेकर वह दुबारा बिस्तर में घुस गया। पत्र लिखने वह बैठा ही था कि एक अनजानी आवाज़ से वह चौंक उठा।

"साब, साब, मैं शेर सिंह।"

उसने एक ही झटके से स्लीपिंग-बैग को किनारे फेंका; लोडेड स्टेनगन और मैगज़ीन को पकड़कर उसने ज़ोर से पूछा, "कौन है?"

"साब, मैं लांस लायक शेर सिंह।"

"ये तेरी आवाज़ को क्या हो गया, अन्दर आ जा।" स्टेनगन और मैगज़ीन को बिस्तर पर रखकर वह बोला।

"साब, मैं एल.पी. (लिसनिंग पोस्ट) में ड्यूटी दे रहा हूँ, आगे क़रीब दो-तीन सौ मीटर दाएँ दुश्मन की हरक़त की आवाज़ सुनाई दे रही है। बीच-बीच में लाइट जैसी भी चमक रही है, कहीं दुश्मन का रेड न हो।" शेर सिंह घिघियाई आवाज़ में बोला।

उसे लगा, मानो उसके पैरों के नीचे से ज़मीन खिसक गई हो। वह बोलना चाह रहा था, पर आवाज़ नहीं निकल पाई। वह अन्दर-ही-अन्दर

काँप रहा था। बड़ी मुश्किल से डर को छिपाने का नाटक करने लगा वह। उसने काँपते हाथों से एक सिगरेट जलाई और धुएँ की एक स्क्रीन पैदा की।

"बग़ल के टेंट में जाकर हरक सिंह से कहो कि तुरन्त सबको 'स्टैंड टू' कर दे। सी.एच.एम. सूबेदार रामीचन्द से कहो, अपनी-अपनी कमांड पोस्ट पर जाकर चौकन्ने रहें और जब तक दुश्मन 'किलिंग-एरिया' में नहीं पहुँच जाता फायर न करें। मैं एल.पी. पर जाकर मुआयना करता हूँ, तुम फ़ौरन जाओ।" बड़ी तेज़ी से कह गया था वह सब, इतना घबराने के बाद। एक ही झटके में उसने कोट-पारका, बाल-कलावा, स्नो-पैंट पहने, लोडेड स्टेनगन और साथ में चार लोडेड मैगजीन कन्धे पर टाँगी, फटाफट बिना फीते बाँधे स्नो-बूट डालकर वह एल.पी. पर चढ़ने लगा। एक-एक करके ईजा, बाबू, राकेश, दिनेश, दीदी, गम्भीर, जग्गू, शम्भू के चेहरे शून्य में उभर आए, शायद 'अलविदा' कहने आए हों। उसकी आँखें भर आईं। तुरन्त उसने अपने-आपको मज़बूत किया—'गीता' में कृष्ण-अर्जुन के बीच हुए संवादों को दोहराकर। चलते-चलते उसने देशभक्त वीरों; मसलन—चन्द्रशेखर आज़ाद, भगत सिंह, खुदीराम बोस, लक्ष्मीबाई, जॉन ऑफ़ आर्क, वीर अब्दुल हमीद आदि को याद किया और धीरे-धीरे गाने लगा, "मेरा रंग दे बसन्ती चोला, मेरा रंग दे, बसन्ती चोला, ओय, रंग दे बसन्ती चोला...।"

लिसनिंग पोस्ट पर वह पहुँच चुका था, जहाँ से लांस नायक शेर सिंह ने दुश्मन की हरकत सुनी थी और लाइट भी देखी थी। यह पोस्ट ऊँचाई पर होने की वज़ह से आगे, बाएँ और दाएँ की बर्फ़ से ढँकी पहाड़ियाँ और क्षितिज से मिलता ग्लेशियर साफ़ देखा जा सकता था। उसने कोट-पारका से दूरबीन निकाली और तीन-चार बार बाएँ से दाएँ धीरे-धीरे इलाक़े को बारीकी से देखा और फिर दाएँ से बाएँ। एकाएक उसने दाईं तरफ़ वाली पहाड़ी पर दूरबीन स्थित कर दी। उसने ज़ेब से रूमाल निकाला, दूरबीन के लेंस को अच्छी तरह साफ़ किया और फिर दूरबीन उसी तरफ़ लगा दी। ध्यान से, साँस रोककर कुछ देर एकटक देखने के बाद उसे शेर सिंह की बेवक़ूफ़ी पर हँसी आई। दरअसल दाईं तरफ़ की पहाड़ी पर स्लाइडिंग हो रही थी और बड़े-बड़े पत्थर बीच-बीच में धड़म-धड़म की आवाज़ करते हुए गिर रहे थे। जहाँ तक लाइट जलने का प्रश्न था, वह फॉस्फोरस पत्थरों के टकराने से निकल रही थी। गुलाब पोस्ट टेक-ओवर करते समय फोर कुमाऊँ पलटन

के मेज़र खाती ने उसे बताया था कि इस पोस्ट की चट्टानों में फॉस्फोरस की मात्रा अधिक है। अत: रात में ये पत्थर रगड़ खाने से चिनगारी की तरह रोशनी देते हैं।

उसने राहत की साँस ली। उसने तो सोचा था कि कल का सूरज देखने के लिए वह ज़िन्दा नहीं रह पाएगा। चलो, एक और रात कटी। उसने एक लम्बी साँस भरी। सहसा उसे आई.एम.ए., देहरादून में अपने कैडेट-दिनों की याद हो आई। जब रात में शिवालिक के जंगलों में चिंडिट-कैम्प में पूरे कैडेट जंगलों में हफ़्ते भर एक्सरसाइज़ेज करते। प्रशिक्षण के दौरान जब थिमैया बटालियन का अटैक मानिक शॉ बटालियन पर होता, तो झाड़ियों में क्रॉलिंग करते धीरे-धीरे बढ़ते हुए वे सब मज़ाक़ करते, गाना गाते, पलटन बाज़ार, राजपुर रोड पर घूमती सुन्दर लड़कियों की बातें करते, तो कभी अगली 'लिबर्टी' (शहर में घूमने की छूट) पर क्वालिटी, मोतीमहल या बरकत ढाबे में बियर और चिकन खाने की योजना बनाते। कितना अन्तर है प्रशिक्षण के 'अटैक' और 'रियल-अटैक' के बीच। सिट्टी-पिट्टी ही गुम हो जाती है, कँपकँपी उठती है, आवाज़ घिघिया जाती है और शून्य के पर्दे पर जानी-पहचानी आकृतियाँ उभरने लगती हैं।

उसने अपने टेंट की तरफ़ देखा, शायद लांस नायक शेर सिंह सबको 'स्टैंड टू' करके अपनी पोस्ट पर उससे मिलने आ रहा था।

"शेर सिंह!" वह चिल्लाया।

"हाँ साब!"

"पहले सबको 'स्टैंड डाउन' कर दो। सन्तरियों को छोड़कर बाक़ी सब जवान सो जाओ। कहीं कोई ख़तरा नहीं है। दाईं तरफ़ की पहाड़ी में स्लाइडिंग हो रही है, पत्थरों के गिरने की आवाज़ है, अच्छी तरह देख-सुनकर ही ख़बर दिया करो। फटाफट जाओ और 'स्टैंड डाउन' का हुक़्म दो।"

वह ऊपर से ही चिल्लाया था, क्योंकि वह जानता था कि इस समय सब जवानों के हाथ ट्रिगर पर होंगे, साँसें थमी होंगी और एक-एक करके माँ-बाप, भाई-बहन, बीवी-बच्चों की तस्वीरें ग्लेशियर के सफ़ेद कैनवस पर फ़िल्म की तरह चल रही होंगी।

"ठीक है साब!" कहकर शेर सिंह रात के सन्नाटे में किसी देवदूत की तरह ख़ुशख़बरी देने कमांड-पोस्ट की तरफ़ भागा।

उसने सोचा, लांस नायक शेर सिंह के वापस एल.पी. में पहुँचने तक वहीं रहना ठीक होगा। उसने चारों तरफ़ नज़र दौड़ाई। चारों तरफ़ बर्फ़ से ढँके पहाड़ और बीच में मीलों लम्बा फैला ग्लेशियर और उसके बीच में चार स्नो-टेंट और उनमें रह रहे चन्द जवान, देश की सीमाओं की रक्षा करने के लिए। यहाँ अपने शरीर की रक्षा करनी ही भारी पड़ रही है। शायद दिल्ली में रह रहे खद्दरधारियों को यह पता नहीं कि चीन या पाकिस्तान से भी ख़तरनाक एक दुश्मन है, जो किसी भी समय आदमी को मार सकता है और वह है—ग्लेशियर, ग्लेशियर, जो एक सफ़ेद लम्बा क़फ़न है—क़फ़न, जो कभी भी किसी को भी ढँक सकता है।

उसने एक बार फिर स्नो-टेंट्स की तरफ़ देखा और सोचने लगा, 'स्टैंड डाउन' के बाद अब जवान ख़ुश होकर अपने-अपने बिस्तरों में चले गए होंगे और एक बार फिर बिस्तर पर रात गुज़ारने के लिए एक नई उमंग से दो महीनों की छुट्टियों के रंगीन सपने बुनने लगे होंगे; मसलन—इस बार यहाँ जाऊँगा, वहाँ जाऊँगा, घर के लिए ये ले जाऊँगा, वो ले जाऊँगा, ख़ूब पिक्चरें देखूँगा, बीवी-बच्चों को ख़ूब इधर-उधर की सैर कराऊँगा वग़ैरह-वग़ैरह। ऐसे ही सपने बुने होंगे कान्तिराम, बचीराम, खड़ग सिंह और लाल सिंह ने बिस्तर पर लेटे-लेटे या फिर ड्यूटी देते हुए। ग्लेशियर ने नेस्तनाबूद कर दिए थे उनके सपने। सबके ज़ेहन में अब यही प्रश्न कौंध जाता—अब न जाने किसकी बारी हो।

उसे आँखों के आगे के विस्तार में हमेशा की तरह दो ही रंग नज़र आए—काला आकाश और सफ़ेद ग्लेशियर। इस मौत के ग्लेशियर में और रंगों के लिए कोई स्थान नहीं था। कुछ घंटों के लिए—ख़ासकर जवानों के साथ रम पीते, रमी खेलते, मज़ाक़ करते, खाना खाते, वे सब आसपास से ज़िन्दगी में तरह-तरह के रंग उभारने की कोशिश करते, ख़ुद को ज़िन्दा रखने के लिए, परन्तु कभी-न-कभी अक्सर हैड क्वाटर्स से सन्देश आ ही जाता। मसलन—"जो, बी वॉचफुल। टु नाइट, सम एनिमी मूवमेंट वाज़ सीन ऐट नॉर्थ ऑफ़ गोरखा रिज। टैल योर मैन टु बी स्टैंड टू।" इस तरह के सन्देश आते ही फिर सब रंग गायब हो जाते। रह जाते बस दो रंग-सफ़ेद बर्फ़ीला कफ़न और अन्धकार जैसा काला रंग।

"साब, सबको 'स्टैंड डाउन' करने को बता दिया। सन्तरियों को छोड़कर

बाक़ी सब अपने टेंटों में चले गए हैं; अब आप भी चलिए।" शेर सिंह अपने पोस्ट में पहुँचने पर बोला।

"क्या टाइम हो गया होगा, शेरसिंह?" नीचे उतरते हुए उसने पूछा।

"साब, चार-पौने चार तो बज ही गए होंगे" शेर सिंह बोला।

"अच्छा शेर सिंह, घबराना नहीं। स्लाइडिंग से आवाज़ होती रहती है। और जो तुम लाइट देखने की बात कर रहे थे, वह पत्थरों के अन्दर का फास्फोरस है, जो रात में चमकता है। हर चार-पाँच मिनट में एक बार दूरबीन से दाएँ से बाएँ और बाएँ से दाएँ बारीकी से देखना। ओ.के." यह कहकर वह अपने स्नो-टेंट की तरफ़ चल दिया।

बर्फ़ यूँ तो हल्की-हल्की पड़ रही थी पहले से ही, पर अभी अचानक ज़ोरों से गिरने लगी। उसने अपनी चाल और तेज़ कर दी। कोट-पारका बर्फ़ से ढ़ँकता जा रहा था और वह चलते-चलते हाथ में पहने दस्तानों से झाड़ रहा था। कहीं दूर से गड़-गड़-गड़ की आवाज़ फिर आई, शायद फिर दाईं तरफ़ वाली पहाड़ी से कोई विशाल हिमखंड गिरा हो।

अब वह नहीं डर रहा था। उसने पीछे मुड़कर देखा, एल.पी. पोस्ट की तरफ़, यह सोचते हुए कि कहीं लांस नायक शेर सिंह फिर डरकर उसके पास न आ जाए भागता हुआ, पर ऐसा कुछ नहीं हुआ; वह शेर सिंह को अच्छी तरह समझाकर आया था।

टेंट में घुसने से पहले उसने अपने स्नो बूट्स को ज़ोर से पटका, बर्फ़ झाड़ने के लिए। फिर कोट-पारका को झाड़ा। टेंट में घुसते ही उसने बुखारी में मिट्टी के तेल की धार छोड़ी, बुखारी धप-धप करके जलने लगी। उसने देखा—टेंट की छत ज़्यादा गिरी बर्फ़ के भार से नीची हो गई थी, ऊपर से छत का कपड़ा धँस गया था। इस वक़्त के लिए उसने दो बड़ी-बड़ी डंडियाँ रखी थीं। उसने अपनी स्टेनगन और मैगज़ीन सामने पड़े बक्से के अन्दर रखी और फिर दोनों डंडियों को पकड़कर टेंट की छत को नीचे से उठा-उठाकर कुछ देर में सब बर्फ़ नीचे गिरा दी। यह लगभग रोज़ ही करना पड़ता था रात में दो-तीन बार उठकर। कई बार बग़ल के टेंट में रह रहा हरक सिंह यह कर देता, जब वह देखता की उसकी आँखें लग गई हैं।

अब टेंट गरम हो गया था। उसने बुखारी को कम किया, फिर स्लीपिंग बैग के अन्दर चला गया और ऊपर से रज़ाई और कम्बल भी डाल लिए। वह

सोचने लगा, टेंट से जाते हुए उसने सोचा नहीं था कि वह सकुशल वापस आ पाएगा इस टेंट में। शेर सिंह ने कुछ देर के लिए तो उसे डरा ही दिया था।

बाहर हल्का-हल्का उजाला होने लगा था। उसने सोचा, सूरज के चढ़ने से पहले एक-दो घंटे की नींद ले लेनी चाहिए। उसने मुड़कर करवट ली ही थी कि उसे अपने नीचे बिस्तर पर कुछ चुभा। हाथ से टटोला, तो क्लिप-बोर्ड और पैन हाथ में आए। उसे याद आया कि लांस नायक शेर सिंह के आने से पहले वह तो बाबू, ईजा को पत्र लिखने वाला था। सहसा उसे बाबू का रिक्शे पर जाते समय दूर तक हाथ हिलाना और चिट्ठी में अपनी कुशलता की ख़बर की दो लाइन लिखने की ज़िद करना बार-बार बेचैन करने लगा। उसने लालटेन की लौ तेज़ की, कमर के पीछे पेट्रोल के ख़ाली जेरीकेन से तकिया सटाया और घुटने मोड़कर क्लिप-बोर्ड को ऊपर रखा, जिसमें पहले से ही सैनिक-पत्र रखा गया था और लिखने लगा—

"पूजनीय ईजा, बाबू जी,

सादर प्रणाम।

मैं यहाँ कुशल से हूँ। आशा है, आप भी सकुशल होंगे। यहाँ किसी क़िस्म की परेशानी नहीं है...।

सहसा चिट्ठी पर गिर आई एक बूँद ने स्याही फैला दी थी।

लाइफ़-लाइन

तिलस्मी अँधेरे से उसे प्यार हो गया था जिसमें वह अपनी मर्जी के मुताबिक़ अपने गाँव दानपुर जा सकता था—बाबूजी, ईजा, भगवती, तूलिका, लिपिका और भाइयों से मिलने। यह घना तिलस्मी अँधेरा तब बनता था जब वह अपने को तीन मोटी तहों से ढँक लेता था—पहले स्लीपिंग बैग, फिर मोटी रजाई और फिर कम्बल। कभी-कभी मंकी कैप के आँख पर आने पर चार तहें भी हो जाती थी आँख के ऊपर। वह घुटने छाती से लगाए लेटा था। नींद उसकी आँखों से निकलकर चली गई थी कहीं और सोने। एड़ियों को उसने अन्दर ही अन्दर हिलाया, क्योंकि उसे अपना एक पाँव सुन्न-सा महसूस हुआ। पता नहीं कब सुबह हो और जमूदा चाय लाए—यह सोचते हुए उसने अँधेरे में सिरहाने के पास टटोलते हुए छोटा ट्रांजिस्टर उठाया और स्लीपिंग-बैग के अन्दर ले जाकर ट्यून करने लगा और रेडियो अमृतसर से आ रही गुरवाणी पर सुई को फिक्स कर दिया। यहाँ पोस्टिंग होने के कुछ दिन बाद से ही वह लगातार सुनता आ रहा है—गुरवाणी। यूँ तो गुरवाणी उसे कम ही समझ आती है परन्तु उसे सुनकर बेहद सुक़ून मिलता है उसे। शायद यह भी पूर्णतया सत्य नहीं है; दरअसल गुरवाणी, उस तिलस्मी अँधेरे में, उसे फंतासी बुनने में ठीक वैसे ही उत्प्रेरक अथवा केटालिस्ट का काम करती है, जैसे मैग्नीज़ डाई ऑक्साइड ऑक्सीज़न बनाने में उत्प्रेरक का काम करता है और रासायनिक प्रक्रिया का फल यूँ होता है—तिलस्मी अँधेरा + गुरवाणी = लाइफ़-लाइन यानी घर। इस रासायनिक प्रक्रिया के फलस्वरूप वह लाइन ऑफ़ कंट्रोल

से निकलकर पहुँच जाता है अपने घर—बाबूजी, ईजा, बीवी और बच्चों के पास। पिछले कई महीनों से यह करने-सुनने-देखने की आदत-सी पड़ गई है उसें; उसे ही क्यों, सरहद में रह रहे लाखों सैनिक जो फैले हैं—जम्मू-कश्मीर से लेकर नागालैंड, मिज़ोरम, अरुणाचल प्रदेश की सरहदों पर, जो मिली हैं—पाकिस्तान, चीन और म्याँमार की सरहदों से। फंतासी बुनने का माध्यम अलग हो सकता है—हर जवान, जे.सी.ओ. और अफ़सर का, परन्तु दिल-दिमाग़ के पिक्चर-हॉल में एक ही पिक्चर चलती है—'घर'।

"साब! राम-राम!" उसके सेवादार जमूदा का स्वर था।

"राम-राम जमूदा!" तिलस्मी अँधेरे से मुँह बाहर निकालकर वह बोला।

"साब, मौसम एकदम साफ, एक टुकड़ा भी नहीं है बादल का, आज तो हैलीकॉप्टर ज़रूर आएगा।" जमूदा बड़े उत्साह से बोला।

उसने जमूदा को यहाँ पोस्टिंग पर आने के बाद ब्रीफ किया था कि सुबह चाय लाने के समय वह मौसम की भी ख़बर दिया करे।

"जमूदा क्या टाइम हो गया?"

"साब, छह बजने को है।" जमूदा बोला।

उसे तुरन्त उठकर तैयार होने की इच्छा हुई। परन्तु उठा नहीं। शायद मन की बेचैनी अथवा ख़ुशी का इज़हार वह जमूदा को नहीं करना चाहता था। सुबह का साफ़ नीला आकाश सब जवानों ने अब तक देख लिया होगा और सब जीवन-स्पन्दन से जीवन्त हो उठे होंगे। साफ़ आसमान का होना मतलब हैलीकॉप्टर की सॉर्टीज का आना; हैलीकॉप्टर यानी सांता-क्लॉज या कोई देवदूत, जो अपनी पोटली में लाता है—'लाइफ़-लाइन' यानी चिट्ठियाँ और साथ ही ताज़ी सब्ज़ियाँ, दवाइयाँ, छुट्टियों से वापस आ रहे जवानों की टोलियाँ आदि।

भक-भक करती बुखारी की आवाज़ पूरे कमरे में गुँजायमान हो गई, रोज़ की भाँति जमूदा सबसे पहले बुखारी जलाता था, कमरे में आने के बाद, फिर बाथरूम में जाकर स्टोव जलाकर पानी गरम करता और फिर चाय पिलाता।

"साब, चाय।"

"ला यार जमूदा, तो आसमान साफ़ है।" यह कहते हुए उसने स्लीपिंग बैग से मुँह बाहर निकालते हुए खिड़की के शीशे से बाहर झाँका। वाकई

आसमान एकदम साफ़ था। उसने चाय के दो-तीन घूँट लिए फिर जमूदा से बोला, “तो आज तेरे घर से चिट्ठी आएगी।”

“आनी तो चाहिए साब, पिछले एक महीने से बर्फ़ ही गिरे जा रही है। जब बन्द हो जाती है तो आसमान साफ नहीं होता, आसमान साफ़ होता है तो श्रीनगर या बचाला पास में कभी लो-क्लाउड (निचले बादल), कभी हाई-क्लाउड (ऊँचे बादल) हैलीकॉप्टर को आने नहीं देते और कभी अच्छे-ख़ासे मौसम में यहाँ आने वाला हैलीकॉप्टर चला जाएगा—द्रास या कारगिल।” जमूदा ऐसे बोला मानो उसके सब्र का बाँध टूटने वाला हो।

उसे जमूदा की बात की प्रामाणिकता पर रत्ती भर भी सन्देह नहीं था। कितनी बार ऐसा हुआ था कि श्रीनगर से ज़ाफ़रान तक मौसम साफ़ होने के बावज़ूद हैलीकॉप्टर नहीं आया। लेकिन इसमें तो सच्चाई है कि यदि हैलीकॉप्टर मी-17 आएगा तो एकदम अच्छे मौसम में ही आएगा और फिर जब तक साँस तब तक आस। हर रात सोने से पहले वह और सब ये ही तो सपना देखते हैं कि अगले दिन मौसम साफ़ होगा और हैलीकॉप्टर आएगा।

“जमूदा, शायद मी-17 की आवाज़ आ रही है, देखना टैंगा-पहाड़ के आसमान की तरफ़।”

जमूदा भागा बाहर देखने, थोड़ी देर बाद आने पर बोला, “साब, बग़ल में बुधवार साब का स्टोव उनके सेवादार ने जलाया है, पानी गरम करने के लिए। शायद आज साब छुट्टी काटकर वापस आ रहे हों, हैलीकॉप्टर से। स्टोव की आवाज़ से आपको लगा होगा। कोई हैलीकॉप्टर नहीं आ रहा है।”

“ओह! अच्छा!” उसे अपने आपसे झुँझलाहट भी हुई।

“मैं चलता हूँ साब, पानी भी गरम हो गया।” जमूदा यह कहकर चला गया। उसने एक झटके से बिस्तर को किनारे किया, बुखारी में मिट्टी के तेल की बूँदों का प्रवाह कम किया और सीधे बाथरूम चला गया। फटाफट तैयार होकर उसने ड्रेस पहनी, बुखारी बन्द की। कोट-पारका की ज़ेब में कुछ लौंग डाल ली और शीशे के सामने खड़ा हो गया। फिर वह कंघी से बाल बनाने लगा। बाल-कलावा दिन-रात पहनने के कारण उसके आगे के बाल भी ग़ायब हो गए हैं। क्या ज़ुल्फ़ें थी फ़ौज में आने से पहले—वह मन ही मन बुदबुदाया, फिर क्रीम लगाकर हाथ में ख़ूब घर्षण कर वह मुँह की मालिश करने लगा, फिर सामने लगे कैलेंडर पर नज़र टिका दी...अगस्त,

सितम्बर, अक्टूबर और नवम्बर में एक-एक दिन को वह स्केच-पेन से काट चुका है। चार महीने यानी एक सौ बाइस दिन खतम, यहाँ की पोस्टिंग के। आज दिसम्बर की पहली तारीख़ निरीह बलि के बकरे की तरह दीख रही है। उसने प्रोफेशनल जल्लाद की तरह स्केच-पेन निकाली और एक बड़ा क्रॉस बनाकर उस दिन का अन्त कर दिया, हालाँकि अभी एक दिसम्बर का दिन नवजात शिशु की तरह पैदा ही हुआ था। फिर उसने दिसम्बर से गिनना शुरू किया ही था कि वह फिर रुक गया। दिसम्बर को क्यों काउंट किया जाए, ये तो यूँ ही निकल जाएगा। मसलन, चौदह दिसम्बर को उसकी शादी की सालगिरह है। चौदह दिन तो वह अपनी पत्नी को लम्बे-लम्बे पत्र लिखकर गुज़ार देगा अपनी पोस्ट में। बुखारी के पास बैठा-बैठा। फिर इन चौदह दिनों में हैलीकॉप्टर आया तो भगवती, तूलिका और लीपिका के ढेरों पत्र आएँगे। बाक़ी के चौदह दिन उनके पत्रों द्वारा निर्मित फैंटेसी-वर्ल्ड में घूमने में निकल जाएँगे। साल के आख़िरी दो-तीन दिन न्यू-इयर्स-ईव की तैयारियों में लग जाएँगे, लो! नया साल आ गया! उसने कैलेंडर में दिसम्बर माह के ऊपर अपनी हथेली रखी, पूरा दिसम्बर छिप गया, कितना छोटा होता है महीना, लेकिन हर एक दिन एक साल-सा क्यों लगता है—वह मन ही मन बुदबुदाया। उसे ब्रिगेड-मेज़र देशपांडे की उस बात पर बहुत हँसी आई थी जब उसने अपने एक माह पोस्ट पर गुजारने के बाद उससे कहा था कि बस अब तेईस महीने ही तो रह गए हैं उसके हाई-ऑल्टीट्यूड में पोस्टिंग के। "हाइट ऑफ़ ऑप्टीमिज़्म"—वह उससे बोला था।

उसने सन-ग्लास पहना और बाहर खड़ा होकर आसमान देखने लगा। एकदम साफ़ और नीला, जो बड़े शहरों वाले अथवा घनी आबादी वाले लोगों को नसीब नहीं। धरती पर लगभग पाँच फीट बर्फ़। कई जवान छतों पर चढ़े थे बर्फ़ को नीचे फ़ेंकने के लिए; कुछ जवान रास्ते बना रहे थे बर्फ़ को हटाकर। वह मैस की तरफ़ चलने लगा। ब्रेक-फास्ट के लिए।

"राम-राम साब, आज तो हैली आएगा?" रास्ते से बर्फ़ हटाते हुए कुछ जवान बोले।

"आना चाहिए, मौसम भी एकदम साफ़ है।" यह कहते हुए वह फिर चल पड़ा। मैस में पहुँचते ही उसने मैस हवलदार इन्द्रमणि को आवाज़ देकर कहा, "आज क्या है ब्रेक-फास्ट में?"

"साब क्या बनेगा! टिंड एग-पाउडर का ऑमलेट है और ब्रेड-जैम; हैलीकॉप्टर आता तो ताजी सब्जियाँ, अंडे, कॉर्न-फ्लेक्स, चिकन वग़ैरह आता, अब साब, ज़िन्दा रहने के लिए कुछ तो पेट में डालना है, मैं भेजता हूँ।" हवलदार इन्द्रमणि अपने बिहारी लहजे में बोला।

"रुको-रुको, तुम्हें पता है मैं टिंड कोई भी चीज़ नहीं खाता, मेरे लिए सिर्फ़ चाय और ब्रेड भिजवा दो अथवा दलिया।"

ब्रेक-फास्ट करने के बाद वह बाहर निकला ही था कि इन्द्रमणि आ टपका, बोला, "साब, आज लंच का मीनू क्या होगा, यदि हैलीकॉप्टर से चिकन, सब्जियाँ वग़ैरह आईं तो?"

"चिली-चिकन", यह कहते हुए वह रुक गया, घड़ी देखी, "ओह, आज तो शुक्रवार है, "बाबा-डे है, नॉन-वेज कैसे बनेगा, कुछ भी फ्रैश आया हो बना देना; फ्रैश-सब्जियाँ खाए एक अरसा हो गया है।" यह कहकर वह धीरे-धीरे क़दमों से ऑफ़िस की ओर बढ़ने लगा। दिसम्बर माह की बर्फ़ीली हवा जिसे कश्मीर में 'चिल्ले-कलाँ' कहते हैं—थपेड़े मारती चल रही थी, सूर्य की लालिमा हब्बाख़ातून पहाड़ के दाहिने ओर से फैलने लगी थी, पर सूर्य अभी दीख नहीं रहा था। कान और गाल बर्फीली हवा के थपेड़ों से जमते हुए दर्द कर रहे थे। उसने दस्ताने पहने हाथों से कानों और गालों को ख़ूब रगड़ा और मुँह की मांसपेशियों का ब्लड-सरकुलेशन सामान्य करने के लिए मुँह को कई बार पूरा खोलकर फैलाया।

"जो सर, गुड मॉर्निंग, आज सर अकेले ही चले आए? हमें नहीं लिया कमरे से मैस में जाने के लिए? आज तो सर के कम से कम पाँच लैटर्स ज़रूर आएँगे, तभी सर हमें छोड़कर जल्दी चल दिए," मेज़र मनी हँसते हुए बोला।

"मिसेज़ मनी भी तो मिसेज़ जोशी से पीछे नहीं हैं, लैटर्स लिखने में"—वह बोला। दूर से भागकर आ रहे डॉक्टर बरुआ ने आवाज़ दी, "जो सर रुको", पास आने पर डॉक्टर बरुआ बुरी तरह हाँफ रहा था और हाँफते-हाँफते बरुआ ने उसको गोदी में उठा लिया।

"पता है भई, आज इतना जोश कैसे है, नीलाक्षी के ढेर सारे लैटर्स जो आएँगे।" वह बोला।

"या-या...!" और डॉक्टर बरुआ ने दोनों हाथों को ऊपर उठाकर ऐसा

किया जैसे यूरोपियन फुटबाल खिलाड़ी गोल करने के बाद हाथ उठाकर ख़ुशी और शक्ति का इज़हार करते हैं।

"जो सर ये देखो," यह कहते हुए बरुआ ने कोट-पारका की ज़ेब से चार लिफ़ाफ़े निकाले।

"आज की सॉर्टी में ये चले जाएँगे, मी-17 तो आएगा ही आज।" डॉक्टर बरुआ बोला। उसकी भी इच्छा हुई कि वह भी कोटा-पारका की ज़ेब से निकाल कर तीन लिफ़ाफ़े दिखाए, पर उसे ऐसा करना बचकाना-सा लगा, अतः वह सिर्फ़ 'वाऊ' सम्बोधन कर हँस भर दिया।

वह और मेज़र मनी हर दिन लगभग साथ ही निकलते हैं, अपने-अपने कमरों से मैस और फिर ऑफ़िस जाने के लिए। ब्रेक-फास्ट साथ-साथ करते हुए वे एमटीवी देखते हैं फिर मैस से धीरे-धीरे रुकते-चलते अपने टेन्योर के दिनों की गणना करते, कभी उन एन्वल अथवा कैजुअल लीव की योजना बनाते और चलते हुए बतियाते, जिस यात्रा पर उन्हें तीन महीने बाद जाना है, मसलन—श्रीनगर से क्या-क्या ले जाएँगे घर के लिए; इंडियन एयरलाइंस से जाएँगे अथवा जेट एयरवेज से अथवा आर्मी के आइ-एल-76 से; श्रीनगर में सिविल कपड़े पहन आज़ाद और अलमस्त पक्षी की तरह बादामी बाग़ में घूमने, शॉपिंग करने की फंतासी बुनने की बातें; रात को ऑफ़िसर्स मैस और उसका बार-कितने पुराने दोस्त, कोर्स-मेट्स मिलेंगे! और फिर रम और व्हिस्की की चुस्कियों के बीच आतंकवादियों से हुई मुठभेड़ों के अनुभव सुनाने का दौर; 'लिबर्टी, इक्वलटी और फ्रेटरनिटी'—की बेहतरीन ज़िन्दा मिसाल का नमूना है श्रीनगर का ट्रांजिट-कैम्प, जहाँ हर फ़ौजी का 'इगो' नहीं रहता और वह सबके साथ घुल-मिल जाने की कोशिश करता है। 'कौन बनेगा करोड़पति' में एक करोड़ जीतने पर जीतनेवाले को भी इतनी ख़ुशी नहीं होती होगी जितनी पोस्ट में बैठे व्यक्ति को हैलीकॉप्टर देखकर या हैलीकॉप्टर से श्रीनगर एयर-फील्ड में उतरते हुए अथवा श्रीनगर ट्रांजिट-कैम्प के बार पहुँचकर एक सैनिक को महसूस होती है; फिर उन दोनों के बीच बातें होती—दिल्ली के कनॉट-प्लेस में घूमने, किताबें ख़रीदने, पिक्चर देखने की योजनाएँ।

धूप का एक टुकड़ा उन तीनों के पास पहुँच चुका था, हैलीपैड के पास। पिछले कई महीनों से मेज़र मनी और उसने अपने कमरे से मैस और मैस से ऑफ़िस जाने की प्रक्रिया को इस तरह नियंत्रित किया है कि मौसम

साफ़ होने पर चिर-प्रतिक्षित धूप का वह टुकड़ा उन दोनों को उसी स्थान पर धूप से नहलाता है। उस धूप के टुकड़े के ऊपर वे सटकर खड़े होते हैं कुछ देर। हब्बाख़ातून पहाड़ की दाईं तरफ़ से सूर्य चोर की तरह झाँकते हुए देवदार के घने वृक्षों के बीच कभी-कभी गुम भी हो जाता। सामने बैरकों से जवान लोग अपने-अपने बिस्तर-बन्द को कन्धे पर उठाकर कतारबद्ध खड़े हो हैलीपैड की तरफ़ जा रहे थे। कुछ पास आने पर सब 'सावधान' में खड़े होकर बोल उठे—

"राम-राम साब।"

"राम-राम, छुट्टी पार्टी है सब?"

"हाँ साब! आज हैली आएगा ना साब!"

"पिछले कई दिनों से तो मौसम ही ख़राब था, आज क्यों नहीं आएगा! इससे ज़्यादा साफ़ आसमान कब होगा फिर!"

"सर! 'एच.एम.जी.' हैं, कैसे सरपट भागे जा रहे हैं, थ्री-टन (गाड़ी) का भी इन्तज़ार नहीं किया।" मेज़र मनी बोला।

"'एच.एम.जी.' यानी 'हाइ मोराल ग्रुप'—जो छुट्टी पर जा रहे हैं; छुट्टी काटकर वापस आने वाले यानी 'एल.एम.जी.'—'लो मोराल ग्रुप'। रेलवे स्टेशन, बस-स्टेशन, एयरपोर्ट और ट्रांजिट-कैम्प में फ़ौजियों को देखकर कोई भी बता सकता है कि फलाँ 'एल.एम.जी.' का है अथवा 'एच.एम.जी.' का।" उसने डॉक्टर बरुआ की तरफ़ देखते हुए बतलाया, जो हॉल ही में यहाँ पोस्टिंग पर आया था। इसी तरह जब वह यहाँ पोस्टिंग पर आया था मेज़र मनी ने उसको कुछ 'एब्रीविऐशन' बताए थे, जैसे—'पी.ए.एन.आइ.'(पानी)—'पोस्टिंग एराइब्ड् नॉट इन्टरेस्टेड'; 'आर.ए.एन.आइ.'(रानी)—'रिलीफ एराइब्ड् नॉट इन्टरेस्टेड्'; 'पी.ओ.एन.आइ.'(पोनी)—'पोस्टिंग आउट नॉट इन्टरेस्टेड्; 'जे.ए.एन.आई.'(जानी)—'जस्ट एराइब्ड् नॉट इन्टरेस्टेड' आदि।

"क्या सर! मैं तो सोचता था 'एल.एम.जी.' और 'एच.एम.जी.' का 'फुल-फॉर्म'—लाइट मशीन गन और हैवी मशीन गन होता है।" डॉक्टर बरुआ आश्चर्य से बोला।

"ओके जो सर, बाय।" यह कहकर मेज़र मनी और डॉक्टर बरुआ अपने ऑफ़िसों की तरफ़ चल दिए। वी-सैट से गुज़रते हुए उसने सोचा घर से बात कर ली जाए। वह अन्दर घुसने को ही था, तभी खिड़की से झाँक

रहे जवान ने हाथ का इशारा कर बतलाया कि वी-सैट अब भी सही नहीं हुआ। अपने ऑफ़िस में आकर उसने कोट-पारका उतारा और ज़ेब से एक लौंग मुँह में डालकर बुखारी में आग सेंकने लगा, जो 'रनर' ने अभी-अभी शायद जलाई हो। बुखारी अभी बिलकुल गर्म नहीं हुई थी। सामने दो कैलेंडर टँके थे—एक कैप्टन मोरवा का और एक उसका। उसने अपने कैलेंडर की एक दिसम्बर तारीख़ को काटकर राहत की साँस ली। अचानक कैलेंडर में दिसम्बर माह की अठारह, उन्नीस और बीस तारीख़ें, जो अभी सत्रह दिन दूर हैं—को 'क्रॉस' देखकर वह चौंका—'ये कैसे कम हो गए साल के तीन दिन?' उसने अपना टेबल-पैड टटोला और सहसा ज़ोर से ठहाका लगाया, "वाऊ! तीन दिन 'पार्ट-डी' परीक्षा देने के लिए उसे श्रीनगर जाना पड़ेगा, तीन पेपर जो देने हैं, और भगवान ने चाहा, आते वक़्त श्रीनगर अथवा बाँदीपौरा में मौसम ख़राब हो गया, तो बल्ले-बल्ले, चार-पाँच-दस-पन्द्रह दिन तो फाइटर एयर-क्राफ्ट की तरह सूँ...सूँ...सूँ...करते निकल जाएँगे।" वह ख़ुद ही सुनी जा सकने वाली आवाज़ में बोला।

बाहर गैलरी में भगदड़ मची थी, ऑफ़िस से डाक के पैक तैयार किए जा रहे थे, हैलीकॉप्टर में भेजे जाने के लिए। अचानक उसे याद आया कि उसके लिखे तीन पत्र तो कोट-पारका की ज़ेब में ही हैं। वह झटके से उठा और तीनों पत्र 'डिसपैचर' को दे आया।

"साब ने तीन लिखे हैं, देखना मेमसाब के छह लेटर आएँगे।" सूबेदार काशीकर साब बोले।

सब जवान हँस दिए थे। उसने देखा हर जवान के हाथ में चार-चार, पाँच-पाँच सैनिक-पत्र हैं, जिसे वह सब आज आने वाले मी-17 हैलीकॉप्टर से भेजने के लिए सूबेदार काशीकर के फील्ड पोस्ट ऑफ़िस (एफ.पी.ओ.) में पहुँचे हैं।

वह बाहर निकला ही था कि डी.क्यू. मेज़र मलिक बोला, "सर, एक-दो सॉर्टी आ सकती हैं, बेस-ऑप्स से एयर-क्रू ने कहा है कि कारगिल वाली दो सॉर्टीज आख़िर में गुरेज से होकर जाएँगी। आप हैलीपैड जाकर छुट्टी-पार्टी और लोड-पैकेट्स, ख़ाली ऑक्सीजन सिलेंडर को अपने सुपरविजन में लोड कर डिस्पैच करवा दीजिएगा। इसी जोंगा में चले जाइए, सर।" यह कहकर मेज़र मलिक देर से बज रही टेलीफ़ोन की घंटी की आवाज़ सुनकर अपने ऑफ़िस की तरफ़ भागा।

"राम-राम साब।" जोंगा का ड्राइवर बोला। "चलो हैलीपैड।" सड़क के दोनों ओर लगभग दो मीटर से भी ऊँची बर्फ़ की दीवारें थी, जो डोजर से सड़क पर पड़ी बर्फ़ को हटाकर बनाई गई थीं ताकि गाड़ियाँ आ-जा सकें। अब भी हैलीपैड जानेवाली सड़क पर छुट्टी जानेवाले जवान सामान कन्धे पर उठाए चले जा रहे थे। वह ड्राइवर से बोला, "हर यूनिट से तीन जवान ही जा पाते हैं छुट्टी-पार्टी, जो मी-17 हैलीकॉप्टर से जानी है—ये जवानों को पता है और ये भी पता है कि मी-17 हैलीकॉप्टर में बीस या इक्कीस से ज़्यादा सवारियाँ कभी नहीं बैठतीं। फिर भी जवान इस आशा के साथ हैलीपैड जाता है—कि हो सकता है—पहली नहीं तो दूसरी, दूसरी नहीं तो तीसरी, नहीं तो चौथी अथवा पाँचवीं सॉर्टी में बैठने का उसका नम्बर अवश्य ही लग जाएगा। पर पूरे साल में कितनी बार आती हैं इतनी सॉर्टीज एक साथ, एक महीना, दो महीना। तीन महीना। वरना एक या कभी दो; कभी तो सिर्फ़ दूर से हैलीकॉप्टर की आवाज़ भर भी सुनने को नहीं मिलती। क्यों मैं ग़लत तो नहीं कह रहा।"

"ये तो है साब, पर जवान भी क्या करे। किसी की शादी है, किसी का बच्चा हुआ है, किसी को दाह-संस्कार में जाना है, दुनियादारी भी तो निभानी है साब। हैलीपैड में बैठकर जवान आधा घर तो पहुँच ही जाता है, बक्से में रखा कैंटीन से लिया गया सामान हर रात खोलकर देखता है। सोचता है—सबके लिए उनकी ज़रूरत की चीज़ें रखी हैं अथवा नहीं, फिर चीज़ों को हर रात सोने से पहले बक्से में जमाकर सपने बुनता हुआ सो जाता है। एक हैलीकॉप्टर ही तो है, जिसको देखकर उन्हें लगता है कि बर्फ़ के इस समन्दर और दुनिया के सम्पर्क से कटे हुए इस छोटी सी घाटी को कोई चीज़ उनको घर से यदि जोड़ सकती है तो बस सिर्फ़ यह हैलीकॉप्टर।" ड्राइवर बड़े भावावेग और दार्शनिक लहजे में बोला। चूँकि वह हैलीपैड-अफ़सर की हैसियत से सब कुछ रेगुलेट और कंट्रोल करने जाता रहा है—हैलीपैड, उसे अभी दिल से नहीं दिमाग़ से काम लेना है, अतः उसने ड्राइवर की बात पर कोई प्रतिक्रिया नहीं जताई। हैलीपैड पहुँच चुका था वह। जोंगा से उतरकर उसने सामने लाइन में बैठे, कुछ खड़े बतियाते जवानों पर नज़र डाली, जो उसे पास आते देख खड़े हो गए थे। सब मिलाकर शायद दो सौ के आसपास होंगे—उसने अनुमान लगाया। एक अनार सौ बीमार; बाईस जे.सी.ओ. और

जवानों के नाम, जो हर यूनिट के एडजुटेंट ने ज़रूरत की जेन्युननैस को देखते हुए उसे भेजे हैं—सिर्फ़ वे ही जा सकते हैं हैली के आने पर। सब जवानों की आँखें उस पर केन्द्रित थी, हसरत भरी याचना करते हाव-भाव, जैसे वह कोई फरिश्ता हो, जो उन सबको नरक की वैतरणी नदी से निकाल कर सुरक्षा और प्यार के सीमेंट से बने घर में पहुँचा देगा, जहाँ उनके बूढ़े माँ-बाप, भाई, पत्नी और बच्चे उसके आने की बाट जोह रहे होंगे। सरकार चाहे तो क्या नहीं कर सकती, कुछ हैलीकॉप्टर यदि और ख़रीद लिए जाएँ तो सरहद का हर जवान ज़रूरत पड़ने पर छुट्टियों में घर जा सकता है, पर नहीं। देश के बारे में सोचने का काम सिर्फ़ फौज़ियों का है, हर क़िस्म की सुख-सुविधाओं का बलिदान करना उनका पेशा है और बाक़ी सिविल-अफ़सरों और नेताओं का काम नए-नए 'स्कैम' में एक-दूसरे को पछाड़ना। काश! वह सबको घर भेज सकता!

"आप सब लोग बैठ जाइए, लाइन में। बाईस लोगों की लिस्ट मैंने हैलीपैड-जे.सी.ओ. को दे दी है। पहली सॉर्टी आने पर ये लोग ही जाएँगे श्रीनगर। दूसरी लिस्ट अभी आने वाली है, यदि हैली दुबारा आया तो दूसरी लिस्ट वाले उसमें जाएँगे, समझे।" यह कहकर वह हैलीपैड के 'ग्लास-हाउस' की तरफ़ चलने लगा। बुखारी की गर्माहट ने पूरे ग्लास-हाउस को गरम कर दिया था। वहाँ बैठकर उसने बेस-ऑप्स में एयर-कू से बात करनी चाही, परन्तु लाइन के व्यस्त रहने की वज़ह से वह बात नहीं कर पाया। फ़ोन की घंटी बजने पर उसने फ़ोन उठाया, ब्रिगेड कमांडर का फ़ोन था—

"गुड मॉर्निंग सर।"

"जो! देयर इज ए सीरियस केस ऑफ़ रोड-एक्सीडेंट, वन चैप इज क्रिटिकल, आई हैव आस्कड फ़ॉर स्मॉल चॉपर 'चीता', इफ इट डज़ नॉट कम एंड मी-सेवंटीन कम्ज़ बिफोर 'चीता', देन सैंड हिम इन दैट।" कमांडर ने यह कहकर फ़ोन तुरन्त रख दिया। वह भागकर बाहर गया और हैलीपैड जे.सी.ओ. को पहली लिस्ट से एक नाम काटने को बोला—बाईसवाँ नाम, जिसकी जगह सड़क दुर्घटना वाले जवान को अब भेजा जाना है। उसने हैलीपैड जे.सी.ओ. को बाईसवें जवान का नाम पुकारते सुना, "नायक जगत सिंह, जिसका नाम पहली वाली सॉर्टी में है, बाहर फाल-आउट।" नायक जगत सिंह लाइन से बाहर निकलकर जे.सी.ओ. के पास पहुँचकर बात करने लगा।

"तुम समझता क्यों नहीं, जवान की ज़िन्दगी-मौत का सवाल है, तुमसे ज़्यादा ज़रूरी है उसको श्रीनगर के बेस-अस्पताल भेजना।" हैलीपैड जे.सी.ओ. ने नायक जगत सिंह को डाँटते हुए कहा।

"साब, हाथ जोड़ता हूँ, पिताजी का कल ही...साब, कल रात बाँदीपोरा रियर से मेरे गाँव के एक जवान ने फ़ोन पर सिगनल-मैन से कहकर मुझे मैसेज दिया था। मेरा जाना बहुत..." यह कहते हुए नायक जगत रोते हुए हैलीपैड जे.सी.ओ. से मिन्नतें करता हुआ उसके पीछे-पीछे चलने लगा। हैलीपैड जे.सी.ओ. और नायक जगत सिंह उसी के पास आ रहे थे। वह जानता है कि यदि वह नायक जगत सिंह की जगह होता, तो वह भी रोता, पर अन्दर ही अन्दर, क्योंकि वह अफ़सर है जिसे जवानों को लीड करना है, मोटीवेट करना है, ताकि वे न सिर्फ़ विषम भौगोलिक परिस्थितियों में टिंड फूड खाकर ज़िन्दा रह सकें, बल्कि दुश्मन को परास्त भी कर सकें।

"साब! मेरा जाना बहुत ज़रूरी है, पिताजी के अन्तिम दर्शन कर उनका दाह-संस्कार करना है, कल-परसों तक, घर में सब मेरे लिए रुके हैं।" नायक जगत सिंह गिड़गिड़ाते हुए बोला।

"आओ, मेरे साथ आओ।" यह कहकर वह तेज़ी से पंक्तिबद्ध बैठे पहली सॉर्टी में जाने वाले जवानों की तरफ़ चलने लगा। उसे देख सब जवान खड़े हो गए।

"हाँ, तुम क्यों जा रहे हो, छुट्टी?"

"साब, शादी है मेरी इस हफ़्ते।" जवान हँसते-शरमाते हुए बोला।

"और तुम?"

"साब, बहन की शादी है, सब इन्तज़ाम करने हैं, घर का अकेला कमानेवाला हूँ, मुझे जाने दो साब।" दूसरा जवान बोला।

"साब, मैंने सबसे पूछ लिया है, टेलीग्राम देख लिए हैं, ये सब शादी अथवा मौत होने की वज़ह से ही जा रहे हैं। शादी में भी वही जा रहे हैं जिनकी अपनी शादी है या सगे भाई या बहन की, कहाँ तक पूछोगे आप!" यह कहते हुए हैलीपैड जे.सी.ओ. ने नायक जगत सिंह को गुस्से से देखा। उसने नायक जगत सिंह के कन्धे पर हाथ रखा और दो-तीन बार कन्धा थपथपाया।

"मैं पायलट से रिक्वेस्ट करूँगा कि वो एक-एक्सट्रा जवान ले जाए पहली सॉर्टी में; तुम आराम से बैठो; देखो मौत पर आदमी का बस नहीं है,

तुम्हें हिम्मत से काम लेना है और फिर तुम तो फ़ौजी हो, तुम कमज़ोर हो गए तो इन सरहदों का क्या होगा।" इतना कहकर वह वापस ग्लास-हाउस की तरफ़ बढ़ने लगा। वह भी कई बार इस कल्पना से काँप उठता है कि इस दौरान उसके बाबू, ईजा को कुछ हो गया तो, तो...उसकी हिम्मत नहीं हो रही थी पीछे मुड़कर जवानों के चेहरे देखने की, ख़ास तौर से नायक जगत सिंह का चेहरा देखने की। इतने में उसके कानों में हैलीकॉप्टर की आवाज़ सुनाई दी। उसने आवाज़ आ रही दिशा की तरफ़ आँखें कर दीं। दूर टैंगा पर्वत की चोटी की दाहिनी तरफ़ से नीले साफ़ आसमान में एक काला बिन्दु बड़ा होता दिखाई दिया। "थैंक गॉड," वह बुदबुदाया। फिर वह अचानक हुए हड़कम्प और शोरगुल से चौंका, उसने पीछे मुड़कर देखा—सब जवान खड़े होकर आपस में ज़ोर-ज़ोर से हैली की दिशा में देखते हुए बातें कर रहे थे। पहली टोलीवालों ने अपना सामान कन्धे पर रख लिया था और हैलीपैड में अन्दर आने के इशारे का इन्तज़ार कर रहे थे। नायक जगत सिंह ने भी अपना सामान कन्धे पर रखा हुआ था। इतने में घायल जवान को लेकर एम्बुलेंस पहुँच गई।

"साब, बहुत ख़ून बह गया है, जल्दी इवेकुएट करना है।" नर्सिंग असिस्टैंट हाँफते हुए बोला।

"अरे ये तो छोटा वाला हैली है—चीता, चलो पहुँच तो गया टाइम पर, बेस हॉस्पिटल दस-पन्द्रह मिनट से पहले पहुँच जाएगा।" यह कहकर वह एम्बुलैंस की तरफ़ भागा और जवान को स्ट्रेचर पर रखकर तेज़ी से हैली के पास लाने का आदेश दिया। चीता हैलीपैड पर उतर चुका था। आसपास तूफ़ान-सा आ गया था, बर्फ़ उड़ करके मुँह, गाल और कानों को थपेड़े मार रही थी। हैली का दरवाज़ा खुला, नर्सिंग असिस्टैंट ने उसकी और हैलीपैड जे.सी.ओ. की मदद से घायल जवान को अच्छी तरह लिटाकर एडजस्ट किया और एक मिनट के अन्दर में चीता नीले आकाश में एक काले बिन्दु में तब्दील होकर विलुप्त हो गया। उसने कुछ पल आँखें बन्द कर इस घाटी के भगवान-पीर बाबा से फरियाद कर उस जवान की ज़िन्दगी के लिए दुआ की। फिर मुड़कर पीछे देखा, सब जवान बैठ गए थे अब। हैली की आवाज़ सुनकर उनको लगा होगा—बड़ा हैली मी-17 होगा, जिसमें उन सबका नम्बर अपने-अपने टर्न पर आ ही जाएगा यदि चार-पाँच सॉर्टी हुई तो। ऐसी मृगतृष्णा

हर अफ़सर, जे.सी.ओ. और जवान को हो ही जाती है यहाँ। कभी कोई दूर से आ रही गाड़ी की आवाज़ सुनकर; कभी स्टोव की आवाज़ सुनकर; कभी श्योक नदी की उफनती धवल लहरों की आवाज़ सुनकर और कभी-कभी तो कान ही बजने लगते हैं हैली की आवाज़ से—अपने आप, बिना हैली के आने पर भी। दरअसल, जो आदमी हर पल सोचता है, सपने देखता है किसी वस्तु-विशेष के बारे में—वही उसे हर पल, हर जगह दिखाई-सुनाई पड़ता है। आदमी के बारे में एक दार्शनिक ने सही कहा है, "व्हाट यू थिंक, यू बिकम।" उसने घड़ी पर नज़र डाली, एक बज गया था। आसमान में अब भी बादल का एक कतरा नज़र नहीं आ रहा था। ग्लास-हाउस के अन्दर पहुँचकर उसने डी.क्यू. मेज़र मलिक से हैली आने के बारे में जानने के लिए फ़ोन किया। "ओह शिट्, बास्टड्र्स, ठीक सत्रह दिन बाद आज आसमान साफ़ हुआ, तो आज हैली नहीं! कम-से-कम आज आठ-दस सॉर्टीज होनी थी, कुछ समझ में नहीं आता।" वह झुँझलाते हुए ज़ोर-ज़ोर से ग्लास-हाउस के अन्दर बड़बड़ा रहा था। थोड़ी देर वह सिर पकड़कर सोफा में लुढ़क-सा गया था। कुछ पल आराम करने के बाद उसने थरमस से निकालकर एक गिलास पानी पिया। बाहर दूर बैठे जवान अभी भी टैंगा पर्वत की तरफ़ एकटक आँखों से देख रहे थे जहाँ से हैलीकॉप्टर आता है। जवानों को वह जब बताएगा—कि आज कोई हैली नहीं आएगा, सब हैली कारगिल और द्रास की तरफ़ चले गए हैं, वापस जाने को बोलेगा, तब तो उनके चेहरों में मुर्दानगी छा जाएगी। लेकिन ऐसा तो कहना ही पड़ेगा, पहले कितनी बार कह चुका है ऐसा। ग्लास हाउस से बाहर निकलकर उसने हैलीपैड जे.सी.ओ. को इशारे से आवाज़ देकर बुलाया।

"साब! जवानों को बता दो, कोई हैली-वैली नहीं आएगा, सब हैली कारगिल-द्रास की तरफ़ डाइवर्ट हो गए हैं, ऑपरेशन की तैयारी की वज़ह से।"

"साब! ऐसे साफ़ मौसम में भी नहीं आएगा हैली!" जे.सी.ओ. बोला।

"साब, जितना बोला जाता है, उतना सुनो और उस पर अमल करो।" यह कहकर वह सीधे जोंगा में आकर बैठ गया और ड्राइवर से कैम्प की तरफ़ चलने को कहा। कुछ जवान उसी तरफ़ भागते हुए पहुँचे—

"साब! हैली?"

उसने जोंगा की खिड़की से हाथ हिलाकर हैली के न आने की सूचना

दी। अब भी जवान यह मानने को तैयार नहीं थे कि हैली नहीं आएगा। हाँ, कुछ जवान ज़रूर यूनिट की कैंटीन की तरफ़ जाने लगे थे—चाय, बीड़ी, सिगरेट लेने। जोंगा धीरे-धीरे स्किड-चेन से बँधे टायरों से घिच-घिच करती रेंग रही थी, श्योक नदी के किनारे बनी कच्ची सड़क पर; सड़क क्या—सूखी नदी की तलहटी जैसी। जर्मनी के कार-रेस के विश्व चैम्पियन माइकल शुमाकर को यदि ये सड़कें दिखाई जाएँ तो वह कार चलाना ही छोड़ दे। कोट-पारका की ज़ेब से उसने लौंग निकालकर मुँह में डाली, फिर एक सिगरेट निकालकर मुँह में लगाई और एक लम्बा कश लेकर खिड़की से बाहर फेंका।

"मदन कोई फड़कता हुआ कैसेट लगा, क्या उदासी फैला रखी है।" ड्राइवर से यह कहकर वह ख़ुद कैसेट छाँटने लगा और फिर एक कैसेट को प्ले कर दिया—

चल छइयाँ-छइयाँ-छइयाँ छइयाँ
चल छइयाँ छइयाँ छइयाँ छइयाँ...।

उसके हाथ-पाँव भी थिरकने लगे और वह भी गाने के साथ गुनगुनाने लगा। फिर धीरे से अपने को समझाने के लिए बोला, "व्हैन रेप इज इनएविटेबल, एनज्वॉय इट।"

"क्या बोले साब!" ड्राइवर मदन बोला।

"तुझसे नहीं बोला, कुछ ऑफ़िस के काम याद कर रहा था, जो आज करने हैं, शायद सोचते आवाज़ निकल गई होगी।" उसने ड्राइवर मदन से कहा। रास्ते में खड़े छोटे-छोटे बच्चे हाथ उठाकर उसको 'जैहिन्द' कर रहे थे। हर 'जैहिन्द' का वह ज़वाब सैल्यूट करते हुए दे रहा था। कैसी नैसर्गिक और बाल-सुलभ मासूम मुस्कान उनके चेहरों को देदीप्यमान कर रही है। ऐसी बाल-सुलभ मासूमियत महानगरों के मल्टी-चैनल टी.वी. देखकर बड़े होते बच्चों में कहाँ! उनको तो 'बुड्ढा-बच्चा' कहना ज़्यादा तर्कसंगत होगा। जोंगा ऑफ़ीसर्स मैस के गेट पर रुकी। बाक़ी सब अफ़सर खाकर चले गए थे।

"साब खाना हॉट-केस में रखा है, लगा देता हूँ।" यह कहकर मैस हवलदार वापस जाने लगा, फिर मुड़कर बोला, "साब! हैली नहीं आएगा आज? कुछ भी फ्रैश नहीं, बड़ा हैली आता तो ताजी सब्जियाँ आती, मेरा

रिलीवर आता तो छुट्टी जा पाता।" हवलदार इन्द्रमणि बिना उत्तर की प्रतीक्षा किए बड़बड़ाता हुआ खाना लगाने चला गया।

खाना खाकर वह अपने कमरे में पहुँचा। जमूदा ने बुखारी और पानी दोनों गरम कर रखे थे। कपड़े उतारते हुए उसने जमूदा को चाय बनाने के लिए कहा और जमूदा कमरे की गैलरी में चाय बनाने चला गया। बाथरूम से दस-पन्द्रह मिनट बाद जब वह फ्रैश होकर निकला, तो उसका सेवादार जमूदा चाय लिए तैयार खड़ा था।

"चाय टेबल पर रख दे। तू भी अपने लिए चाय बना लिया कर।" वह बोला। फिर उसने वैसलीन से मुँह-हाथ अच्छी तरह मले, कंघी की और बुखारी के पास कुर्सी पर बैठकर चाय सुड़कने लगा। जो जोश और स्फूर्ति सुबह बिस्तर से उठते समय थी, वह ग़ायब हो गई थी। कमरे में शमशान की सी नीरवता व्याप्त थी। बीच-बीच में बुखारी में क़ैद आग की फड़फड़ाहट की आवाज़ गूँज जाती। ऐसी ही बेचैनी और असहायता की फड़फड़ाहट उसके अन्दर हो रही थी। ऐसी बेचैनी में न आदमी सो सकता है और न चैन से बैठ ही सकता है। मौसम पर तो आदमी का कंट्रोल नहीं है इसलिए ख़राब मौसम में तो कोई भी कल्पना नहीं करता कि हैली आएगा, पर जब मौसम बिलकुल साफ़ हो, तो कम से कम एक हैली तो भेजा ही जा सकता था यहाँ के लिए। एक महीने से भी ऊपर हो गया है भगवती के पत्र को आए हुए। पता नहीं गाँव में अकेले कैसे रह रही होगी बच्चों के साथ। वी-सेट भी कई दिनों से खराब पड़ा है, वरना एस.टी.डी. से बात हो जाती। टेबल पर रखा मैरिज-एनिवर्सरी का कार्ड उसे दिखाई दिया, जो उसने चंडीगढ़ से यहाँ पोस्टिंग आते समय ख़रीदा था। उसने कार्ड को उठाया और देखने लगा। अब तो कार्ड भी चौदह दिसम्बर तक शायद ही पहुँचे, हैली नहीं आया तो। घर से विदा होते समय उसने भगवती को आग्रहपूर्वक बताया था कि वह उसे हर हफ़्ते दो लेटर ज़रूर भेजे, क्योंकि सरहद में बर्फ़ और आतंकवादियों के विरुद्ध लड़ते हुए ये पत्र 'लाइफ़-लाइन' होते हैं जो लाइन आफ़ कंट्रोल के अनवरत तनावग्रस्त वीरान माहौल और बर्फ़ीली तूफ़ानी हवाओं को 'घर के आँगन' और बसन्त ऋतु में चलने वाली बयार में बदल देते हैं। सरहद में रह रहे हर जवान को उसी तरह फ्रैश खाने की तुलना में मैंटल-फूड की ज़्यादा ज़रूरत है—ज़िन्दा रहने के लिए। शायद लंका में सीता जी हनुमान

द्वारा ऊपर से श्रीराम की अँगूठी गिराए जाने पर ऐसे ही जीवन्त हो उठी होंगी जैसे यहाँ हैली में मेल-बैग्स के आने पर जवान ख़ुशी से पागल हो उठते हैं।

"अरे तू अभी नहीं गया जमूदा?"

"जाऊँ साब?"

"हाँ चल, कल सुबह रोज़ के टाइम पर आ जाना।"

वह जमूदा के जाने के बाद बिस्तर में घुस गया लेकिन उसके मन में टकटकी अब भी टैंगा पर्वत से हैली आनेवाली दिशा की तरफ़ थी। कई बार ऐसा भी हुआ है कि बादलों से घिरे आकाश में कहीं एक-दो जगह ऐसी होती हैं जहाँ से नीला आसमान झाँकता है और कोई साहसी पायलट उस छेद से हैली को निकालकर अचानक घाटी के हैलीपैड पर उतार देता है और वह घड़ी ऐसी होती है जिसका बयान नहीं किया जा सकता। बिना ऑर्डर पास किए गाड़ियाँ, ड्राइवर और छुट्टी-पार्टी पाँच मिनट में हैलीपैड दिखती हैं। बिस्तर में लेटे-लेटे उसे छटपटाहट महसूस हुई और वह उठ बैठा। वह सोचने लगा सरहद में रह रहा जवान दरअसल दो सरहदों पर रहकर उनकी रक्षा करता है, पहली सरहद भौगोलिक होती है, वह चाहे पाकिस्तान की हो अथवा चीन, बांग्लादेश, म्यांमार की सरहदों की। दूसरी सरहद यानी 'बॉर्डर-लाइन' होती है—बनती-टूटती-बनती—उसकी मानसिक शक्तियों की—धैर्य की, अवसाद की, आशा-निराशा की। हर जवान एक 'बॉर्डर-लाइन केस' होता है। बार्डर पर रहते हुए। यह दूसरी सरहद दिखाई नहीं देती, सिर्फ़ महसूस की जा सकती है अथवा चेहरे और बॉडी-लैंग्वेज़ में परिलक्षित होती है; ठीक उसी तरह, जैसे हवा दिखाई नहीं देती, लेकिन हवा का होना-चलना महसूस होता है—पेड़-पौधों के झूमने, झंडे के लहराने, चुनरी के उड़ने से।

जब वह कपड़े, जूते पहनकर तैयार हो गया तो उसने बुखारी बन्द की। घड़ी पर नज़र डाली, साढ़े चार बजा था। इतने में टेलीफ़ोन की घंटी बज उठी—ट्रिंग-ट्रिंग।

"जो सर, मी-17 हैली पहुँचने वाला है, मौसम पैक हो रहा है, जल्दी से हैलीपैड पहुँचिए, हैली शायद ज़्यादा न रुके।" मेज़र मलिक बोला। बाहर आकर वह चौंक गया, "अरे ये क्या!" लगभग पूरा आकाश बादलों से घिर गया था, उसके अपने कमरे में आने से पहले तक एक भी बादल नहीं था। 'लाइफ़ इज ए सर्टेन अनसर्टेनटी।' उसने एमिली डिकिन्सन की कविता मन ही

मन बुदबुदाई फिर उसने कविता में एक शब्द 'लाइफ़' को बदलकर 'हैली' कर दिया, फिर ज़ोर से बोला—'हैली इज ए सर्टेन अनसर्टेनटी'।

जोंगा पहुँच गई थी उसके पास। "चल भई हैलीपैड।" यह कहकर वह जोंगा में बैठ गया। अभी वह आधे रास्ते में ही था कि हैली उतर गया था हैलीपैड में। उसके पीछे-पीछे थ्री-टन में लदे जवान भी आ रहे थे। दूर टैंगा पर्वत के आसमान के बादलों में एक नीला छेद दिखाई दे रहा था, धीरे-धीरे छोटा होता हुआ।

"तेज़ चला।" उसने ड्राइवर से बोला।

"साब तेज़ चलाना ख़तरनाक हो सकता है, गाड़ी के दो टायरों में ही स्किड-चेन है।" ड्राइवर बोला।

"अरे-अरे रोको, ये तो उड़ गया! शिट्!"

गाड़ी रोककर वे दोनों हैली को टैंगा पर्वत के ऊपर के आसमान में छोटे होते नीले छेद की तरफ़ जाते देखते रहे। जब तक वह छेद बन्द नहीं हो गया। पीछे आनेवाली सब गाड़ियाँ भी जड़वत हो गई थी।

"चल, हैलीपैड तो चल। मेल-बैग्स, फ्रैश वेज-नॉनवेज, मेडिसन, ऑक्सीजन-सिलिंडर तो अनलोड करके गया होगा। उसको थ्री-टन में लोड करवा देंगे जल्दी, शाम तक सबको लैटर्स और फ्रैश मिल जाएगा।" उसने ड्राइवर को आदेश दिया।

"राम-राम साब।" हैलीपैड जे.सी.ओ. ने उसको सैल्यूट करते हुए कहा।

"क्यों साब! आपने पायलट को कुछ देर रुकने के लिए नहीं कहा?" जोंगा से उतरते हुए उसने जे.सी.ओ. को बोला।

"साब, पायलट ने तो हैली को ज़मीन से भी नहीं टच किया, पूरा सामान फेंकते हुए अनलोड किया। एक जवान भी मौजूद नहीं था उस समय हैलीपैड में। और फिर जब बड़ा हैली हवा में हो, तो कुछ सुनाई नहीं पड़ता।" हैलीपैड जे.सी.ओ. बोला।

उसने हैलीपैड पर रखे सामान पर नज़र डाली और उसके दिल की धड़कन ख़ुशी से ग्रेफिक-इक्वेलाइजर की तरह पूरे ज़ोर से स्पन्दन करने लगी।

"वाऊ, मज़ा आ गया।" वह ज़ोर से बोला।

इतने में पहले वाले थ्री-टन के जवान जो पहली छुट्टी पार्टी में हैली से जाने वाले थे आज, उसके पास पहुँच गए थे। हैली में न जा सकने का

दु:ख उनके चेहेरे पर साफ़ झलक रहा था। उन जवानों के बीच में से एक जवान बोला—

"साब डाक-वाक आई है, हैली में?"

"हाँ भई, डाक के सात बैग हैं, दस के क़रीब बकरियाँ हैं, मुर्गियाँ हैं, ताज़ी सब्ज़ियाँ हैं, मेडिसिन हैं, तुम्हारी रम, सिगरेट है, कैंटीन का सामान है, और भी बहुत कुछ है।" उदास चेहरों में जोश लाने के अन्दाज़ में वह बोला।

"चलो कुछ दिन अच्छे निकल जाएँगे।" जवानों के बीच से एक आवाज़ आई।

"साब, सामनेवाली थ्री-टन में सब सामान लोड कर दो, जवान पैदल चले जाएँगे।" हैलीपैड जे.सी.ओ. से यह कहकर वह अपनी जोंगा में बैठ गया।

"चल भाई मदन।"

"साब, बहुत दिनों बाद इतना सामान ड्रॉप हुआ है।"

"हाँ, छुट्टी पार्टी नहीं जा पाई, सामान तो चलो आ गया, इसी में ख़ुश होने में भलाई है, क्यों?"

"हाँ साब, ठीक कहा, कतरा-कतरा सुख का भी बहुत महत्त्व होता है।" ड्राइवर मदन बोला।

पीछे आनेवाली गाड़ियाँ रोड के किनारे खड़ी थीं क्योंकि रोड सँकरी थी। जवान गाड़ियों से उतरकर वापस अपनी-अपनी यूनिटों की तरफ़ जा रहे थे क्योंकि सभी गाड़ियों को मुड़ने की जगह न होने के कारण हैलीपैड तक जाना ज़रूरी था वापस बैरकों में जाने के लिए। अब बर्फ़ तेज़ी से गिरने लग गई थी। सामने हब्बाख़ातून पहाड़ बर्फ़ गिरने के कारण सफ़ेद हो गया था। लेकिन बर्फ़ के सफ़ेद कैनवस पर हर जवान इन्द्रधनुषी रंग देख रहा होगा जो अभी बन्द डाक के थैलों में क़ैद है। अभी थोड़ी देर बाद सब जवान फील्ड पोस्ट ऑफ़िस के पास जमघट लगा लेंगे। और फिर उन पत्रों को कई दिनों तक पढ़ते रहेंगे। जब-जब उनकी 'दूसरी सरहद'—बार्डर-लाइन चरमराती महसूस होगी। जोंगा ने उसे उसके कमरे तक पहुँचा दिया था।

"अच्छा मदन, थैंक्यू, चल फिर।" यह कहकर वह कमरे में घुस गया। उसने घड़ी पर नज़र डाली, शाम के साढ़े-छह बजे थे। वह कुर्सी में बैठ गया। बुखारी बन्द थी इसीलिए कमरे में कड़कड़ाती ठंड थी। बुखारी गर्म होने में टाइम लगेगा और जब तक वह गर्म होगी, तब तक वह कमरे में नहीं

बैठना चाहता था। अभी से बिस्तर में घुसकर वह क्या करेगा—उसने ख़ुद से सवाल किया। कुछ देर आराम करने के बाद वह उठा और छाता लेकर सीधे फील्ड पोस्ट ऑफ़िस की तरफ़ चल पड़ा। बर्फ़ बहुत तेज़ी से गिर रही थी, बार-बार छाते को झटकना पड़ रहा था।

"जो सर।" मेज़र मनी और डॉक्टर बरुआ चिल्लाए। वे तीनों बातें करने लगे उन थैलों में भरे सामान की, जो सांता-क्लाज उस घाटी में उपहार स्वरूप गिरा गया था। पोस्ट ऑफ़िस में ख़ूब हलचल थी, अलग-अलग सेक्शन के लोग टीन का बक्सा लेकर डाक लेने आ रहे थे। धक्का-मुक्की के बीच उसे अच्छा लग रहा था। वह पोस्ट-मास्टर के ऑफ़िस में बैठकर अपने पत्रों का इन्तज़ार करने लगा। पीछे-पीछे मेज़र मनी और डॉक्टर बरुआ भी उसी कमरे में आकर बैठ गए थे। सब अपने अन्दर के तूफ़ान को दबाकर सामान्य-सा बनने की कोशिश कर रहे थे, यह सोचते हुए कि कहीं एक भी लेटर नहीं आया तो।

"साब! ये आपके चार लैटर्स, मनी साहब के तीन और बरुआ साब के पाँच।" पोस्ट मास्टर ने हँसते हुए लैटर्स पकड़ाए।

"जो सर! मज़ा आ गया, आई गॉट द मैक्सिमम लैटर्स।" डॉ. बरुआ का ख़ुशी का बाँध टूट गया था।

"मनी, तीनों मेमसाहब के हैं?" वह बोला।

"हाँ सर, और आपके?" मनी बोला।

"एक बाबू जी का और चार भगवती के।" वह बोला।

अब वह तीनों वापस जा रहे थे। यद्यपि एक रास्ते में वह तीनों चल रहे थे परन्तु ख़यालों में वे अलग-अलग चल रहे थे—एक दानपुर, दूसरा हैदराबाद और तीसरा आसाम। "ओके, बाय।" कहकर वे तीनों अपने-अपने कमरों में चल दिए।

"हाँ भई जमूदा, घर से चिट्ठी आई कि नहीं?"

"हाँ साब, दो पत्र आए हैं, बेटा हुआ है, लिखा है।" जमूदा हँसते हुए बोला।

"मुबारक हो, बाप बने हो।" जमूदा को गले लगाते हुए उसने कहा।

"साब पानी गर्म कर दिया है, बुखारी जला दी है, अभी गर्म हो जाएगी।" जमूदा बोला।

"अच्छा तू चल, डिनर ले आना, नौ बजे।" यह कहकर वह कपड़े उतारने लगा। कोट-पारका में रखे हुए चार लैटर्स उसने तकिए के नीचे रख दिए। वह लैटर्स एकदम नहीं पढ़ता है, रात को सोने से पहले वह आराम से एक-एक लाइन को धीरे-धीरे पढ़ता है और बीच में रुकता भी है, मानो वह बहुत महँगी शराब हो। कपड़े उतारने के बाद वह बाथरूम नहाने गया। क़रीब पन्द्रह मिनट बाद वह फ्रेश होकर निकला। साफ़ कपड़े पहनने के बाद उसने मुँह-हाथ में सरसों का तेल लगाया। फिर कमरे में बने मन्दिर के पास गया और अगरबत्ती का पैकेट निकाला। उसने अगरबत्ती गिननी शुरू की—बत्तीस; यानी जब ये सब जल जाएँगी तो नया साल आ जाएगा और उसके टैन्योर के बत्तीस दिन कम। उसकी इच्छा हुई कि पूरी बत्तीस अगरबत्ती जला दे एक साथ, पर इससे नया साल तो नहीं आएगा अभी। काश! ऐसा हो सकता! उसने एक अगरबत्ती जलाई और चारपाई पर ध्यान मुद्रा में बैठ गया। कुछ देर बाद हाथ जोड़ते हुए उसने आँखें खोली। यहाँ पूजा करते समय ध्यान एकाग्रचित्त होता है, कोई विचार नहीं आता। वरना इससे पहले पीस पोस्टिंग में कभी पूजा कर ली तो कर ली और पूजा करते समय भी कभी ख़यालों में कोई दोस्त, घटना या फिर जेनीफ़र लोपेज़, सिंडी क्राफोर्ड, पामेला या 'केबीसी' में हॉट-सीट पर बैठा वह—बीच-बीच में डिस्टर्ब हो ही जाता है मन। बुखारी के पास बैठकर वह बिस्तर के पास रखी टेबल की किताबों, फ़ाइलों को व्यवस्थित करने लगा।

"साब डिनर।"

"हाँ भई जमूदा, लगा दे टेबल पर।"

"वाह! इन्द्रमणी ने गोभी, मटर बनाई है, मज़ा आ गया।" वह खाते-खाते बोला।

"साब लंगर में भी यही बना है, स्वादिष्ट बनाए हैं।" जमूदा बोला।

खाना खाकर वह बिस्तर में घुस गया। जमूदा को उसने बर्तन धोने के बाद जाने को बोल दिया। घड़ी ने नौ बजाए। उसने रेडियो ऑन किया और अंग्रेज़ी समाचार सुनने लगा। समाचार ख़त्म होने के बाद उसने सबसे पहले बाबूजी का पत्र निकाला और नाक पर ले जाकर उसको सूँघा। बाबूजी के स्नेह और आशीष से लबरेज़ पत्र। बचपन में बाबूजी के साथ सोने के लिए वे तीनों भाई कितना झगड़ते थे। राकेश कहता—मेरी बारी है, दिनेश कहता—मेरी

बारी है और वह ईजा को हिसाब देता कि आज उसकी बारी है। वह गन्ध जो बचपन में बाबूजी की छाती से चिपटकर आती थी, उसी गन्ध में सराबोर होने की इच्छा हो रही थी उसे अभी। पूरा पत्र पढ़ चुका था वह। एक सरसरी नज़र दुबारा उसने बाबूजी द्वारा लिखी पंक्तियों पर डाली, फिर उसके ऊपर हाथ फेरकर तकिए के नीचे रख दिया। वह अब दानपुर गाँव के मकान नम्बर दो में था और आज एक दिसम्बर की रात वहीं बाबूजी के पलँग में लेटकर गुज़ारना चाहता था। उसने तकिए के नीचे रखे भगवती के द्वारा लिखे तीन लिफ़ाफ़े निकाले, फिर हाथ में रखकर उनको देखने लगा कि कितने वज़नदार हैं, जिससे उनके अन्दर रखे पेपरों की संख्या का अनुमान लगाया जा सके। उसे महसूस हुआ कि पढ़ने के लिए काफ़ी मैटर होगा—ऐसा सोचकर उसने तीनों पत्रों को तकिए के नीचे रख दिया। ऐसा वह हमेशा करता है जब दो या दो से अधिक पत्र आते हैं उसके। पत्रों में क्या नया लिखा होगा! इसकी कल्पना करते हुए सोने में जितना आनन्द है, उतना पत्र को पढ़ने में शायद नहीं। जॉन कीट्स ने भी तो कहा है, "हर्ड मेलोडीज़ आर स्वीट बट दोज़ अनहर्ड आर स्वीटर।" वह मन ही मन बुदबुदाया। और फिर अगले कुछ दिनों मौसम ख़राब रहा, हैली नहीं आया तो इन्हीं तीन लिफ़ाफ़ों को पढ़कर 'दूसरी सरहद'—मानसिक शक्तियों की 'बार्डर-लाइन' को मज़बूत बनाए भी तो रखना है—ऐसा सोचते हुए उसने बुखारी बन्द की और बिस्तर के अन्दर के तिलस्मी अन्धकार में उड़ने लगा—अपने गाँव की तरफ़।

अँधेरे में ही तारे टिमटिमाते हैं

एस.टी.डी. बूथ से कैप्टन विनायक बाहर निकला, तो वह ख़ुशी से सराबोर था। घर से बातें हो गई थीं और ख़ुशख़बरी भी दे दी—कल रात तक घर पहुँचने की। एक सौ बीस दिन सरहद पर बर्फ़ीली चोटियों में रहने के बाद वह घर जा रहा है एक महीने की छुट्टी पर। घर यानी पापा, मम्मी, नीलम और चार साल की बेटी लिपि। एस.टी.डी. बूथ के बाहर पन्द्रह-बीस जवानों की एक क़तार थी, जो फ़ोन करने के लिए बेचैनी से खड़े थे। शीशे की खिड़की के अन्दर फ़ोन पर बात कर रहे जवान के चेहरे पर बाहर कतारबद्ध खड़े सभी जवानों की नज़रें थीं, जो उसकी ख़ुशनुमा बातों और बात करते-करते चेहरे पर आई हँसी से प्रभावित भी हो रहे थे। उसे लगा कि माइनस टेन डिग्री टेंपरेचर, फ़ोन से घर का लिंक जुड़ते ही थर्टी डिग्री प्लस हो गया है। सर्दी-गर्मी, सुख-दुःख मानसिक स्नायुओं का एक एहसास भर ही तो है। दिमाग़ में यदि भट्टी जल रही हो, तो बाहर की बर्फ़ीली ठंड भी ग़ायब हो जाती है।

बर्फ़ काटकर बने ट्रैक पर आ गया था वह। ट्रैक के दोनों ओर चार-चार फ़ीट बर्फ़ की दीवार थी। स्नो बूट्स ताज़ी बर्फ़ के ऊपर पड़ते ही चर्र-चर्र की आवाज़ से वातावरण को तिलस्मी रोमांच से भर रहे थे। उसने घड़ी पर नज़र डाली—साढ़े छह बजे थे शाम के। उसकी आसमान पर नज़र गई। इतना नीला, साफ और उज्ज्वल आकाश पहली बार देखा था उसने। एक-एक तारा तिरुपति में प्रसाद में मिलने वाले लड्डू के समान बड़ा दिख रहा था और इस नीले-चमचमाते आकाश के नीचे बर्फ़ की सफ़ेद चादर से ढँके पहाड़,

पेड़, खेत और मकान। फर-फर करती सरसराती, सीटी बजाती बर्फ़ीली हवा 'चिल्ले कलाँ' रहस्यमयी भाषा में संवाद करती लगती थी। 'मज़ा आ गया! एक क़तरा भी बादल का नहीं! पिछले सात दिनों से लगातार बर्फ़ ही गिरे जा रही थी'—वह बुदबुदाया। बादल भी शायद 'होम सिक' महसूस करके अपने घर चले गए होंगे। सामने मैस के समतल भाग में बर्फ़ के ऊपर दो झबरीले बालों वाले कुत्ते अपने छोटे-छोटे तीन पिल्लों के साथ इधर-उधर दौड़ते, गुत्थम-गुत्था हो लोट-पोट होकर खेल रहे थे। उन सबको, उनके परिवार को देखकर उसने भी 'घर-सा' महसूस किया। 'घर' एक शब्द भर है, मगर सरहद पर विषम परिस्थितियों में रहते हुए घर की मात्र याद भी एक बूस्टर डोज, एक कवच और कुंडल बन जाती है। एक जवान के लिए।

किसी जवान को एस.टी.डी. बूथ में फ़ोन पर बतियाते देख, छुट्टी के लिए सामान ख़रीदने कैंटीन जाते देख, बुखारी के चारों ओर घर में बिताई पिछली छुट्टी पर गपशप मारते देख, चिड़िया की तरह फुदककर घर आँखों के सामने आ जाता। फिर तो रुका हुआ समय दौड़ने लगता।

चलते-चलते उसने अपने मुँह को कई बार पूरा खोला, बन्द किया, फिर पूरा खोला, बन्द किया। होंठों को कई बार दाएँ-बाएँ किया, जिससे पूरे चेहरे पर ख़ून का सरकुलेशन सामान्य हो जाए। मन-ही-मन वह सोचने लगा कि एस.टी.डी. बूथ से चलते हुए अब तक सोची-कही बातें यदि वह किसी सिविलियन को बताए, तो ये सब उसे अतिरेक-कथा ही लगेगी। लेकिन 'ए वियरर नोज़ व्हैर द शू पिंचेज।' वह ख़ुद से बोला। वह अब सन्तरी की पोस्ट के पास पहुँच गया था।

"राम-राम साब!"

"राम-राम! कैसे हो जसौद सिंह!"

"सब ठीक है साब!"

टिंड खाते-खाते तीन-चार महीने हो गए होंगे, सात-आठ दिन से नहाया नहीं होगा, बाथरूम के बराबर बंकर में पिछले कई महीनों से रह रहा होगा, ऊपर से रात-दिन की चौकसी। फिर भी 'सब ठीक है साब।' देश के नेताओं को इनसे सीखना चाहिए—ऑस्टेरिटी मेज़र्स (Austerity Measures)। कुछ दिन पहले न्यूज़ में सुना था कि देश के एक मंत्री जी अपने सरकारी आवास में जिम की सुविधा न होने की वज़ह से दिल्ली के एक पाँच सितारा

होटल में प्रतिदिन के एक लाख पचहत्तर हज़ार रुपये किराया देकर पिछले तीन महीने से रह रहे हैं। पाकिस्तान से इतना ख़तरा नहीं है, जितना देश को इन नेताओं से है।

"चल, तेरा बंकर देखें।" यह कहते हुए वह अन्दर बढ़ गया। एक टिमटिमाती लालटेन और भकभकाती बुखारी तथा अन्दर घुसती बर्फ़ीली 'चिल्ले कलाँ' में जंग छिड़ी हुई थी। दरवाज़ा बन्द करने के बाद भी चिल्ले कलाँ की सीटी और फड़फड़ाहट दरवाज़े-टीन टप्पड़ पर दस्तक दे रही थी।

"साब! गरम पानी!"

"थैंक्यू जसौद।"

दीवार पर पोस्टकार्ड साइज़ का फोटो फ्रेम है। बीवी-बच्चों के साथ वर्दी पहने सिपाही जसौद सिंह।

"तेरे बच्चों की तसवीर है?"

"हाँ साब, पिछली छुट्टी में खिंचवाई थी।"

जसौद के चेहरे पर उग आई मुस्कान से बंकर के अन्दर गुलमोहर का पेड़ उग आया था—मन्द-मन्द हवा से झूमता-इठलाता। एक छोटी-सी फोटो ने बंकर में घर-सा आभास दिया। एक तरफ़ दीवार पर हनुमान जी की फोटो थी, जिसके पास ही अगरबत्ती जल रही थी।

"जय हनुमान जी की! जय हो बजरंग बली!" यह कहते हुए वह बंकर के बाहर निकल आया।

"ठीक है जसौद। अच्छी तरह से ड्यूटी करना।"

"कल छुट्टी पर जा रहे हो साब!"

"हाँ, कैसे पता चला?"

"साब, पता चल जाता है।"

"गुड! होशियार हो गया है। ओ.के. बॉय।"

अपने बंकर की तरफ़ चलते हुए वह सोचने लगा कि कल इस समय तक वह चंडीगढ़ के एयरपोर्ट पर पहुँच गया होगा और चार महीने बाद सिविल कपड़े पहन अम्बाला के लिए बस में बैठ गयां होगा। पूरे शरीर में रोमांच मिश्रित ख़ुशी की सिहरन दौड़ गई, इस ख़याल मात्र से। चलते-चलते वह हब्बाख़ातून पहाड़ की तरफ़ देखकर रुक गया। उसकी नुकीली चोटी के ठीक ऊपर पूरा खिला चन्द्रमा पूरी घाटी को चाँदनी से नहला रहा था।

'बाबुम। बा...बुम। बाबुम।'

'दही बेचन को लाधा (राधा) चली, कन्हैया जी को अच्छी लगी।'

'पापिया (पापा)! चलो कुत्ती (कुश्ती) लरते हैं!' अनायास ये बातें, ये शब्द उसके मुँह से प्रस्फुटित होते हैं। जब-जब उसे अपनी छोटी बेटी लिपि की याद आती है, तब-तब ज़ोर से बोलते-गाते ये शब्द उसे उसके पास ले जाते हैं। अक्सर अकेले रहते हुए वह इन सब बातों को ज़ोर से बोलने का साहस कर सकता है। बंकर के अन्दर पहुँचने के बाद उसने सेवादार को आवाज़ लगाई।

"हाँ साब! गरम पानी रख दिया है बाथरूम में और हॉटकेस में खाना भी।"

"ठीक है कान्तिराम। तुम चलो अब।"

'राम-राम साब।"

नहा-धोकर उसने पुनः गरम कपड़े पहने। खाना खाने से पहले उसने सोचा कि एक बार घर ले जानेवाला अपना सामान स्काई-बैग में फिर से व्यवस्थित कर लूँ। दरअसल पिछले कई दिनों से कश्मीर की तिलेल घाटी में गाँवों से ख़रीदे गए सामान को वह सोने से पहले रोज़ ही स्काई-बैग खोलकर उलट-पलट कर देख ख़ुशी महसूस करता आ रहा है। स्काई-बैग खोलकर वह कुर्सी पर बैठ गया। 'पश्मीना शॉल, बादाम, अखरोट, केसर, कूट का तेल, ऊनी-जुराबें, कैंटीन से ख़रीदी गई चॉकलेट्स, एक्लेयर्स टॉफियों के पैकेट और ढेर सारे फोटोग्राफ्स। सबके लिए कुछ-न-कुछ है।' वह ख़ुद से बोला। सोने से पहले लाइट बन्द करने को वह उठा। एक बार अपने बिस्तर को ढंग से बिछा बुखारी बन्द कर उसने लाइट बन्द की और रज़ाई में घुसकर एक बार फिर लिपि को याद कर 'बाबुम' बोलकर सो गया।

अगले दिन सुबह दस बजे के क़रीब वह श्रीनगर के एयरपोर्ट पर हैलीकॉप्टर से उतर गया। छुट्टी जाने वालों के हुजूम की चहल-पहल से एयरपोर्ट चहचहा रहा था। आई.एल.-76 हवाई जहाज़ का इन्तज़ार था सबको, जो उन्हें चंडीगढ़ छोड़ेगा। दोपहर के चार बजे जहाज़ तैयार था उड़ान भरने के लिए। जहाज़ में अगल-बगल सभी वर्गों के फ़ौजी बैठे थे—ब्रिगेडियर, कर्नल, मेज़र, कैप्टन, सूबेदार, हवलदार और सिपाही। पर अब सबने फ़ौजी रैंक का मुखौटा उतार दिया था और बन गए थे—किसी के पिता, पति, बेटा, भाई। सब यादों के उड़नखटोले में उड़ रहे थे। बाहर से सब शान्त दिख रहे

थे। परन्तु अन्दर ख़ुशियों का समन्दर हिलोरें मार रहा था। शायद इसी तरह की ख़ुशी का एहसास महीनों समन्दर में भटकने के बाद कोलंबस को तब हुआ होगा, जब बहुत दूर से उसे धरती का किनारा दिखा होगा। पिछले चार महीनों से सब फ़ौजी बर्फ़ के समन्दर में ही तो भटक रहे हैं।

पाँच बजे जहाज़ जब चंडीगढ़ में उतरा, तो सबका एक ही लक्ष्य था—जल्दी-से-जल्दी घर पहुँचना। अब स्वच्छन्द और छुट्टी के अलमस्त मूड में होने के लिए सबसे ज़रूरी था—फटाफट फ़ौजी कपड़े उतार बैग से सिविल कपड़े निकालकर पहनना। सब चेंज करने में मशगूल हो गए। चेंज करने के लिए पर्दे की ज़रूरत भी महसूस नहीं हुई। न तो अफ़सर ही देख पा रहा था कि उसके सामने खड़ा जवान पैंट उतार फ्रेंची अंडरवियर में खड़ा जींस पहन रहा है और न ही अफ़सर को जवान के आगे कपड़े बदलने में हिचक हो रही थी। सबकी आँखों में छुट्टी का चश्मा चढ़ा था। ऐसी हरकत की यूनिट में कोई कल्पना भी नहीं कर सकता। रैंक, जूनियर, सीनियर, मिलिट्री कोड-सब ख़त्म हो गया था यहाँ—छुट्टी ख़त्म होने तक।

"आह! व्हॉट ए फीलिंग! हाऊ लाइट एंड फ्री लाइक ए बर्ड!" यह कहते हुए उसने स्काई-बैग को कन्धे पर टाँगकर ऑटो-स्टैंड की तरफ़ बदहवासी में दौड़-सी लगा दी।

"ऑटो...ऑटो...ऐ टैक्सी वाले...। बस स्टेशन चलेगा क्या...यार, रेलवे स्टेशन चलेगा!" इन आवाज़ों से पूरा वातावरण गूँज गया।

"सौ रुपये होंगे साब।"

"सौ रुपये...?"

"सौ का ही रेट है साब!" ऑटोवाला बोला।

ऑटोवाला यदि दो सौ भी कहता, तो भी मना नहीं करता। ऑटोवाले ख़ूब चूना लगाते हैं फ़ौजियों को। उनको पता है घर पहुँचने की व्यग्रता और अकुलाहट में फ़ौजियों को झुकना ही पड़ेगा। छुट्टियों में एक फ़ौजी ट्रांस-स्टेट में होता है। उसे सबकुछ अच्छा लगता है। एक ताज़ी फूलगोभी, हरी-ताज़ी सब्ज़ियाँ, घर-आँगन की जीवन्तता उसे एक ब्लिसफुल-स्टेट में पहुँचा देती है।

"बस डेढ़-दो घंटे में अम्बाला!" चंडीगढ़-अम्बाला बस में बैठते ही ख़ुद को आश्वस्त करते हुए वह बुदबुदाया।

रात के नौ बजे घर पहुँचकर वह कॉल-बेल दबाता है।

"अरे बेटे विनायक तुम! लिपि देखो, तुम्हारा पापिया...!"

पापा-मम्मी को प्रणाम कर, गले लगाकर वह अन्दर प्रवेश करता है। स्काई-बैग ज़मीन पर रख वह लिपि को गोद में उठाकर चूमता है।

"आपका पापिया आ गया। अब खेलेंगे आपके साथ...ठीक है।" यह कहते हुए वह स्काई-बैग से चॉकलेट्स, एक्लेयर्स टॉफियों के पैकेट लिपि के पास फैला देता है।

"बेटे, अब नहा लो। थके होगे। गीजर में पानी गरम है, ये लो टॉवल।" यह कहकर मम्मी उसका बैग नीलम को थमा देती हैं।

सोफ़े पर लेट लिपि को पेट पर बिठा वह उसके साथ खेलने लगता है।

"लिपि उठो, पापा को नहाने दो।" नीलम लिपि को गोद में उठाते हुए बोली।

"मैं भी पापिया के साथ नाई-नाई (नहाना) करूँगी।" लिपि की मनुहार सुनते-सुनते वह बाथरूम के अन्दर चला गया। बाथरूम में अन्दर ट्यूबलाइट के प्रकाश में बाथरूम मिरर में अपने को नग्न देखना उसे झुरझुरी दौड़ा गया। अपना बदन देखे ज़माना गुज़र गया है। गरम पानी के शावर में भीगते, साबुन लगाते उसे रोमांचित करती उत्तेजना हुई। सरहद पर बर्फ़ से आच्छादित बंकर के अन्दर छह गुणा छह फीट बने टॉयलेट में जहाँ दीवार पर टँगी लालटेन का अँधेरा-उजाला ऊँघ रहा होता, वहाँ सिर पर पानी डालते ही सिर्फ़ हनुमान चालीसा ही प्रस्फुटित होती थी। दूसरा कोई भी ख़्याल चाहकर भी नहीं आता। यहाँ देह प्रधान हो गई। वहाँ अवचेतन प्रधान था।

बाथरूम से निकलते ही एक बार फिर लिपि उससे चिपट जाती है। डायनिंग टेबल पर ढेर सारे व्यंजनों से उठती गन्ध से लिपटी भाप को अपने नथुनों में भरते हुए वह स्वाद से मदहोश हो गया। चेयर पर बैठते ही लिपि उसकी गोद में बैठ उसकी प्लेट से ही उसके साथ-साथ खाने लगी। पापा-मम्मी उसकी प्लेट में बीच-बीच में और खाना डाल देते। पिछले एक सौ बीस दिन फ्रेश सब्ज़ियों से महरूम रहते, टिंड खाना खाते उसकी स्वाद ग्रंथियाँ स्वादहीन हो गई थीं। आज वह खाना पेट भरने के लिए न खाकर स्वाद के लिए खा रहा है। परन्तु परिवार के सान्निध्य के सामने शायद स्वाद भी गौण हो गया है।

"आज तो मैं पापिया के साथ सोऊँगी!"

"बेटे, लम्बे सफ़र के कारण थक गए होगे। अब सो जाओ, कल गपशप करेंगे।" पापा के यह कहते ही मम्मी-पापा को 'गुडनाइट' कहकर लिपि को गोद में लिए वह अपने बेडरूम में आ जाता है।

"पापिया! चलो, पहले की तरह कुत्ती (कुश्ती) लड़ते हैं!"

इन्हीं लम्हों का तो इन्तज़ार था उसे। पिछले कई महीनों में कितना खोया है उसने—लिपि की इन सब बाल-सुलभ से ओत-प्रोत क्रीड़ाओं को। कुश्ती का अभिनय करता हुआ वह लिपि के साथ गुत्थमगुत्था हो गया।

"अरे, मैं तो हार गया।" हाँफते हुए पलँग पर हारे हुए प्रतिद्वंद्वी की तरह निढाल होकर वह बोला।

"मैं जीत गई! पापिया को हरा दिया!" पेट पर बैठी दोनों हाथों को विजयी मुद्रा में उठाए लिपि चिल्लाई।

"लिपि! पापा थके हैं। चलो, आँखें बन्द कर सो जाओ। कल खेलना पापा के साथ।" उसकी तरफ़ मुस्कराकर देखते-देखते नीलम लाइट बन्द कर देती है। लाइट बन्द होते ही लिपि उससे चिपककर सो जाती है। वह लिपि की पीठ पर थपथपाए जा रहा है और लिपि उसके गाल पर। लिपि की साँसों को, बेबी जॉनसन पाउडर लगे उसके बदन की गन्ध को वह अपने नथुनों-फेफड़ों में भर लेना चाहता है, ताकि अपने दिमाग़ी कम्प्यूटर में उसकी गन्ध की वह एक नई फ़ाइल खोल सके—वापस सरहद लौटने पर, इन लम्हों को पुनर्जीवित करने के लिए। यह जानने के लिए कि लिपि सो गई है अथवा नहीं, उसने उसका हाथ अपने गाल से उठाया। परन्तु तभी लिपि ने पुन: जकड़ लिया। क़रीब पन्द्रह मिनट थपथपाने के बाद लिपि नींद के आगोश में थी और वह नीलम के।

"कैसे रहे इतने दिन अकेले।"

नीलम की बातें उसकी साँसों के साथ कान में पड़ते ही इसका उत्तर उसने पाब्लो नेरुदा की पंक्तियों से दिया, "इन वन किस, यू विल नो व्हॉट ऑल आई हैव नॉट सैड।"

आँख खुलते ही उसने बिस्तर पर जब नज़र डाली तो पूरा बेड लिपि के बैग, उसकी किताबों, कॉपियों, क्रेयॉन्स, ड्राइंग, पेंसिल बॉक्स आदि से अटा पड़ा था। एक-एक चीज़—टीचर के मार्क्स, ड्राइंग दिखाए जा रही थी उसे। वह जहाँ-जहाँ जाता, साये की तरह पीछे चलती।

लंच करने के बाद उसकी इच्छा हुई कि पहले लिपि को स्कूटर पर बिठाकर बाज़ार से उसके लिए कुछ ख़रीदा जाए। पिछले चार महीनों से बाज़ार के अभाव में वह भी लिपि के ऊपर पैसे ख़र्च करने को मचल रहा था। सरहद की वीरानियों में लम्बा समय गुज़ारने के बाद हर फ़ौजी घर पहुँचने पर 'दिल से करोड़पति' बन जाता है। इसी जुनून में दिन के साढ़े तीन बजे लिपि को स्कूटर पर बिठा वह बाज़ार के लिए निकल पड़ा—ज़ेब में तीन हज़ार रुपये डालकर। पीछे की सीट पर बैठी लिपि ने उसे कमर से कसकर पकड़ा है। गुनगुनाए जा रही है वह। स्कूटर को धीरे-धीरे चलाते हुए वह खेल-खिलौने, बच्चों के कपड़े की दुकानों, फैंसी शूज़, वीडियो-गेम्स, मिठाइयों की दुकानों के आगे से गुज़रता है। कहीं-कहीं रुक भी जाता है स्कूटर पर बैठे-बैठे। बीच-बीच में पीछे मुड़कर लिपि से पूछता भी जाता, "क्या लोगी—बार्बी डॉल, ही-मैन, किचन-सेट, फ्रिल्सवाली फ्रॉक, वीडियो-गेम्स, चॉकलेट, मिठाई...वो देखो, इतना बड़ा और सुन्दर टैडी-बियर...ले लें...।"

"नहीं पापिया!" दो टूक ज़वाब देकर लिपि उसे और कसकर पकड़ लेती।

एक घंटे से भी ऊपर हो गया था बाज़ार में उसे धीरे-धीरे दुकानों के आगे स्कूटर से गुज़रते हुए। लिपि के लिए कुछ भी ख़रीदने को वह मचल रहा था। इसी पल का तो वह इन्तज़ार कर रहा था सरहद पर रहते हुए। कुछ फ़रमाइश ही नहीं कर रही है वह। बस कुछ अस्पष्ट गीत का गुनगुनाना ही सुन पा रहा है वह। क्या करूँ कि वह और चहक पड़े—यह सोचते हुए एक विचार उसके दिमाग़ में कौंधता है और वह स्कूटर को अपेक्षाकृत कम भीड़ वाली रोड पर चलाते गाने लगता है पूरे लय के साथ, "दही बेचन को लाधा चली, कन्हैया जी को अच्छी लगी...।" "तोता बाग़ में जाता, आम तोड़कर खाता, टूटी आम की डाली, लोया (रोया) बाग़ का माली, खिड़की कोल (खोल) कर देखो, मैडम टाटा...।"

"पापिया, मेरा गाना और पोयम आपको याद है?"

"हाँ मेरी पापिया! ये मैं कैसे भूल सकता हूँ।" सरहद पार की दूरियाँ इन्हें गुनगुनाते ही तो नज़दीकियों का आभास दिलाती थीं और लिपि उड़कर उसके पास चली आती।

और इस समय दोनों सुर मिलाते वही नर्सरी राइम्स गा रहे हैं। गाते-गाते वह सोचता है कि कल सुबह की धूप में छत पर दरी बिछाकर पिछली बार

की तरह वह लिपि को फंतासी बुनते हुए 'उड़ने वाली चादर' में लिटाकर आँखें मूँदकर एसेल वर्ल्ड, ताजमहल, पहाड़ों, झरनों, नदियों की सैर कराएगा—कमेंट्री करते हुए। पिछली छुट्टियों में घर आने पर वे दोनों इसी 'उड़ने वाली चादर' में लेटकर नाना-नानी के नैनीताल, पचमढ़ी में मीनल, किटी, शिवरंजनी के घरों में सबसे मिल आए थे। नैनीताल के ऊपर उड़ते हुए लिपि कहती—पापिया, बहुत ठंडी है और फिर उसके सीने से चिपक जाती। अगले दिन फिर कहती—पापिया, आज कहाँ उड़ेंगे?

"पापिया, आपका पर्स गिरने वाला है।"

सहसा उसका दायाँ हाथ हिप-पॉकेट पर गया। आधे से ज़्यादा पर्स ज़ेब से बाहर निकल चुका था। पर्स को ज़ेब के अन्दर करते हुए वह चौंका, अरे, अभी तक कुछ ख़रीदा ही नहीं! वह ख़ुद से बोला। पास ही उसे 'हिमालय बुक डिपो' की स्टेशनरी की दुकान दिखी।

"लिपि! स्कूल बैग, पैंसिल बॉक्स, कलर्स, क्रेयॉन्स...कुछ भी ले लो...।" स्कूटर को दुकान के सामने पार्क करने के बाद वह बोला।

"अच्छा पापिया...ठीक है।"

कुछ देर तक वह पूरी दुकान का अवलोकन करती है—धीरे-धीरे एक साइड से देखते हुए।

"पापिया...वो...!"

"वो...ये वाला...ये...!"

"हाँ।"

"पर ये तो पार्कर पैन है!"

"हाँ ये ही...।"

"पर बेटे...ये तो...अच्छा ठीक है। भई, ये पार्कर पैन दे दो।"

"और कुछ!"

"नहीं पापिया!"

स्कूटर स्टार्ट कर, पैन ख़रीदने के बाद वह सड़क पर आ जाता है। स्कूटर को वह एक स्कूल के पार्क की तरफ़ धीरे-धीरे चलाने लगता है। यहाँ एकान्त है। वह परेशान-सा है कि लिपि ने सिर्फ़-और-सिर्फ़ पार्कर पैन ही क्यों लिया, जबकि उस मार्केट में उसके मतलब की एक से बढ़कर एक वस्तुएँ थीं। उससे रहा नहीं गया, तो उसने पूछ ही लिया, "पार्कर पैन क्यों

लिया आपने? इससे तो बच्चे खेलते भी नहीं।"

"बताऊँ!"

"हाँ बेटे, बताओ!"

"मम्मी कहती है—आपको नई-नई पैन ख़रीदने का शौक़ है। किसी अंकल के बर्थ-डे में मम्मी कह रही थीं कि पापा का बेस्ट बर्थ-डे गिफ्ट पैन है। दादी भी एक दिन कह रही थीं कि बचपन में पैन को मुँह में डालकर आप खेलते रहते थे।"

यह सुनते ही वह स्कूटर को एकदम किनारे ले आया। एक चक्रवात-सा उसके ज़ेहन में उमड़ पड़ा था। स्कूटर चलाने में उसे परेशानी महसूस हुई। उसने साइड पर स्कूटर रोक दिया।

"पापिया, क्यों रुक गए?"

"बेटे, कीड़ा घुस गया आँख में।" झूठ बोलते हुए छलछला आई आँखों को पोंछते हुए वह बोला।

"तो उसका पापिया ही उसका सबसे बड़ा गिफ्ट है!" वह ज़ोर से बोल बड़ा।

"पापिया, क्या कहा? स्कूटर स्टार्ट करो न!"

"ओ.के. बेटे।" यह कहते हुए उसने स्कूटर स्टार्ट किया और स्कूटर को मुख्य सड़क पर लाकर चलाते हुए वह ज़ोर से गाने लगा—

"याहू...! चाहे मुझे कोई जंगली कहे,
कहते हों तो कहता रहे
हम प्यार के तूफ़ानों में घिरे, हम क्या करें...याहू...!"

रिलीज़...

भद-भद-भद-भद...

भदभदाने की आवाज़...जैसे भगोने में दाल-चावल पक रहा हो। देर-सवेर, गाहे-बगाहे, कहीं कुछ भी करते—बाथरूम में शेविंग करते, नहाते, टेबल पर खाना खाते, टहलते, सोते समय श्रवण कुमार को सुनाई देती भदभदाते हुए कुछ उबलने की आवाज़। यह आवाज़ 1994 के जुलाई माह में शुरू हुई और अभी तक बदस्तूर जारी है। पता नहीं, शायद कितने सालों तक यह आवाज़ उसके ज़ेहन में टीस पैदा करती रहे।

जेम्स वाट की केतली

श्रवण कुमार को जब-जब भद-भद-भद की आवाज़ सुनाई पड़ती, तो सहसा उसे जेम्स वाट याद आ जाता। फिर वह कल्पना करता—जेम्स वाट अपने कमरे में बैठा ऊँघ रहा होगा या अपनी ही दुनिया में खोया होगा, जब उसकी माँ अथवा पत्नी द्वारा चूल्हे पर पानी से भरी केतली में पानी के उबलकर भद-भद-भद भाप से ढक्कन के ऊपर-नीचे गिरने की आवाज़ ने उसकी तन्द्रा को तोड़ा हो। और फिर जेम्स वाट ने केतली के अन्दर खौलते पानी की भक-भक करती ताबड़-तोड़ आवाज़, भाप की ताक़त से ढक्कन का तेज़ी के साथ उठना-गिरना देख-सुनकर आँखें वहीं जमा दी हों। उथल-पुथल मच गई होगी उसके दिमाग़ में केतली के अन्दर की उथल-पुथल जैसी। परेशान हो गया होगा वह कुछ समय के लिए...और कुछ देर चिन्तन करने के बाद जोर से चिल्लाया होगा—'यूरेका!'

'यूरेका' में भेद छिपा था स्टीम इंजन के चलने का आविष्कार। आइडिया मिल गया था जेम्स वाट को कि भविष्य में स्टीम इंजन से रेल कैसे चलेगी। हो सकता है, यदि उसकी माँ अथवा पत्नी ने चूल्हे पर केतली नहीं रखी होती या जेम्स वाट बाहर मटरगश्ती करने गया होता, तो शायद स्टीम इंजन का आविष्कार देर से होता या कोई दूसरा वैज्ञानिक खोज करता। परन्तु नियति ने स्टीम इंजन का आविष्कार जेम्स वाट के ही नाम लिखा था।

भाप से भदभदाती, ढक्कन को फेंकती-सी केतली को देखकर कुछ मिनटों अथवा घंटे भर में जेम्स वाट को अपने दिमाग़ की केतली के भदभदाने, उसके उथल-पुथल होने का राज़ पता लग गया था और कुछ ही दिनों में यह राज़ आविष्कार बन दुनिया भर के समाचार-पत्रों, पत्रिकाओं और किताबों में रिलीज़ हो गया।

परन्तु...परन्तु जो केतली उसके दिमाग़ में 1994 से भाप छोड़ते भद-भद-भद कर रही है इस समय यानी 20 सितम्बर, 2010 तक बिना किसी परिणाम के। और यह आवाज़ टीस अलग से पैदा कर रही है। हालाँकि पिछले दो-तीन वर्षों से अब यह आवाज़ कम सुनाई देती है। पर सुनाई तो पड़ती है अभी भी यदा-कदा। कुछ न कर पाने का मलाल। दरअसल अब महसूस होता है कि वो एक सुनहरा मौक़ा था, जिसके लिए वह बिलकुल तैयार नहीं था। इतने लम्बे अरसे से महसूस हो रही इस भदभदाने की आवाज़ को वह जेम्स वाट के आविष्कार की तरह दुनिया के सामने लाकर हल्का होना चाहता था। मगर इस प्रयास में वह अभी तक अपने को असमर्थ पा रहा था। कैसे निजात पाए इस बेचैन करती आवाज़ से—यह उसके लिए एक परेशानी का सबब बन गई थी। फ़ील्ड पोस्टिंग के दौरान सरहद में बीवी-बच्चों से महीनों अलग रहते हुए एक रात यह भदभदाने की आवाज़ बेहद तेज़ हो उठी। रात के सन्नाटे में वह बिस्तर पर लेटा करवटें बदल रहा था, मगर नींद नहीं आ रही थी। अन्दर की भदभदाहट तड़पा रही थी। कुछ रिलीज़ होने को मचल रहा था। वह दबा हुआ सुषुप्त रिलीज़, जो सोलह साल पहले हो जाना था, अभी इसी वक़्त स्खलित होने के लिए बेचैनी की हद तक को पार कर गया था। वह उठ बैठा। दीवार की घड़ी रात के बारह बजकर पन्द्रह मिनट का समय बता रही थी।

वह गोल्डन मूमेंट उसने क्यों 'मिस' किया—इस तथ्य को जानने हेतु

अचानक एकान्त और गहन चिन्तन के सान्निध्य से वह विगत में डुबकी लगाने निकल पड़ा। जब वह वर्तमान में लौटा, तो घड़ी पर नज़र डाली। एक बज़कर तीस मिनट हुए थे। बेड पर लेटे-लेटे वह चिल्लाया, "यूरेका!" यूरेका चिल्लाने के बाद उसने सबसे पहले अपना नाम श्रवण कुमार से बदलकर जगन्नाथ रख लिया। सोलह साल से चली आ रही इस भदभदाहट की परिणति से श्रवण ने इस सिद्धान्त का प्रतिपादन किया कि आदमी यदि अपने हाथों का सही उपयोग करना जान जाए, तो अपना हाथ जगन्नाथ! दुनिया उसे अभी भी श्रवण कुमार के नाम से जानती थी। यह नामकरण उसने सिर्फ़ अपने लिए किया था। कोई गम्भीर समस्या आते ही वह अपने से कह उठता, "चल बेटा जगन्नाथ, शुरू हो जा।"

विगत में डुबकी लगाने के बाद मिले तथ्य

अपने बचपन के दिनों में लौटना पड़ा उसे। पिथौरागढ़ के दूरस्थ गाँव रीठा जाना पड़ा उसे। जहाँ से उसने प्राइमरी से लेकर एम.ए. की परीक्षा पास की थी। जहाँ घर से पढ़ाई के लिए चार-पाँच किलोमीटर दूर पैदल चलकर गाँव के अन्य बच्चों के साथ उसे बेरीनाग जाना पड़ता। शाम को उतनी ही दूरी नापते घर पहुँचने पर अँधेरा छाने लगता। खेती-बाड़ी का काम, गाय-भैंसों के लिए चारा-पानी, दूधना, जंगल से लकड़ी काटकर लाना, आधे किलोमीटर दूर धारे से पानी लाना, अँधेरा होने से पहले लालटेन की चिमनी साफ़ कर तेल चैक करना। फिर मुँह-हाथ धोकर बाबू, ईजा, भाई-बहनों के साथ घर के मन्दिर में एक साथ शंख-घंटी बजाते पूजा-आरती करना। खाना खाने के बाद लालटेन को बीच में रखकर सब भाई-बहनों का पढ़ना। रात को पौने नौ बजे हिन्दी समाचार ट्रांजिस्टर पर सुनना—यही सबकी सम्मिलित दिनचर्या होती।

मनोरंजन के नाम पर ट्रांजिस्टर अथवा गाँव में मनाए जाने वाले त्योहार या शादी-ब्याह। हिन्दुओं के त्योहारों के अलावा भी कई कुमाऊँनी त्योहार उत्सव का माहौल लेकर आते; जैसे—काले कव्वा, खतड़वा ओगिया, फूलदेई। यहाँ तक कि घर में सत्यनारायण की कथा अथवा पार्थिव पूजन की तैयारियों में एक-दो दिन पहले से ही घर में रौनक बढ़ जाती। वे सब भाई-बहन बड़े उत्साह से अपनी पुरानी कॉपियों के पन्ने फाड़कर प्रसाद बाँटने के लिए ईजा को देते। पंडित जी द्वारा पूजा के दौरान की गई गतिविधियाँ उन सबके लिए टी.वी. के रियलटी शो जैसी होती।

होली के दस दिन पहले से ही गाँव के घरों में होली के गीत गाए जाते। इस दौरान पीतल के गिलासों में गरम चाय और गुड़ की डली से उपजी सुड़कने की आवाज़ तबले की थाप का साथ देती। दिवाली में घर पर चूना-गेरू, लिपाई-पुताई, साज-सजावट, एपण डालना उतना ही तल्लीनता से लबरेज़ और आनन्ददायी होता, जितना आज किसी पी.वी.आर. में पॉपकार्न खाते हुए कोई अच्छी पिक्चर देखना। बसन्त पंचमी के दिन पूरे गाँव के लोग कोई पीला कपड़ा ज़रूर पहनते। जिसके पास पीला कपड़ा नहीं होता, एक दिन पहले पीले रंग से रूमाल को रँगकर उस दिन गले में पहनता। सब पीतांबर हो जाते। बच्चे से बूढ़े तक सब जन्माष्टमी, शिवरात्रि, रामनवमी का व्रत निष्ठापूर्वक रखते।

सब सन्तुष्ट और ख़ुश नज़र आते। शायद इसलिए कि आस-पड़ोस अथवा पूरे गाँव में तुलना करने के लिए कुछ भी नहीं था। पहाड़ों पर पत्थरों से बने सबके एक जैसे मकान। घरों में लगभग एक जैसा सामान—ताँबे, पीतल, लोहे के बर्तन, लोहे के चार-पाँच बक्से, बिस्तर, ट्रांजिस्टर, गोदाम में भरे आलू, प्याज, कद्दू, गडेरी, लहसुन, कटहल, टीन के कनस्तरों में भरी पहाड़ी दालें, गुड़ की भेलियाँ। सबके घर में गृहलक्ष्मी के लिए सोने की एक नथ, कान में बुन्दे, गलोबन्द और चाँदी के पाज़ेब। सबके सीढ़ीनुमा खेत, एक जोड़ी बैल, दो-तीन गाय-भैंसें, बस इससे ज़्यादा कुछ नहीं।

कभी-कभार शहर में नौकरी कर रहा किसी का बेटा-भाई जब गाँव आकर अपनी चीज़ें जैसे—टेपरिकार्डर, कैमरा, चमचमाती घड़ी, शैंपू, सैंट, बढ़िया जैकेट, सूट दिखाता, तो वे सब इन चीज़ों को बड़ी हसरत भरी निग़ाहों से देखते-छूते-महसूस करते। लेकिन उस व्यक्ति के जाने के बाद फिर सबकुछ सामान्य हो जाता। आउट ऑफ़ साइट, आउट ऑफ़ माइंड। फिर वही पहाड़ के गाँव की एकरस दिनचर्या शुरू हो जाती।

सबके घरों के आदमी-औरतें खेतों पर काम के लिए निकल पड़ते। बच्चे, बड़े, लड़के और लड़कियाँ चार-पाँच किलोमीटर दूर बेरीनाग के प्राइमरी, मिडिल, इंटर कॉलेज और नए-नए खुले डिग्री कॉलेज में पढ़ने सुबह निकल पड़ते। घर में खाना पकाने के लिए बूढ़े-बाढ़ी रह जाते। ऐसे माहौल में बीता था श्रवण कुमार का बचपन और लड़कपन। इसके फलस्वरूप वह इसमें ढलकर एक धार्मिक, रूढ़िवादी, अनुशासित, चरित्रवान, सहज, सरल, परन्तु

शर्मीले और भीरु स्वभाव के व्यक्तित्व का स्वामी हो गया। डिग्री कॉलेज में पढ़ने के दौरान उसकी प्रवृत्ति अथवा रुचि साथ पढ़नेवाली लड़कियों में भी नहीं थी, जबकि उसके साथी लड़कियों के आगे-पीछे घूमते, उनकी ख़ूबसूरती के पुल बाँधते, छींटाकशी करते नहीं थकते थे। जब उसके दोस्त उसके साथ चलते हुए यह सब करते, तो वह उनसे एक दूरी बनाकर पीछे चलने लगता। पर वह देखता कि लड़कियों को भी लड़कों द्वारा सराहा जाना अच्छा लगता। वे अपने ग्रुप में खिलखिलाते हुए पीछे मुड़कर देखतीं और कॉलेज की बातों में मग्न हो जातीं। कॉलेज की कैंटीन में लड़कियाँ ऐसे लड़कों के साथ चाय-समोसा खातीं, ख़ूब बतियातीं। गाँव के उबाऊ माहौल के बाद यहाँ का उन्मुक्त वातावरण उन्हें ख़ूब भाता।

डिग्री कॉलेज में प्रवेश लेने के बाद सबसे बड़ा परिवर्तन श्रवण कुमार में यह आया कि कॉलेज की लाइब्रेरी की पुस्तकों, पत्रिकाओं से उसे अगाध प्यार हो गया। ख़ाली पीरियड में वह लाइब्रेरी में कविता-कहानियाँ पढ़ता और कई किताबें इशू करवाकर पढ़ने के लिए घर ले आता। अब वह घर के कामों में ज़्यादा व्यस्त नहीं रहता था। उसके ईजा, बाबू भी समझने लगे थे कि कॉलेज में ज़्यादा पढ़ाई करनी पड़ती है, तभी अच्छी नौकरी लगेगी। एम.ए. पास करने तक उसने ढेरों उपन्यास, कविता-संग्रह, कहानी-संग्रह, जीवनियाँ आदि पढ़ डालीं। हर दिन कुछ पढ़ना उसकी दिनचर्या में ऐसे शामिल हो गया, जैसे खाना खाना। एम.ए. करने के बाद वह प्रतियोगिताओं की तैयारी करने के लिए अपने ताऊजी के घर देहरादून आ गया। ताऊजी का घर इंडियन मिलिट्री एकेडमी के पास पंडितवाड़ी में था। हर रोज़ कैडेटों की गतिविधियों को देखकर उसके मन में भी अफ़सर बनने की इच्छा हुई। उसकी मेहनत रंग लाई, जब वह सेना में अफ़सर बन गया। तब से अब तक उसकी पोस्टिंग दिल्ली, हैदराबाद, आसाम, मद्रास, मुम्बई, श्रीनगर, जम्मू, कलकत्ता जैसे कई शहरों में हुई।

गाँव के ठेठ देहाती माहौल के बाद अचानक आर्मी के नए कल्चर यानी मैस फंक्शन, डिनर नाइट, क्लब सोशल, डांस, बार, गोल्फ़, टेनिस, स्वीमिंग, घुड़सवारी और पार्टियों के माहौल में वह सब सीखता अपने व्यक्तित्व में निखार लाता गया। क्लबों में अक्सर वह गाने गाता, डांस करता और फार्मेशन द्वारा आयोजित ड्रामों, सिंपोज़ियम में हिस्सा लेता। लेकिन इन सब नए परिवर्तनों

को आत्मसात करने के बाद भी उसके पहले के संस्कार ज्यों-के-त्यों थे और व्यक्तित्व सभी आडम्बरों से दूर एकदम सहज और सरल। पढ़ने का शौक़ बरक़रार रहा। हाँ, अब उसका कैनवस विस्तृत हो गया, जिसमें विश्व साहित्य के साथ-साथ मिलिट्री सम्बन्धी पुस्तकें भी आ गईं।

भक-भक करती केतली की पृष्ठभूमि

तब वह जम्मू में पोस्टेड था। वह यानी कैप्टन श्रवण कुमार। आर्मी में फंक्शन, पार्टियाँ हर स्टेशन में होती ही रहती हैं—कभी मैस में, तो कभी क्लब में। ये कोई नई बात नहीं है। जम्मू के उस्मान क्लब में उस दिन क्लब सोशल था। हर बार की तरह बार से चिल्ड पैप्सी हाथ में लिए वह एक 'लाइक माइंडेड' ग्रुप में शामिल हो गया। 'लाइक माइंडेड' सिर्फ़ इसलिए कि यह ऑफ़िसर्स का ग्रुप पार्टी के ख़ुशनुमा माहौल में ऑफ़िस की नीरस बातें नहीं करता था, बल्कि रसीले चुटकुले, जोक्स, पिक्चरों के डायलॉग और पुराने गाने सुनने-सुनाने की बातें कर मस्ती पैदा कर देता। साहित्य अथवा साहित्य से जुड़ी बातों से इनका भी दूर-दूर तक कोई वास्ता न था। फ़ौजी जीवन में न तो उसे कोई साहित्यिक वातावरण मिला और न ही साहित्यिक मित्र। अब तो वह कोई ऐसी अपेक्षा भी नहीं करता था। ख़ासतौर से फ़ौज में अफ़सर तबक़ा हिन्दी पढ़नेवालों को हेय दृष्टि से देखता है। हिन्दी नहीं आना भी एक स्नॉबिश फील फैक्टर है। इन सबके बावज़ूद उसका अवकाश और छुट्टियाँ साहित्य के पठन-पाठन के शौक़ के लिए काफ़ी थीं। फ़ौज की व्यस्त दिनचर्या के बाद वह कविता-कहानी पढ़ ही लेता। फिर भी एक साहित्यिक मित्र की कमी उसे हमेशा महसूस होती। पार्टियों में वे दोनों पति-पत्नी साथ जाते और क्लब पहुँचकर सबको विश करने के बाद लेडीज़ अपने ग्रुप में चली जाती और जैंट्स अपने ग्रुप में।

"साब! मेमसाहब बुला रही हैं।" एक ऐसी ही पार्टी में एक वेटर ने आकर उससे कहा।

"एक्सक्यूज़ मी।" कहकर वह ग्रुप से निकल दूसरे हॉल में चला गया, जहाँ लेडीज़ बैठी थी।

"हाँ बोलो, क्यों बुलाया?" उसने पत्नी से पूछा।

"बेबी को अंकल चिप्स दिला दो, बार से।"

"ठीक है, आओ बेबी।" यह कहकर वह बेबी को लेकर बार काउंटर

पर गया और बार चिट साइन कर अंकल चिप्स बेबी को थमा दिया।

"मेरे अच्छे पापा!" कहती हुई वह मम्मी के पास दौड़ गई। वह पुनः अपने ग्रुप में जाने के लिए मुड़ा।

"गुड ईवनिंग।" अचानक एक महिला के सामने आ जाने पर वह बोल पड़ा।

"गुड ईवनिंग।" कैसे हैं आप? सुना है, आप भी साहित्य में दिलचस्पी रखते हैं।"

"जी आप...आपको पहचाना नहीं...और हाँ...परन्तु...बट आपको कैसे पता लगा...।"

"बस! पता लगा लिया।" वह मुस्कराते हुए बोली।

वह एकदम हैरान था। पहली ही मुलाक़ात में एक अपरिचित महिला अचानक सामने आकर साहित्य के बारे में...। वह अभी पहले झटके से सँभल भी नहीं पाया था कि उसने कविता-कहानी पर चर्चा शुरू कर दी।

"मैडम, आपके हस्बैंड का नाम...यूनिट...?"

"अरे, हम आपके ही पड़ोस कालूचक के गोस्वामी इन्क्लेव में 55/3 में एक हफ़्ता पहले सिकंदराबाद से आए हैं। आपका फ़्लैट नम्बर 53/1 है, एक फ़्लैट छोड़कर अगला वाला। मेरे हस्बैंड 12 मराठा लाइट इनफैंट्री में हैं—मेज़र रवि कटनेश्वरकर। मिसेज़ श्रवण कुमार ने मुझे लेडीज़ मीट में बताया था कि आप भी ख़ूब कविता-कहानी पढ़ते हैं।"

"ये तो बहुत ख़ुशी की बात है कि अब आपसे साहित्य पर बातें होंगी, वरना फ़ौज के माहौल में तो सोच भी नहीं सकते और वह भी हिन्दी साहित्य। यहाँ तो लोगों की पसन्द पल्प फिक्शन है—रॉबर्ट लुडलुम, जेफ्रे आर्चर, सिडनी शेल्डन, टॉम क्लेंसी...।"

"आपने इस्मत चुगताई, मंटो की कहानियाँ पढ़ी हैं?"

उसे चार सौ चालीस वोल्ट का करंट लगा। क्या बाक़ी सारे कहानीकार मर गए हैं, जो पहली ही मुलाक़ात में इनका नाम ले लिया। पहली ही मुलाक़ात में इन लेखकों द्वारा वर्जित कहानी के विषयों पर बात करने से वह झिझक रहा था। गाँव के संस्कार और उसका भीरु-शर्मीला स्वभाव उसे नर्वस कर रहा था।

"साब, स्नैक्स!" वेटर ट्रे में चिकन टिक्का दिखाते हुए बोला।

"ओह! आप लीजिए पहले!" उसने कहा।

परन्तु एक साहित्यिक मित्र को अचानक पा जाने से उसे रोमांच-सा महसूस हुआ। पूरे शरीर में एक झुरझुरी दौड़ गई और उसका डर जाता रहा।

"हाँ-हाँ। इस्मत जी की 'लिहाफ़', मंटो की 'खोल दे', 'काली सलवार', 'बू', 'ठंडा गोश्त', 'टोबा टेक सिंह' कई कहानियाँ पढ़ी हैं...।" एक अनज़ान सुन्दर-सी महिला से नॉनवेज़ विषयों पर बात करते हुए उसे आनन्द महसूस हो रहा था और रोमानियत की मदहोशी छाने लगी थी। उसे लगा कि वह गिर जाएगा। कभी वह एक टाँग पर खड़ा हो रहा था, तो कभी दूसरी टाँग पर। ऐसा रोमांच उसने पहले कभी नहीं महसूस किया था। 'देयर इज नो लव लाइक फॉरबिडन लव।' वह मन-ही-मन बोला।

"आपके पास हैं इनकी कहानियाँ?'

"हाँ जी, बहुत साल पहले 'सारिका' पत्रिका ने ज़ब्तशुदा कहानी विशेषांक के दो अंक निकाले थे। मेरे पास पड़े हैं। कल ढूँढ़कर आपको भिजवा दूँगा। अच्छा, अभी चलता हूँ। फिर मिलेंगे, ओ.के. बॉय।" यह कहकर उसने आसपास के लोगों पर नज़र डाली कि कहीं कोई उसे देख तो नहीं रहा। वह ऐसे डर रहा था, जैसे कोई ग़लत काम कर बाहर निकला हो।

इसके बाद जब भी क्लब फंक्शन, मैस में डाइनिंग इन-आउट पार्टियाँ होतीं, शुरू में अफ़सरों से 'हाय-हैलो' कहने के बाद उसकी निगाहें मिसेज़ कटनेश्वरकर को ढूँढ़ने लगतीं। लाइक माइंडेड पार्टनर जो मिल गया था, जिसने सालों के वैक्यूम को अपनी उपस्थिति से भर दिया था। इन सबके बावज़ूद वह उससे पार्टियों अथवा क्लब फंक्शन में अकेले में दस-पन्द्रह मिनट से ज़्यादा बात नहीं करता। क्योंकि भले ही वे एक-दूसरे के साहित्यिक मित्र हों—सौ प्रतिशत, मगर दुनिया की नज़रों में आदमी और औरत यानी नर और मादा थे। हाँ, यदि उसकी पत्नी या अन्य जानी-पहचानी महिलाएँ साथ बैठी होतीं, तो उसके लिए एक घंटा बात करना सामान्य लगता। बीच-बीच में वह अन्य बैठी महिलाओं के साथ भी यह सोचकर बात कर लेता कि वे ये न सोचें कि वह उनको नज़रअन्दाज़ कर रहा है। यद्यपि उसके साहित्यिक वार्तालाप में शरीक करने पर महिलाएँ कहतीं—'एक्स्क्यूज मी! आई डोंट नो हिन्दी।' 'आई रीड ऑन्ली इंग्लिश फिक्शन', 'कविता-कहानी तो तब पढ़ें, जब टी.वी. की लत छूटे...।' इस तरह की बातें सुनकर वह खिसियानी हँसी

हँसता और फिर वे दोनों कविता-कहानी के समन्दर में तैरते दूर निकल जाते। ऐसा करते वह निडर, बेझिझक महसूस करता। क्योंकि वह जानता था कि आसपास बैठी महिलाएँ जानती हैं और सुन भी रही हैं कि वे दोनों सिर्फ़-और-सिर्फ़ साहित्यिक बातें कर रहे हैं, अन्य कुछ भी नहीं।

"सुनो! आजकल मैं देख रही हूँ कि आप पार्टियों में मिसेज़ कटनेश्वरकर के साथ कुछ ज़्यादा ही बातें करते हैं।" एक रात पार्टी से घर लौटने पर पत्नी बोली।

"अरे यार, तुम भी बस! कितने सालों के बाद कोई साहित्य-प्रेमी मिला है। साहित्य में उसकी गहरी रुचि है। वह कहानी-कविताएँ भी लिखती हैं। आर्मी में कहाँ मिलते हैं ऐसे लोग और फिर मेरे बारे में उसे तुमने ही तो बताया था।"

"दुनिया तुम्हारी तरह नहीं है, वह उसे कुछ और ही समझेगी और क्या पता बाद में 'साहित्य-प्रेम' शब्द से 'साहित्य' शब्द ही ग़ायब हो जाए। ऐसा होते देर ही कितनी लगती है! प्लीज़ नो मोर फ्रॉम नाउ ऑनवर्ड्स।" पत्नी ग़ुस्से में बोली।

इसके बाद तो मिलना एकदम बन्द कर दिया उसने—एक हेनपेक्ड हस्बैंड की तरह। परन्तु अन्दर-ही-अन्दर उससे बात करने की चाहत बरक़रार रही। अब पत्नी भी ख़ुश थी।

इस बीच एक-दो माह गुज़र गए बिना किसी पार्टी-फंक्शन के। एक दिन शाम को स्कूटर पर जब वह घर का सामान लेने सतवारी बाज़ार निकलने ही वाला था, तो पत्नी बोल पड़ी, "सुनो, मेज़र कटनेश्वरकर सीनियर कमांड कोर्स पर मऊ गए हैं। मिसेज़ बच्चों के साथ अकेली हैं। जाते-जाते उनसे पूछ लेना कि बाज़ार से कुछ सामान तो नहीं लाना! और हाँ, बाहर से ही पूछना। अन्दर मत जाना।"

कई बार आदमी औरत होता है और औरत आदमी

"अरे बोस्की, सुनना! अन्दर जाकर मम्मी से पूछ आओ कि बाज़ार से कुछ सामान मँगवाना हो, तो बता दें। मैं बाज़ार ही जा रहा हूँ।" स्कूटर पर बैठे-बैठे उसने मेज़र कटनेश्वरकर के लॉन में खेलते बोस्की और बोनी को आवाज़ दी।

"ओ.के. अंकल!" यह कहते दोनों बच्चे अन्दर शोर करते भागे।

"अरे आप! अन्दर आइए न! बाहर क्यों खड़े हैं?"

"नहीं मैडम, अभी नहीं। मैं बाज़ार जा रहा हूँ। कुछ मँगवाना हो, तो बता दें, मैं लेता आऊँगा।" स्कूटर पर बैठे-बैठे वह बोला।

"अरे, ऐसा कैसे हो सकता है! देखिए, हमने आपके लिए कुछ बनाया है। खा के जाइए आप।"

"मैडम, वाइफ़ के साथ आऊँगा कल, तब सब साथ खाएँगे।"

"अरे कल तक तो खत्म कर देंगे बच्चे। अन्दर तो आइए प्लीज़।"

'फँस गए बेटा।' उसने ख़ुद से कहा। स्कूटर को स्टैंड पर लगाकर आसपास के घरों की खिड़कियों-दरवाज़ों को चोर निगाहों से झाँकते-डरते हुए उसने अन्दर प्रवेश किया। कहीं पत्नी को पता चल गया, तो ख़ैर नहीं! अनहोनी की आशंका से ग्रस्त ज़मीन पर नज़र झुकाए वह सोफ़े पर बैठ गया।

"ये लीजिए, खाकर स्वाद बताइए!"

"वाह, बेसन के लड्डू! असली घी की ख़ुशबू!"

"आप तो ख़ाने से पहले ही तारीफ़ किए जा रहे हैं।"

"ओ.के.!" लड्डू को मुँह में डालकर उसने खाना शुरू किया। मिठाई का तो वह हमेशा से ही शौक़ीन रहा है।

"एक्सीलेंट टेस्ट! बहुत स्वादिष्ट है। वेरी टेस्टी।"

लड्डू खाने के बाद वह एकदम सोफ़े से उठ खड़ा हुआ और बोला, "थैंक्स मैम! बाज़ार से कुछ मँगवाना है, तो बता दें। मैं अभी...।"

"हमने आपके ऊपर एक कविता लिखी है, यह देखिए!" उसकी बात को बीच में ही काटते हुए उसने एक पेपर थमा दिया और फिर सोफ़े पर बैठ गई।

वह हैरान था। काँपते हाथों से उसने वह पेपर लिया और फिर कविता को ध्यान से पढ़ने के लिए पुनः सोफ़े पर बैठ गया। वह कविता एक बार पढ़ने मात्र से ही उसे आज भी अक्षरशः याद है—

उस दिन तुम
लग रहे थे कुछ अफ़लातून से—
बाल बिखरे, कमीज़ के बटन खुले
लॉन में ऐसे चल रहे थे सोचते-खोजते
जैसे किसी जंगल में भटक गए हों रास्ता,
उस भटकने में,

उस बेतरतीब रहने में
घर दुनिया में रहते हुए भी
उन सबसे दूर, बेख़बर, बेलौस
उन सबमें एक सम्मोहन था! आकर्षण था!
वहाँ से गुज़रनेवाली आँखों के लिए।
एक वे आँखें थीं
जो कहीं भी नहीं देख रही थीं,
और एक वे आँखें—
जो सिर्फ़
'कहीं भी नहीं देखती आँखों' को देख रही थीं
एकटक!

पूरी कविता पढ़ने के बाद वह थरथराने लगा था। उससे कुछ भी कहते-करते नहीं बन पा रहा था। यह सब कुछ अप्रत्याशित था। उसने अपनी आँखें एक डरे-सहमे से बच्चे की तरह ज़मीन पर गड़ा दीं। फिर एक झटके में मिसेज़ कटनेश्वरकर ने उसके हाथों से पेपर छीन लिया।

"हम आपसे नाराज़ हैं!"

इस लांछन को सुन पहली बार उसने मिसेज़ कटनेश्वरकर के चेहरे को देखा। वह 'क्यों' और 'कैसे' कहना ही चाह रहा था कि उसने महसूस किया कि उसके मुँह का सैलाइवा सूख गया है। ज़बान सिल-सी गई है।

"परसों हम आपके घर के सामने से गुज़र रहे थे। हमने देखा कि आप जाली वाले दरवाज़े के पीछे खड़े हैं। हमें देखते ही आपने दूसरा दरवाज़ा फटाक से बन्द कर दिया।"

"अरे मैम! उस समय मैं बाहर नहीं देख रहा होऊँगा। किसी काम में बिज़ी होऊँगा।" बड़ी मुश्किल से वह इतना कह पाया। वह अजीबो-ग़रीब स्थिति में था। कोई भी लड़की अथवा औरत उसके साथ इस तरह पेश नहीं आई थी आज तक और इस तरह रागात्मक सम्बन्धों की बातें...? कॉलेज के दौरान उसने लड़कों को लड़कियों की तारीफ़ में शेरो-शायरी और कविता करते सुना था, पर उनकी लाख कोशिशों के बाद कोई नहीं पटती थी। वह सोचने लगा कि जब कॉलेज के दिनों में यह सब करने की उम्र थी, तब नहीं सोचा इस बारे में, तो अब...सब बेकार है। जब वह इन विचारों से आक्रान्त

था, तभी उसे अपने मन के किसी कोने के उपवन में खिले फूलों के ऊपर भँवरों की गुंजन सुनाई दी। सहसा रंग-बिरंगी तितलियाँ उड़ने लगीं और पंछी चहचहाने लगे। उसे लगा कि वह बियाबान जंगलों, घाटियों के ऊपर पक्षियों के साथ हवा, बादलों से अठखेलियाँ करता उड़ा जा रहा है। काश! ऐसा कोई कॉलेज के दिनों में कहता...।

"आप तो कॉलेज के दिनों में और भी हैंडसम रहे होंगे...।"

उसके चेहरे पर हवाइयाँ उड़ने लगीं। जड़वत हो गया वह मूर्ति की तरह। मन-ही-मन सोचने लगा—हाँ, सिर के बाल कम हो गए हैं। पहले अच्छी ज़ुल्फ़ें हुआ करती थीं। पर तब किसी ने लिफ़्ट नहीं दी। वह सोफ़े से उठने को हुआ, पर पाँवों को किसी अदृश्य शक्ति ने जकड़ रखा था।

"हमने अपनी एक कहानी में आपका ज़िक्र भी किया है। एक पहाड़ी लड़के का...उसके होंठ भी आपके होंठों की तरह बहुत पतले हैं। ये लीजिए कहानी, बाद में लौटा दीजिएगा।" वह ये सब इतनी सहजता से कहे जा रही थी, जितनी असुविधा से वह बैठा हुआ था—डरा, सहमा, रोमांचित और किंकर्त्तव्य विमूढ़।

"थैंक्यू मैडम! अब जाने दीजिए।" पूरी शक्ति और साहस बटोरकर वह खड़ा होकर इतना ही बोल पाया और बिना उसकी तरफ़ देखे, बिना प्रतिक्रिया जाने वह बाहर निकल आया। स्कूटर स्टार्ट करते समय उसने आसपास के घरों की खिड़कियों में भी नहीं झाँका। चेतनाशून्य जो हो गया था वह। इसी उधेड़बुन, असमंजस की स्थिति में हिचकोले खाते-खाते वह सतवारी बाज़ार पहुँच गया। एक पार्किंग जगह पर स्कूटर को पार्क करने के बाद भी कुछ देर तक वह वहीं खड़ा रहा—बेवज़ह। शायद अभी भी वह इस चक्रवात से नहीं उबर पाया था। एक अनहोनी घटना घटी थी उसके जीवन में। फ़िल्मों में, कॉलेज में, बाज़ार, सिनेमाहॉल और अन्य जगहों में भी उसने सिर्फ़ लड़कों-आदमियों को ही युवतियों-लड़कियों की ख़ूबसूरती की तारीफ़ करते, चाटुकारिता करते, आगे-पीछे घूमते, शेरो-शायरी सुनाते देखा था। पर इन सब बातों से लड़कियों पर परिलक्षित प्रभाव कभी नहीं देखा था उसने। पर यहाँ तो मामला ही एकदम उलटा है। उसकी बातों ने तो दिलो-दिमाग़ में सूनामी लहरें पैदा कर दी हैं। यह रोमोनियत से लबरेज़ अनुभव की सिहरन उसे अभी तक अलभ्य थी।

एक सिहरन, झुरझुरी डर की भी होती है, जो उसने उसके घर में महसूस की थी। मगर इस सिहरन में एक मादकता थी, प्रेम की बारिश थी, एक कुँवारा एहसास था, जो उसे एक अनज़ान महिला से बिना किसी मतलब के मिल गया था। क्या कोई उसे ऐसी निगाहों से भी देखता है—इतनी बारीकियों के साथ! उसकी पत्नी तो उसे उन सब बातों पर फटकार मारती है, जिस पर उसने कविता लिखी है। मसलन खोए-खोए रहना, बिखरे बाल, कमीज़ के बटन खुले होना, बेलौस स्वभाव—ये सब बातें तो अच्छी नहीं हैं, फिर वह इस अफ़लातून पर क्यों फ़िदा है!

स्कूटर पार्किंग के पास खड़े-खड़े वह सोचने लगा। सहसा उसकी उँगलियाँ होंठों पर फिरने लगीं। 'पतले होंठ' बोली थी वह। कैसे पता लगेगा कि उसके होंठ पतले हैं। यह जानने के लिए वह पार्किंग से चलकर मुख्य सड़क पर आ गया। राह में चलते लोगों के होंठों से वह अपने होंठों की तुलना करने लगा। एक, दो, तीन, चार, पाँच न जाने कितने होंठ...पान खाए लाल होंठ, गुटका चबाते होंठ, सिगरेट-बीड़ी पीते होंठ और कुछ, कुछ भी नहीं करते होंठ। यह सब देखते हुए वह बार-बार अपने होंठों को उँगली के स्केल में आँकता...हाँ, सही कहती है...औरों की तुलना में तो...। क्या पैनी नज़र है। मान गए। शादी-बच्चों के बाद भी इस लेडी के कितने उन्मुक्त बेख़ौफ़ विचार हैं। दाद देनी होगी। स्कूटर पार्किंग की तरफ़ जाते उसे महसूस हुआ कि वह ख़ुद एक लोक-लाज से डरी-सहमी औरत है और मिसेज़ कटनेश्वरकर एक आदमी। आदमी नहीं—मर्द। फ़िज़िकल बॉडी से ही कोई आदमी और औरत नहीं होता, सिर्फ़ विचारों से होता है।

सामान ख़रीदकर जब वह वापस मिसेज़ कटनेश्वरकर के घर से गुज़रा, तो उसकी निगाहें स्वत: उस घर की तरफ़ मुड़ गईं—न चाहते हुए भी। सामान पत्नी को देने के बाद कपड़े उतार वह बेड पर लेट गया। उस पूरे रोमांचकारी अनुभव को वह उसी तीव्रता से महसूस करना चाहता था। बस, भद-भद-भद केतली के भदभदाने का शोर यहीं से शुरू हुआ।

"आज बार-बार शीशे को बहुत देख रहे हो।" पत्नी बोली।

"बस, ज़रा दाँत में कुछ फँस गया था।" पत्नी के चेहरे के भावों को पढ़ते हुए वह बोला।

जब उसे लगा कि पत्नी का मूड ठीक है, तो वह बोल पड़ा, "अच्छा,

ये बताओ, मेरे होंठ पतले हैं या मोटे?"

"ये क्या हो गया तुम्हें आज!"

"अरे कुछ नहीं, ऐसे ही पूछ रहा हूँ।"

"नहीं, कुछ बात तो ज़रूर है, क्योंकि कपड़े-वपड़े तो तुम ढंग से पहनते नहीं। एक कमीज़ एक हफ़्ते तक पहनते हो, जबकि इतने कपड़े हैं, बिना स्लीपर के बरमुडा पहन बाहर लॉन में टहलते हो। तो होंठों पर आज कैसे ध्यान चला गया। बताओ न!"

मिसेज़ कटनेश्वरकर द्वारा की गई अपनी प्रशंसा से वह फूला नहीं समा रहा था। अचानक मिले तारीफ़ों के पुल और स्वयं से प्रेम होने के एहसास को वह रोक नहीं पाया और उसी झोंके में पूरी राम-कहानी सुना गया। रोमानियत के तूफ़ान में उसकी विवेकशीलता जाती रही और यहीं से सब गड़बड़ हो गया। फिर तो पत्नी से जो फटकार मिली, वो कई दिनों तक जारी रही। पत्नी को कई दिनों तक समझाने, क़सम खाने और प्यार-मनुहार करने के बाद ही सामान्य स्थिति बन पाई।

"मैंने कहा था तुमसे, घर के अन्दर मत जाना। उसका हस्बैंड घर पर नहीं है। फिर भी तुम गए।" यह बात पत्नी ने कई बार दोहराई थी इस बीच।

"अरे यार! कितनी बार तुमसे कह चुका हूँ कि मैंने तो स्कूटर पर बैठे-बैठे बाहर ही से बोस्की से कहा था कि अन्दर जाकर मम्मी से पूछकर आओ। पर वह तो मानी ही नहीं। कहने लगी—आपके लिए कुछ बनाया है। खा के जाइए। बेसन के लड्डू खाकर मैं बाहर आने ही वाला था कि...।"

"अन्दर-ही-अन्दर लड्डू फूट रहे होंगे तुम्हारे भी! कहीं 'दूसरे लड्डू' नहीं खिला दे वह। ख़बरदार! अगली बार ऐसा हुआ, तो देख लेना। मेरी क़सम खाओ कि अब उससे नहीं मिलोगे।"

"ये लो, अब तो ख़ुश! देखूँगा तक नहीं उसकी तरफ़!" पत्नी के सिर पर हाथ रख वह बोला।

कई बार पत्नी से मज़ाक में वह कहता, "तुम्हें भी तो हॉलीवुड के ग्रेगरी पैक, टॉम हैंक्स, पियर्स ब्रोसनान अच्छे लगते हैं। उनके फीचर्स की तारीफ़ करती रहती हो।"

"वे स्क्रीन पर अच्छे लगते हैं।"

"कल्पना करो कि वे हमारे पड़ोसी होते तो...।"

"कैसे होते। ऐसी वकालत मत करो, जिसका कोई सिर-पैर न हो।"

"डार्लिंग, आइ वॉज़ जोकिंग! माई लव, आइ लव यू! यू आर सो स्वीट!" बच्चों की तरह तुतलाते हुए वह उसे फिर बाँहों में भर लेता।

उस दिन के बाद से जब तक वे दोनों परिवार जम्मू के गोस्वामी इन्क्लेव में रहे, वह उससे कभी नहीं मिला। फिर तो उसकी पोस्टिंग मद्रास हो गई और इस तरह इस चैप्टर का अन्त हो गया।

पर क्या वास्तव में अन्त हो गया? यदि ऐसा हो गया होता, तो एक सुनहरा मौक़ा गँवाने की भदभदाहट जो उसके दिमाग़ की केतली में पिछले सोलह सालों से शोर कर रही है, वह अभी इस पल कहानी लिखने तक नहीं हो रही होती। वह सब भूल गया होता, वैसे ही जैसे स्कूल के दिनों में रटा उन्नीस का पहाड़ा या पाइथागोरस थ्योरम...क्या दिमाग़ की केतली में जो खौल रहा है भदभदाहट के साथ...कुछ रिलीज़ होने को मचल रहा है... काश! तब एक कसकर झप्पी मार ली होती, लिप-लॉक किस कर दिया होता...या फिर...। कहते हैं कि औरत की 'ना' में 'आधी हाँ' होती है। पर यहाँ तो वह बिछी पड़ी थी।

और एक रात जब वह सरहद से लगी अपनी गोरखा-रिज पोस्ट के अन्दर बेड पर अपने दिमाग़ की केतली के अन्दर खौलते पानी की भदभदाहट से सो नहीं पा रहा था। बिस्तर पर उलट-पलट होते छटपटा रहा था। कुछ रिलीज़ होने को मचल रहा था। तभी वह बिस्तर से उठ बैठा और एक बार चिल्लाया, "यूरेका।" फिर उसने अपने हाथ को चूमा ओर बोल उठा, "नहीं मिली तो क्या! अपना हाथ जगन्नाथ!" धीरे-धीरे वह स्टडी टेबल पर आया। टेबल लैंप का स्विच ऑन किया, फिर क्लिप-बोर्ड में पेपर डाल पैन को उँगलियों से धीरे-धीरे सहलाते हुए वह काग़ज़ के ऊपर रिलीज़ होने लगा...

कहानी ख़त्म मगर...।

पुनश्च—परन्तु प्रिय पाठको! क्या आपको यह नहीं लगता कि ये रिलीज़, पैन से ही सही, 'असली रिलीज़' से हज़ार गुना श्रेष्ठ है। 'असली रिलीज़' के क़िस्से आए-दिन टी.वी., समाचार-पत्रों में आते ही रहते हैं। स्टीम ही तो रिलीज़ करनी है—अकेले करो अथवा संयुक्त रूप से।

हार की जीत

थोड़ी देर पहले उसकी बायलोजिकल क्लॉक ने अलार्म बजाकर उसे पाँच बजे जगा दिया था।

और पाँच बजकर दस मिनट पर शाम के इस वक़्त वह पूरी तरह तैयार था—सफ़ेद निक्कर, सफ़ेद टी-शर्ट और जॉगर-शू पहनकर। यह सब आदतन था। उसकी दिनचर्या का हिस्सा। फ़ील्ड पोस्टिंग में फैमिली से दूर कुछ वर्ष अकेले रहने के कारण सुबह और शाम पाँच किलोमीटर जॉगिंग, ब्रिस्क वॉक, बैडमिंटन खेल उसकी दिनचर्या के अभिन्न अंग बन चुके थे। कश्मीर की गुरेज़ घाटी में ज़बरदस्त स्नोफॉल के दौरान भी जब उसके अन्य साथी अपने-अपने बंकरों में बुखारी से चिपके रहते, वह कैप्टन बरुआ के साथ स्नो-क्लोदिंग, स्नो-बूट्स पहन, सन-ग्लास आँखों पर चढ़ाकर, हाथ में छाता पकड़े तीन-चार किलोमीटर चलकर आसपास के गाँव घूम आते। दरअसल उद्देश्य होता कि शरीर थक जाए, भूख लगे और रात को सोते ही नींद आ जाए। घर की, बीवी-बच्चों की कमी अवसाद को पनपने न दे। इसके अलावा फ़ुरसत के समय में उसकी एक बहुत पुरानी हॉबी थी—कविताएँ, कहानियाँ पढ़ना। और यह अब तक बरक़रार है। परिवार के साथ रहते हुए किसी छुट्टी के दिन ऑफ़िस के कामों की वज़ह से जब वह नहीं पढ़ पाता, तो उसका मूड ख़राब हो जाता। बात-बात पर घर में पत्नी, बच्चों को डाँटता बेवज़ह। उसकी बेटियाँ भी उसके मूड को अब समझ गईं थीं। ऐसे ही किसी व्यस्त छुट्टी के दिन जब वह नहीं पढ़ पाता, उसकी छोटी मगर समझदार बेटियाँ

मम्मी को सावधान कर देतीं; जैसे—आज पापा की हाँ-में-हाँ मिलाना, बहस नहीं करना वग़ैरह-वग़ैरह।

बैडमिंटन का खेल पिछले दो सालों से ही जोरहाट पोस्टिंग आने के बाद शुरू हुआ। मैस में बैडमिंटन कोर्ट है। पचास मीटर दूर उसका कमरा। परिवारों से दूर रह रहे सब अफ़सर अग़ल-बग़ल डबल-डेकर एकोमोडेशन में रहते हैं। खाली समय में कोई शेयर मार्केट में व्यस्त रहता है, कोई टी.वी. में, तो कोई टैरेस पर बाहर अग़ल-बग़ल के अफ़सरों के साथ गपशप में। कुछ अफ़सर गोल्फ़ खेलने निकल जाते हैं। अकेलेपन से निपटने के अलग-अलग तरीके सबने ढूँढ़ लिए हैं। इन फ़ील्ड पोस्टिंग में अकेले रहते उसने भी अपने अन्दर अच्छी रुचियों, आदतों को विकसित किया है। फैमिली से अलग रहना, मैस का खाना खाना, ज़ीरो डिग्री से भी कम तापमान में रहना—ये सब दुःखदायी तो है, परन्तु शेक्सपियर की कही गई उक्ति भी सही है कि 'Sweet are the uses of adversity।' अब अकेलापन उसकी शक्ति और ऊर्जा-स्रोत बन चुका है। पिछले दो वर्षों से उसने टी.वी. अपने कमरे में नहीं लगवाया है। कई अफ़सरों के लिए यह एक अचरज भरी बात है। एक छोटा सस्ता-सा टू इन वन है। रात को साढ़े दस बजे वह बी.बी.सी. की हिन्दी प्रसारण सेवा से समाचार और घटनाचक्र ज़रूर सुन लेता है। देश-दुनिया को जानने के लिए इतना ही काफ़ी है।

उसने ड्रेसिंग-टेबल के शीशे में ख़ुद को निहारा। सफ़ेद-टी शर्ट, सफ़ेद निक्कर पहने उसके प्रतिबिम्ब ने उसे सराहा। फिर सामने रखे कैम्पर से दो गिलास पानी निकालकर वह पी गया। कमरा लॉक कर वह ब्रिस्क वॉक के लिए चल पड़ा। मैस के सामने गोल्फ़ मैदान में कर्नल लव, कर्नल सुभाष और मेज़र वर्मन गोल्फ़ खेलने में तल्लीन थे। उसने हाथ हिलाया, पर किसी ने नहीं देखा। पाँच किलोमीटर ब्रिस्क वॉक करते उसके दिमाग़ में एक प्रकार की विचार-शून्यता घर कर जाती है। साँसों के आरोह-अवरोह और सड़क नापते क़दमों के सिवा और किसी भी प्रकार की बात ज़ेहन में नहीं होती। क़रीब पैंतालिस मिनट बाद ब्रिस्क वॉक पूरा कर रोज़ की तरह वह ऑफ़िसर्स मैस के अन्दर बैडमिंटन कोर्ट में पहुँच गया था। कोर्ट में पहुँचकर उसने लम्बी-लम्बी रिलेक्सिंग साँसें लीं। फिर स्ट्रेचिंग एक्सरसाइज़ें की। उसके बाद ज़ेब से रूमाल निकालकर चेहरे, सिर और हाथों में आए पसीने को पोंछा।

फिर कुर्सी पर पसरकर बैडमिंटन खेलने के लिए कर्नल पठानिया, कर्नल होटा और कर्नल बुधवार के आने का इन्तज़ार करने लगा।

"राम-राम साब!"

"राम-राम!"

रोज़ की तरह मैस का वेटर ट्रे में नींबू-पानी लिए सामने खड़ा था।

"अभी तक नहीं आए साब लोग खेलने! पता करो कहाँ हैं?"

"साब, पठानिया और होटा साब फ्लड-रिलीफ़ ऑपरेशन में सुबह ही बोगोई गाँव चले गए हैं और बुधवार साहब आज सुबह एक महीने की छुट्टी पर घर चले गए हैं।" साहबों के सेवादारों ने बताया।

"अरे! सब चले गए! तो आज बैडमिंटन पार्टनर कोई भी नहीं...!" सामने टेबल पर रखे चार रैकेट्स में से एक रैकेट और शटल-कॉक को उठाते हुए वह बोला।

अकेले ही रैकेट से शटल-कॉक को उछालते हुए वह खेलने लगा। कुछ देर यूँ ही खेलते रहने के बाद उसे बोरियत होने लगी। रैकेट पकड़े वह मैस के गेट के बाहर आकर कोई राह चलते अफ़सर को खोजने लगा। शायद कोई मिल जाए, तो मज़ा आ जाए। पर कोई नहीं दिखा। वह फिर मैस के अन्दर जाकर कर्नल दुबे, कर्नल गांगुली और मेज़र चौहान को बुलाने के लिए उनके कमरों में फ़ोन करने लगा। हालाँकि उसे पता था कि ये तीनों अफ़सर आज तक बैडमिंटन खेलने नहीं आए हैं। 'Hope against hope'—वह बुदबुदाया।

"यार, तुम तो जानते हो, मेरे घुटनों में दर्द रहता है। बुढ़ापे में अब हड्डी तुड़वाओगे पार्टनर! भई, माफ़ करो!" गांगुली और दूबे के क्रमशः ज़वाब फ़ोन पर मिले। मेज़र चौहान के सेवादार ने फ़ोन पर बताया कि साब अभी बाथरूम में हैं। बाहर निकलने पर बात करेंगे।

पिछले दो सालों में शायद यह पहला अवसर था कि बैडमिंटन खेलने के लिए कोई पार्टनर नहीं था, वरना कम-से-कम एक अफ़सर तो सिंगल्स खेलने के लिए मिल ही जाता था।

थोड़ी देर बाद मेज़र चौहान ने मैस में उसे फ़ोन कर यह भी बताया कि उसे वायरल फीवर है और फ्लड रिलीफ़ ऑपरेशन में कर्नल पठानिया और कर्नल होटा को एक महीना भी लग सकता है।

"हो गया बैडमिंटन अब!" वह फ़ोन रखते हुए ज़ोर से बोला। बिना खेले और बिना ख़ूब पसीना बहाए अभी यदि वह कमरे में जाएगा, तो उसकी झुँझलाहट बढ़ेगी। अकेलापन काटने लगेगा। तीन सैट का टफ़ मैच खेलने के बाद वही कमरा उसके स्वागत में आँखें बिछाए लगता है।

वेटर रमेश पानी के गिलास को वापस ले जाने के लिए जैसे ही उसके पास पहुँचा, वह बोल उठा, "चलो रमेश, आज हमारे साथ बैडमिंटन खेलो!"

"साब हम! साब, हम कभी नहीं खेले। हमें नहीं आता।" शरमाता और मुस्कान लिए चेहरे के साथ रमेश बोला।

"अरे, हर रोज़ तो देखते हो, हमें खेलते हुए। बहुत सरल खेल है। लो पकड़ो ये रैकेट और नैट के दूसरी तरफ़ खड़े हो जाओ। मैं सिखाता हूँ तुम्हें। देखो, इस शटल-कॉक को ऐसे पकड़ते हैं और रैकेट से इस तरह उछालते हैं। ध्यान से दुबारा देखो।" कुछ देर अभ्यास कराने के लिए उसने रमेश को गेम की बारीकियाँ लैक्चर और डिमोंस्ट्रेशन के द्वारा समझानी शुरू की; जैसे—सर्विस देना, फोर हैंड शॉट, बैक हैंड शॉट, ड्रॉप्स, प्लेसमेंट, कोर्ट में खिंची सफ़ेद लाइनों के बारे में, स्कोर सिस्टम आदि। उसने फिर आधे घंटे तक रमेश को इन सबका अभ्यास भी कराया। अभ्यास-खेल के दौरान बीच-बीच में वह उसकी ग़लतियों के बारे में भी बताता जाता।

वह उसको खिलाकर ट्रेंड कर रहा था। अफ़सरों के लौटने तक के लिए उसको एक पार्टनर की जो ज़रूरत थी—चाहे वह फ़ौजी सिपाही, वेटर ही क्यों न हो।

हालाँकि उसे पता था कि अफ़सर मैस में सिर्फ़ अफ़सर या उनके परिवार के सदस्यों के साथ खेलने का मैस-कोड है। एक मैस एटिकेट है। और रमेश तो सिपाही है। लेकिन उसे यह भी पता था कि शाम के छह बजे से साढ़े सात तक कोई अफ़सर मैस नहीं आता। इस दौरान गोल्फ़ खेलने वाले गोल्फ़ खेल रहे होंगे, कुछ बाज़ार निकल गए होंगे, कुछ ऑफ़िस में बैठे होंगे। यहाँ आने वाले तो आउट ऑफ़ स्टेशन हैं। बाकी अफ़सर तो पौने आठ बजे बार खुलने के बाद ही आने शुरू होंगे। फिर ड्रिंक्स करते अफ़सरों के ठहाकों से बार खिलखिला उठेगा।

क़रीब एक घंटे तक वह रमेश को अभ्यास कराता रहा। उसे न तो मज़ा ही आ रहा था और न पसीना। लेकिन उसे उम्मीद थी कि पाँच-छह दिन

की प्रैक्टिस के बाद वह खेलने लायक़ हो जाएगा। तब वह उसका पसीना निकाल सकता है पूरे कोर्ट में भगाकर।

"ठीक है रमेश! कल से ठीक छह बजे यहीं मिलना।" यह कहकर वह कमरे की तरफ़ चल दिया। 'आज खेल में एक बूँद भी पसीना नहीं निकला'—मन-ही-मन कहते उसने अपनी टी-शर्ट पर नज़र डाली। पहले का निकला पसीना भी सूख चुका था।

अगले दिन फिर वे दोनों बैडमिंटन कोर्ट में आमने-सामने खड़े थे। पन्द्रह-बीस मिनट की प्रैक्टिस कराने के बाद वह रमेश से बोला, "चलो, एक गेम हो जाए।"

"अरे साब! कहाँ मैं और कहाँ आप!"

"शुरू तो करो।"

"ठीक है, साब।"

उसने पहला गेम 14-1 से, दूसरा 14-0 से और तीसरा 14-2 से जीत लिया। ये तीन प्वाइंट भी उसने उसे यूँ ही दे दिए।

"सुनो! अब मैं तुम्हें अपनी कमज़ोरियाँ बताता हूँ। उस पर ध्यान दोगे, तो तुम मेरा पसीना निकाल सकते हो, हरा सकते हो। देखो, मैं बाएँ हाथ से खेलता हूँ। जब तुम शटल-कॉक को मेरे कोर्ट में फेंको, तो राइट साइड में फेंकना, जो मेरा बैक हैंड होगा और बैक हैंड, फोर हैंड की तुलना में कमज़ोर होने के कारण तुम लाभ उठा सकते हो। दूसरा, सर्विस पीछे और ख़ूब ऊँची देना। सर्विस जितनी पीछे दोगे, शॉट उतना आसानी से उठेगा। तीसरा, मेरी पोज़िशन देखकर कोर्ट में नैट के लेफ्ट, राइट कभी भी हल्के से ड्रॉप डाल सकते हो। तुम मुझसे बीस-बाइस साल छोटे होगे। तुम कोर्ट में ज़्यादा दौड़-भाग सकते हो मेरे मुक़ाबले। सिर्फ़ पाँच मिनट खेलकर इन्हीं बातों को चलो दोहराते हैं।"

उसने ग़ौर किया कि रमेश ने उसकी बातें अच्छी तरह से समझ ली हैं। यद्यपि उसकी आधी से ज़्यादा सर्विस आउट जा रही थी, फिर भी वह उसको रिटर्न कर रहा था। और साथ ही उसे थोड़ा धीरे सर्विस करने के लिए कह रहा था। वह रिटर्न अब हर बार राइट साइड में दे रहा था, जिसकी वज़ह से वह कमज़ोर बैक हैंड शॉट के कारण अब डिसेप्टिव प्लेसमेंट करने लगा था। कई प्लेसमेंट को वह उठा तो लेता, जो एक ख़ुशी की बात थी उसके

लिए, मगर नैट के ऊपर ऊँची उठाता, जिससे वह करारा शॉट मार देता। ऐसे रिटर्न को आम भाषा में 'लड्डू-रिटर्न' अथवा 'लड्डू-बॉल' कहा जाता है। बहरहाल उसने उसको 'लड्डू-रिटर्न' के बजाय शटल-कॉक को या तो पीछे ऊँचा फेंकने को कहा या फिर नैट से बस दो इंच ऊपर रिटर्न करने को, जिससे वह शॉट न मार सके। हर मूव के बारे में वह रमेश को समझाता, तो पुष्टि करने के लिए उसी मूव की उसे ख़ूब प्रैक्टिस भी करवाता। आज भी रमेश को खिलाया ही था। ख़ुद खेल नहीं पाया था। मज़ा कैसे आता और पसीना...सवाल ही नहीं। क़रीब एक घंटा रमेश को वह अभ्यास करा चुका था।

"चल यार, अब नींबू-पानी ले आ।" उसके आदेश पर रमेश रैकेट को टेबल पर रख मैस के अन्दर नीबू-पानी लेने चला गया। पाँच मिनट बाद ट्रे में नींबू-पानी लिए वह उसके सामने खड़ा था।

"आज तुम काफ़ी-कुछ सीख गए हो। कल से बेहतर भी खेले। मैंने जो तुम्हें अपनी कमज़ोरियाँ बताईं और भी गेम की बारीकियाँ जो बताई, उन पर सोचते हुए खेलोगे, तो तुम मुझे भी हरा दोगे, समझे। कल इसी समय फिर। ओ.के. चलता हूँ।"

"ठीक है साब, राम-राम।"

अपने रूम की तरफ़ जाते समय वह सोचने लगा कि तीन सेट का टफ़ मैच खेलने के बाद एक गिलास सादा पानी भी अमृत जैसा लगता है और वायुमंडल की हवा जब पसीने से भीगी टी-शर्ट से टकराती है, तो किसी हिल-स्टेशन की रोमानियत-सी ठंडक का एहसास होता है। आज न तो नींबू-पानी स्वादिष्ट लगा और न ही हिल-स्टेशन की ठंडक का एहसास हुआ।

उसे मालूम था कि चार-पाँच दिन का अभ्यास कराने के बाद ही रमेश खेल में उसे टक्कर देने लायक़ हो जाएगा। बिना फाइट किए कोई मज़ा नहीं। न तो गेम में और न ही लाइफ़ में। वह इस बात से सन्तुष्ट था कि अन्य अफ़सरों के एक माह बाद लौटने तक रमेश बैडमिंटन खेल में पार्टनर बन इस कमी को पूरी कर देगा। चार दिन रमेश को अभ्यास कराने में लग गए। पसीना बहाने के लिए वह कोर्ट से बाहर जा रही शटल-कॉक को भी उठा लेता। पाँचवें दिन रमेश ने लगभग उन सभी निर्देशों को आत्मसात कर लिया था, जो उसने उसे बताए थे। रमेश उसे कोर्ट के चारों ओर दौड़ाने लगा था। पच्चीस साल का गबरू जवान तो वह था ही। आयु, स्टेमिना, फुर्ती—सब

उसके पक्ष में थी। इसके बावज़ूद वह अपने अनुभव, प्लेसमेंट और डिसेप्शन से उसको दुगना दौड़ा रहा था।

सातवें दिन वे दोनों फिर शाम के छह बजे बैडमिंटन कोर्ट में आमने-सामने थे।

"रमेश, आज एक तीन सेट का मैच हो जाए। अब तुम गेम समझ गए हो।"

"ठीक है साब।"

मैच शुरू हो गया। पहले सैट में उसने रमेश को 14-8 से हरा दिया। रमेश ने जो आठ प्वाइंट लिए, वो उसकी फुर्ती और दौड़ने की क्षमता से मिले। दूसरा सैट पहले सैट के मुक़ाबले काँटे का था। पहले रमेश प्वाइंट की बढ़त लेने के बाद अपने स्टेमिना की वज़ह से उसे पछाड़कर 10-4 तक पहुँच गया। वह थोड़ा साँस नॉर्मल करने के लिए रुका। ज़ेब से रूमाल निकालकर उसने चेहरे, हाथों में आए पसीने को पोंछा। दो-तीन लम्बी साँस लेने के बाद उसने सर्विस की। स्कोर को उसने अपने अनुभव के बल से बराबरी पर कर दिया—10-10। शायद रमेश को वह हाफ-स्मैश और रिस्ट प्ले के बारे में बताना भूल गया था। ये दोनों अभी उसके काम आ रहे थे। परन्तु बीस-बाईस वर्षों की आयु का अन्तर सामने आ रहा था। एक-एक प्वाइंट के लिए पसीना बहाया जा रहा था। एक विचारशून्यता (थॉटलेसनेस) की स्थिति में पाता है वह अपने आपको। हमेशा की तरह। ऐसी स्थिति तब भी उत्पन्न होती है, जब वह बैडमिंटन खेलने से पहले चार-पाँच किलोमीटर के ब्रिस्क वॉक पर निकल पड़ता है। कहते हैं कि योग, मेडिटेशन से शान्ति, सुक़ून मिलता है। उसके लिए यही योग भी है और मेडिटेशन भी।

दूसरा सैट रमेश ने जीत लिया। रमेश का चेहरा जीत की ख़ुशी से चमक रहा था और उसका चेहरा पसीने की लालिमा से।

तीसरा सैट शुरू होने से पहले उसने थोड़ा झुककर घुटनों पर दोनों हाथों से शरीर का भार टिकाकर लम्बी-लम्बी साँसें लीं। कोर्ट पर चेहरे, कनपट्टी और हाथों से झरता पसीना टप-टप गिर रहा था। वह कुछ देर पसीने की बूँदों को गिरते देखकर मन-ही-मन ख़ुश होता रहा। फिर तीसरा सैट शुरू करने के लिए वह तैयार था। उसने देखा कि रमेश के चेहरे पर थकान का कोई विशेष प्रभाव दृष्टिगोचर नहीं हो रहा था।

छह प्वाइंट लगातार लेने के बाद रमेश फिर उससे 10-6 से आगे पहुँच

गया। यह छह प्वाइंट उसने रमेश के रिटर्न आउट-साइड कोर्ट में गिरने की वज़ह से बनाए। शटल-कॉक के पीछे गिरने से पहले उसे कवर करते हुए वह अपने क़दमों से कोर्ट की सरहद को नापकर अनुमान लगा लेता था। अपने कोर्ट के सेंटर-प्वाइंट से नीचे देखे बिना चार स्टैप्स मन-ही-मन काउंट करते, पीछे कवर करते सफ़ेद लाइन यानी कोर्ट की बाउंड्री आ जाती। यह सब पिछले एक साल से खेलने से उपजे अनुभव का प्रतिफल था। पर यह गेम 'जवानी और अनुभव' के बीच था। जिन ड्रॉप्स को उसके साथ के हमउम्र अफ़सर नहीं उठा पाते थे, रमेश अपनी ग़ज़ब की फुर्ती और स्टेमिना से उठा लेता था। अन्ततः जवानी ने अनुभव को कड़ी टक्कर देते हुए हरा दिया। तीसरा और अन्तिम सैट 14-12 से रमेश जीत गया।

"साब! आज मैं जीत गया!" ख़ुशी से झूमते हुए एक खिलाड़ी के रूप में ढलकर वह अनायास बोल पड़ा। यह एक दबे, सहमे हुए वेटर की आवाज़ न होकर एक सहज, उन्मुक्त और प्राकृतिक वक्तव्य था। खेल से उत्पन्न जीत के उन्माद का जयघोष था। अभी वह कोर्ट के अन्दर सिर्फ़ एक खिलाड़ी था। शायद तभी वह जीत की ख़ुशी का इज़हार कर पाया।

"वैल प्लेड रमेश! शाबाश! तुम जीत गए...और...। और मैं भी...। कल से ऐसा ही खेलना...ओह...हा...हा...हा मज़ा आ गया।" हाँफ़ते हुए बड़ी मुश्किल से वह कह पाया और उसने रमेश की पीठ थपथपाई।

"साब! आप कैसे...! ख़ैर...मैं...मैं साब नींबू-पानी ले आता हूँ।" यह कहकर रमेश मैस के अन्दर चला गया। वह हैरान था। मैच तो उसने जीता। साब कैसे कह रहे हैं कि वे भी जीत गए। मैच तो एक ही जीतता है।

उधर गार्डन चेयर पर हाथ-पाँव पसारे, सिर कुर्सी पर टिकाए साँसों के थमते ज्वार-भाटे को समाए कर्नल विनायक आचार्य बैठा था। सिर से लेकर एड़ियों तक बदन की असंख्य पटरियों पर पसीने की असंख्य रेलगाड़ियाँ दौड़ रही थीं। कुछ रेलगाड़ियाँ नाक की नोक और कान पर बदन की पटरियाँ ख़त्म होने पर सीधे टी-शर्ट पर गिरने का आभास दिला रही थीं। विनायक आचार्य अब मन्द-मन्द हवा के पसीने से भीगे बदन पर टकराने से नैनीताल के तालाब के किनारे बेंच पर बैठे-बैठे मस्ती के आलम में झूम रहा था।

जो दस्तावेज़ों में नहीं है

रज़ाई के अन्दर ही वह अपनी बॉडी को ऐसे एडजस्ट करने लगा, जिससे पेशाब का प्रेशर सहने लायक हो जाए और वह कँपकँपाती सर्दी में इतवार की तड़के सुबह रज़ाई के अन्दर की गर्माहट में और अधिक देर तक रह सके। आँखों के ऊपर से रज़ाई हटाकर उसने लेटे-लेटे खिड़की की तरफ़ देखा। अभी भी घने कोहरे की रज़ाई में लिपटा अँधेरा था। कुछ देर लेटे-लेटे करवटें बदलने के बाद पेशाब के प्रेशर ने फिर उसके धैर्य के बाँध को तोड़ने की कोशिश की 'अब नहीं रुकनेवाली साली...।' वह रज़ाई के अन्दर बुदबुदाया। रज़ाई लपेटे-लपेटे वह बेड पर बैठ गया—आँखें बन्द किए। उसकी रज़ाई से बाहर निकलने की बिलकुल इच्छा नहीं हो रही थी।

उसने मन-ही-मन निश्चय किया कि रात को सोने से पहले अब पानी बिलकुल नहीं पिएगा। फिर आँखें बन्द किए ही आधी नींद में हाथों से दीवार को टटोलते हुए वह बाथरूम के दरवाज़े को खोलने में सफल हुआ। लाइट जलाने के बाद खड़े-खड़े सोते-सोते वह पेशाब करने लगा। पेशाब निकले ही जा रही थी। बीच में एक बार रुकी, रुकी नहीं, कम हुई। उसने सोचा अब नहीं आएगी। परन्तु वह जैसे ही बन्द करनेवाला था, फिर तुरन्त निकलने लगी—कभी धीरे, तो कभी तेज़। उसे ऐसा लगा, मानो पेशाब भी देह की गरम रज़ाई को छोड़ने में आना-कानी कर रही हो।

खड़े-खड़े पेशाब करते रहने के बाद नींद का असर थोड़ा कम हुआ। सोचा था—संडे की सुबह आराम से सोएँगे। अब एक बार उठ गए, तो फिर

नींद कहाँ आएगी—वह ख़ुद से बोला। उसने बाथरूम वाली खिड़की से बाहर नज़र डाली। सुबह का हल्का उजाला हो आया था। तभी सामने की सड़क पर उसे पाँच-छह लोग चलते-बतियाते नज़र आए। आँखों को हाथ से साफ़ करने के बाद उसने उसी तरफ़ फिर ध्यान से देखा—अरे! ये तो हेल्पर्स (सेवादारों) की फ़ौज चली आ रही हैं। इतनी सुबह! रविवार के दिन भी! क्या इनके लिए संडे और मंडे में कोई अन्तर नहीं! बाथरूम से निवृत्त होने के बाद वह पुनः रज़ाई के अन्दर घुस गया। संडे के दिन और वह भी दिसम्बर की ठंड में रज़ाई के अन्दर देर तक सोने का मज़ा कुछ और ही होता है।

फ़ौज में आए उसे अभी चार महीने ही हुए हैं। पहले ट्रेनिंग के दौरान और अब इस नौकरी के चार महीनों में वह फ़ौज के कल्चर, लाइफ़-स्टाइल, तौर-तरीके आदि से परिचित हो चुका है। पहले और अब के उसके व्यक्तित्व में मूलभूत रूप से कोई भी परिवर्तन नहीं आया है। बाहरी तौर पर अवश्य मूलभूत रूप से हटकर एकदम परिवर्तन आए हैं। लेकिन ये परिवर्तन नौकरी में बने रहने के लिए बहुत ज़रूरी हैं। सहसा कॉलबेल बजने से उसकी तन्द्रा टूटी।

'ओह! संजय होगा! और कौन होगा संडे की इतनी सुबह!' मन-ही-मन कहता रज़ाई की गिरफ़्त से निकल बेड के नीचे रखी चप्पल को पाँवों से टटोलता, आँखें मलता वह ड्रॉइंगरूम की ओर दरवाज़ा खोलने चल पड़ा।

"राम-राम साब!"

"राम-राम।"

"साब, आज से मैं आपका सेवादार हूँ। कल रात संजय के घर से तार आया था। माँ के मरने की ख़बर थी। कम्पनी कमांडर साब से छुट्टी लेकर वह रात की ट्रेन से घर चला गया। उसके आने पर फिर वह पोस्टिंग पर चला जाएगा। उसकी पठानकोट पोस्टिंग भी आज सुबह मुझे हवलदार मेज़र से पता चली। साब, चाय बना दूँ!"

"नहीं, मैं अपनी चाय ख़ुद बनाता हूँ। अपने हाथ की बनी चाय मुझे पसन्द आती है।"

"अरे तुम्हारा नाम क्या है?"

"साब जमूदा!"

"तुम अपना जो काम है, वो करो, मैं चाय बनाता हूँ।" यह कहकर वह चाय बनाने किचन में चला गया। हॉस्टल के दिनों से ही उसकी आदत रही

है चाय बनाने की—ख़ासकर जाड़ों में। वह रात को सोने से पहले चाय के लिए अदरक, काली मिर्च को कूटकर एक कप पानी पतीले में डालकर गैस के ऊपर रख देता है। साथ ही चाय, दूध, छलनी, चीनी, चम्मच आदि ठीक गैस-स्टोव के पास, ताकि सुबह उठने पर बिना कष्ट के फटाफट वह चाय बना सके। कुछ देर बाद पत्नी को बेडरूम में चाय देने के बाद अपने कप को हाथ में पकड़े वह ड्रॉइंगरूम के सोफ़े पर शॉल ओढ़े बैठ जाता है। सोफ़े पर पसरकर खिड़की से बाहर का दृश्य देखते हुए वह चाय पीने लगता है। अफ़सर बँगले के ड्रॉइंगरूम में सोफ़े पर बैठे-बैठे चाय की चुस्की लेते उसे अपनी बेरोज़गारी के दिनों में लिखी एक कविता याद आती है। वह धीरे-धीरे उसके मुँह से प्रस्फुटित होती है—

किसी अमरबेल-सा परजीवी, बेसहारा/ आश्रित होता है आदमी/ जब वह अपने सुसज्जित बँगले में/ डनलप के बेड पर लेटे/ चाय सुड़कते हुए/ खिड़कियों के शीशे से/ बाहर का तूफ़ानी समाँ, कड़कती बिजली/ और शूल-सी चुभती बूँदों को देखकर नौकर से कहता है-/ पर्दे की डोर खींच दो/ मगर इन्हीं विषम परिस्थितियों में/ राह पर चलता/ मंज़िल की ओर बढ़ता आदमी/ होता है ख़ुद उस समय मज़बूत बँगला / जो नहीं समझता ज़रूरी/ अपनी खिड़कियों में पर्दे लगाना।

क्या अब वह मज़बूत बँगला रह गया है! बँगले को पा लेने के बाद आदमी अमरबेल-सा परजीवी और असहाय क्यों हो जाता है! यह कविता उसने तब लिखी थी, जब वह ख़ुद एक मज़बूत बँगला था।

फिर वह कैसे दो साल पहले भविष्य में पनपने वाली अमरबेल के बारे में लिख पाया और अब फिर मज़बूत बँगले में तब्दील होने की छटपटाहट क्यों...शायद...शायद नौकरी 'ज़िन्दा' होने का विशेषण तो देती है, परन्तु जीवन रस चूस लेती है। यह जीवन रस उस दिन से सूखने लगा था, जब उसके लिखे ड्राफ्ट में कमांडर ने 'डिस्पेच' शब्द को रैड-इंक से राउंड कर दिया था। उसने अपने एक दूसरे सीनियर अफ़सर को 'ऑक्सफ़ोर्ड एडवांस लर्नर्स डिक्शनरी ऑफ़ करेंट इंग्लिश' दिखाते हुए प्रमाण भी दिया था कि 'डिस्पेच' शब्द की वर्तनी में 'आई' और 'इ' दोनों स्वरों में से किसी का भी प्रयोग किया जा सकता है। वह अफ़सर बड़े अट्टहास से हँसा था और हँसते-हँसते बोला था, "यंगस्टर! यू हैव जस्ट बीन बॉर्न इन आर्मी। डोंट

क्वेश्चन योर सीनियर। रीड व्हाट इज रिटन ऑन दिस चार्ट ऑन द वॉल।" उसने साइड की दीवार पर टँगे चार्ट पर लिखी पंक्तियों को पढ़ा। लिखा था—

'कमांडर इज नेवर राँग,
व्हेन कमांडर इज राँग,
रेफर रूल नाइन,
रूल नाइन सेज,
कमांडर इज नेवर राँग।'

जब-जब वह एकान्त में होता है, तब-तब इस तरह के अन्तर्द्वंद्वों के स्वगत गाहे-बगाहे उसके मुँह से मुखरित होते रहते हैं। पर फ़ौज में एकान्त और फ़ुरसत मिलती ही कहाँ है! उसे छुट्टियों में इस तरह के एकान्त ढूँढ़ने ही पड़ेंगे। खिड़की से बाहर देखते रहने के बाद अब वह ड्रॉइंगरूम को देखने लगा। जमूदा एकदम एकाग्रचित्त और शान्त भाव से ड्रॉइंगरूम में रखे शो-पीसेज़, फोटो-फ्रेम, फर्नीचर को साफ़ कर रहा था कपड़े से। उसकी इस धर्मनिष्ट तल्लीनता में उसे उसी उदात्त शान्ति दृष्टिगोचर हुई, जो भगवान बुद्ध के चेहरे को देखकर होती है। सहसा उसे सरदार पूर्ण सिंह का लिखा 'मज़दूरी और प्रेम' पाठ, जो उसने कक्षा दस में पढ़ा था, याद हो आया। ऐसी ही मिलने वाली शान्ति, सुकून और नैसर्गिक आह्लाद का वर्णन उस निबन्ध में भी मिलता है। पर इतवार के दिन और इतने तड़के क्या यह सब साफ़ करना ज़रूरी है! क्या इनके लिए इतवार नहीं बना है! क्या ये रोबोट हैं, जिनका दिल नहीं होता; भावनाएँ, इच्छाएँ नहीं होतीं! चाय पीते हुए जमूदा को इस तरह देखने के बाद उसने जमूदा से पूछा, "जमूदा! ये बताओ, संडे या फिर छुट्टी के दिन तुम तड़के ही क्यों चले आते हो? क्या सभी सेवादार इतनी ही जल्दी अफ़सरों के घर काम करने चले जाते हैं?"

"हाँ साब!"

"क्या तुम्हारी इच्छा नहीं करती कि सप्ताह में एक संडे के दिन आराम से उठा जाए, गाने-वाने सुने जाएँ, सिविल कपड़े पहन बाज़ार में घूमा जाए, पिक्चर देखी जाए, होटल में खाना खाया जाए या सिर्फ़ अपनी मर्ज़ी के मुताबिक़ संडे बिताया जाए...।"

"साब, इच्छा तो होती है, लेकिन...छोड़िए साब, अब तो आदत पड़ गई है बिज़ी रहने की।"

"भई, तुम भी आदमी हो। कम-से-कम जब तक मेरे यहाँ हो, तब तक संडे अथवा छुट्टी के दिन तुम यूनिफॉर्म को तैयार करने एक घंटे के लिए शाम को भी आ सकते हो। संडे को तुम्हें भी अपनी तरह फ़ुरसत में रहने का हक़ है।"

"साब! ख़ाली तो हमें कोई नहीं छोड़ेगा—चाहे संडे हो या दिवाली। हमें ख़ाली देखकर हवलदार मेज़र एरिया मैंटिनेंस के लिए घास कटाई, लाइन में गेरू-चूना, राइफ़ल क्लीनिंग, मन्दिर परेड, लंगर हाउस आदि में कहीं-न-कहीं डिटेल कर ही देगा। हमें तो साब...।"

"अच्छा, यदि ऐसी बात है, तो तुम मेरे पास ही आ जाया करो। यहाँ तुम्हें वहाँ की अपेक्षा आराम ही होगा। और देखो, तुम रोज़ सुबह आकर ऐसे ही दो-तीन घंटे अन्दर-बाहर की सफ़ाई, डस्टिंग करते ख़राब कर देते हो। यहाँ कौन-सी धूल भरी हवा चल रही है, जो रोज़ डस्टिंग करना ज़रूरी हो। और झाड़ू-पोंछा करने आया तो आती ही है।"

"फिर तो मैं ख़ाली हो जाऊँगा, काम के बिना साब!"

"पहले तो रोज़ डस्टिंग की ज़रूरत नहीं है। हफ़्ते में दो दिन भी करोगे, तो बहुत है। यूनिफ़ार्म तैयार करने, बूट पॉलिश करने और किचन गार्डन, गमलों में पानी वग़ैरह देने के अलावा और काम ही क्या है! हाँ, हफ़्ते में दो बार सब्ज़ी ख़रीदने अथवा कैंटीन का सामान ही तो लाना होता है।"

"साब, वो तो ठीक है, लेकिन फिर मैं यहाँ ख़ाली बैठकर करूँगा क्या?"

"कितना पढ़े हो?"

"साब, बारहवीं पास।"

"देखो, रोज़ अपना ज़रूरी काम करने के बाद तुम पढ़ाई करो। पहले मैं तुम्हारी किताब पढ़ने में रुचि पैदा करने के लिए कहानी की किताबें दूँगा। आओ मेरे साथ।" यह कहते हुए वह जमूदा को स्टडी रूम ले जाकर अपनी अलमारी खोल के दिखाता है और उसमें से 'प्रेमचन्द की श्रेष्ठ कहानियाँ' किताब निकालकर उसे देता है।

"आज से रोज़ तुम कम-से-कम एक कहानी पढ़कर उस कहानी के बारे में अपने विचार कॉपी में लिखकर मुझे शाम को ऑफ़िस से आने के बाद दिखाओगे। इसमें पहली कहानी है—'पूस की एक रात।' आज की तुम्हारी पढ़ाई सिर्फ़ इतनी ही है समझे।"

“ठीक है साब! बारहवीं में प्रेमचन्द की ‘कफ़न’ कहानी पढ़े थे। बहुत अच्छी थी।” जमूदा किताब को उलटते-पलटते कहता है।

“स्टडी रूम में रखी किताबों की अलमारी में से तुम जब चाहो, कहानी की किताब निकालकर पढ़ सकते हो। बाद में तुम पत्राचार-शिक्षा द्वारा बी.ए. भी कर सकते हो। रिटायर होने के बाद तुम्हें अच्छी नौकरी भी मिल जाएगी। पढ़ना उतना ही ज़रूरी है, जितना खाना खाना। अभी किताब लो और हेल्पर रूम में जाकर पढ़ो। ठीक है!”

“ठीक है साब!” जमूदा शरमाता-हँसता हुआ हेल्पर रूम की तरफ़ चल देता है।

ड्रॉइंगरूम में अकेले बैठे-बैठे वह दीवार-घड़ी को देखता है। संडे की सुबह के सात बजने को हैं। घड़ी का पैंडुलम एक समान गति से समान दूरी बनाए बाएँ-दाएँ डोल रहा है—जमूदा और उस जैसे सैकड़ों सेवादारों की तरह। लकीर का फ़कीर और एकदम यांत्रिक। स्वतंत्रता, विविधता एकदम विलुप्त। आदमी के दिमाग़ को कुन्द, जड़वत करने का वैध प्रयास! आदमी की शिक्षा, मानसिक विकास, एटीट्यूड, एपटिट्यूड सिर्फ़ शब्दकोश में सार्थक रह गए हैं। समय कहाँ है किसी के पास दूसरे के बारे में सोचने का। इंस्पेक्टिंग अफ़सर भी कम्प्यूटर स्क्रीन पर पावर-प्वाइंट में दिखाए गए आँकड़े ही देखता है। और आँकड़े साम, दाम, दंड एवं भेद से तैयार करा ही लिए जाते हैं। शत-प्रतिशत रिज़ल्ट। लेकिन कोई निष्पक्ष टेस्ट ले, तो पाँच प्रतिशत से ज़्यादा पास न हों। वह भी इसमें शामिल है, क्योंकि वह भी जल में रहकर मगर से बैर नहीं कर सकता। किस-किस से लड़ेगा वह! शाम को थकान के बाद उसे भी सुकून और आराम चाहिए।

जिस तरह महाभारत में द्रोणाचार्य द्वारा पाण्डवों की धनुर्विद्या की परीक्षा के दौरान अर्जुन को चिड़िया की सिर्फ़ आँख ही दिखाई देती है, उसी तरह यहाँ के अर्जुनों को सिर्फ़-और-सिर्फ़ अपनी लिखी जाने वाली ए.सी.आर. (एन्वल कॉन्फीडेंशियल रिपोर्ट) के सिवा कुछ भी नहीं दिखता। लेकिन वह जिस पोस्ट के लिए फ़ौज में आया है, जिसकी रोटी वह खा रहा है, अपने छोटे अनऑफ़ीशियल स्तर पर ही सही, वह जमूदा जैसे कुछ लोगों को प्रेरित कर शिक्षित तो बना ही सकता है। पूरी सर्विस में यदि वह आठ-दस लोगों को भी पर्सनल लेवल पर शिक्षित कर सका, तो वह सोचेगा कि उसे सरकार

ने कमेंडेशन कार्ड (प्रशंसा पत्र) से सम्मानित किया—लाइफ़ टाइम एचीवमैंट के लिए और तभी उसे सुकून मिलेगा। 'व्हेन वर्क इज ए प्लेज़र, लाइफ़ इज ए ज्वॉय।' मैक्सिम गोर्की के कहे गए विचार को वह मन-ही-मन में बोलता है और फिर बाथरूम चल देता है।

शाम को बाज़ार से आने के बाद जब वह पत्नी के साथ ड्रॉइंगरूम में बैठा अख़बार पढ़ रहा होता है, तो जमूदा उसे 'पूस की रात' कहानी पर अपने विचार एक कॉपी पर लिखकर देता है। वह पढ़ता है। पूरे दो पेज लिखे हैं। राइटिंग भी सुन्दर है। ग़लतियाँ भी ज़्यादा नहीं हैं। पढ़ने के बाद वह जमूदा के लेखन से प्रभावित होकर उसे शाबाशी देता है और रोज़ वही प्रक्रिया दोहराने की बात करता है। इस अच्छी शुरुआत का असर कुछ ऐसा होता है कि ऑफ़िस से आते-जाते वह अक्सर जमूदा को कभी छज्जे पर, कभी आँगन में और कभी हेल्पर रूम में किताब पढ़ता पाता। उसे इस बात पर आश्चर्य होता और बहुत ख़ुशी भी। अब वह हर दिन शाम को बिना नाग़ा उसे एक कहानी पर दो पेज लिखकर दिखाता और वह उसकी ग़लतियों को सुधार कर समझाता। फिर कहानी पर चर्चा करने के बाद कभी उसे दस में से पाँच, कभी छह और कभी सात नम्बर दे देता।

एक दिन पत्नी ने उसे बताया कि पहले की अपेक्षा जमूदा अब फुर्ती के साथ हर काम को निपटाता है और ख़ाली समय होने पर आसपास के सेवादारों से गप न लड़ाकर किताब पढ़ता रहता है। छुट्टी के दिन आँगन में जब वह धूप सेंक रहा होता, तो जमूदा को अपने पास बैठाकर कुछ-न-कुछ लिखने-पढ़ने को दे देता। कभी उसे कोई प्रेरक-प्रसंग सुना देता। एक दिन अख़बार पढ़ते हुए उसने जब इंदिरा गांधी नेशनल ओपन यूनिवर्सिटी का विज्ञापन देखा, तो जमूदा को उसके बारे में जानकारी दी और पेपर को काटकर उसे सँभालकर रखने को बोला। विषयों के चुनाव के बारे में भी सलाह दी।

एक बार जब वह पत्नी के साथ बाहर लॉन में बैठा था, जमूदा किताब खोले उसके पास आकर बोला, "साब, ये कहानी मेमसाब को भी ज़रूर पढ़वाइए। बहुत अच्छी है।"

उसने देखा, स्वयं प्रकाश की 'एक ख़ूबसूरत घर' कहानी थी। लॉन में बैठे-बैठे उन दोनों ने जब वह कहानी पढ़ी, तो उन्हें भी बहुत अच्छी लगी। लेकिन उससे भी ज्यादा ख़ुशी की बात यह थी कि उसने जमूदा के अन्दर

एक संवेदनशील पाठक को खोज लिया था।

"सुनो! आज मैंने जमूदा को आपकी किताबों वाली आलमारी खोलते देखा था। क्या आपने उसे खोलने की परमिशन दी है?"

"हाँ, मैंने ही कहा है। तुम्हें बताना भूल गया था। एक सुबह संडे के रोज़ बाथरूम की वज़ह से मेरी नींद जल्दी खुल गई। बाथरूम से निकलने के कुछ ही देर बाद कॉलबेल बजी। जमूदा था। और दिनों मैं पी.टी. में चला जाता हूँ, फिर ऑफ़िस की तैयारी में भागम-भाग। इसलिए पता नहीं लगता। चाय बनाने के बाद फिर मैं ड्राइंगरूम में अकेला चाय पीने लगा। सुबह तड़के अकेले चाय पीते हुए मैंने अपने आपको ख़ुद से बातें करते पाया। भूत, वर्तमान, भविष्य, जीवन, आदमी—ये सब फ़लसफ़े मेरे ज़ेहन में भदभदाने लगे। फिर मेरी नज़र ड्राइंगरूम के एक कोने में डस्टिंग करते जमूदा पर ठहर गई। संडे को तड़के सुबह जिस शान्त मुद्रा में ऋषि-मुनियों जैसी तल्लीनता और ध्यान से वह शो-पीसेज़, फोटो-फ्रेम की डस्टिंग कर रहा था, मुझे बहुत अच्छा भी लगा और बुरा भी। अच्छा इसलिए लगा कि जमूदा जैसे लोगों के लिए 'इगनोरेंस इज ब्लिस।' इगनोरेंस के कारण ही सही, आज के तनावग्रस्त समय में आनन्दमय होना एक बड़ी उपलब्धि है। बुरा इसलिए लगा कि सिस्टम में, जिसमें हम अफ़सर सो-कॉल्ड एजुकेटेड लोग शामिल हैं, इस तरह के लोगों को कितना एक्सप्लाइट करते हैं। यदि हम अपने-अपने व्यक्तिगत स्तर पर थोड़ा समय निकालकर दूसरों को पढ़ाने, उनके मार्गदर्शन में लगाएँ, उनको एक आदमी के रूप में देखें, सुनें, समझें, तो कितने लोगों का भला हो सकता है। हर बात के लिए सरकार को दोष देना ग़लत है। जमूदा को अब ख़ुद पढ़ता देख मुझे जो खुशी होती है, वह मैं बयान नहीं कर सकता।"

"आप सही कह रहे हैं। इट्स ग्रेट फ़ीलिंग। वन फील्स प्राउड ऑफ़ ब्रिगिंग चेंज विदआउट एनी सेल्फ़-मोटिव।"

"पर डियर जानती हो, यह ख़्याल इतने महीनों बाद उस दिन ही क्यों आया?"

"बताइए।"

"क्योंकि फ़ौज में नौकरी लगने के बाद मैं कभी इस तरह अकेला, ध्यानमग्न हुआ ही नहीं और न ही मैंने संडे को तड़के सुबह सेवादार को इस

तरह शान्त और एकाग्रचित्त मुद्रा में कभी डस्टिंग करते देखा। छुट्टी या संडे के दिन देर से उठने पर कभी इस तरह एकान्त में बैठकर सोचने-देखने का मौक़ा कहाँ होता है! और दिनों सुबह पी.टी., गेम्स, ऑफ़िस की भागमभाग...।"

"जमूदा को पढ़ते देख जो ख़ुशी आपको हुई, वैसी ही ख़ुशी मुझे तब होती है, जब मैं यू.के.जी. में पढ़ने वाले बच्चों के लिए हर रोज़ नई-नई टीचिंग-एड्स बनाकर उन्हें पढ़ाती हूँ। दशहरे की छुट्टियों से पहले मैंने अपनी क्लास के लिए कार्ड-बोर्ड, रंगीन पेपर्स, कलर्स से राम, रावण, मेघनाद, कुम्भकर्ण के कट-आउट्स बनाकर दिखाए थे, तो सब बच्चे ख़ुशी से उछल पड़े। और किसी टीचर ने नहीं बनाए थे। स्कूल बन्द होने पर बस में बैठते मैंने कई बच्चों को कहते सुना—हमारी मैडम ने तो हमारे लिए राम, रावण, कुम्भकर्ण, मेघनाद भी बनाए...हमारी मैडम बहुत अच्छी हैं।"

"मतलब तुम्हारी और मेरी ख़ुशी के मूल तत्त्व एक ही हैं। और मज़े की बात यह है कि इस ख़ुशी का भाव स्थायी है। समय-समय पर मन को आनन्दित करता हुआ। न कि मल्टीप्लेक्स में डिनर करने के बाद पैदा हुआ ऐन्द्रियजन्य ख़ुशी का क्षणिक भाव।"

"आज हम दोनों कितनी अच्छी बातें करने लगे हैं। अन्यथा हम भी उन्हीं लोगों में शामिल हो जाते हैं, जिनका मुख्य विषय होता है—आफ़िस की बातें, परनिन्दा, पार्टियाँ, शॉपिंग वग़ैरहा। कितने गन्दे हैं हम भी...।"

"देर आए, दुरुस्त आए ज़नाब।" पीठ पर थपकी देते-कहते पत्नी किचन में चली जाती है।

कुछ माह बाद उसकी फ़ील्ड पोस्टिंग हो जाती है और वह गंगानगर से नागालैंड चला जाता है—अकेला—फैमिली को गंगानगर में छोड़कर। क़रीब चार माह बाद एक महीने की छुट्टी पर वह गंगानगर पहुँचता है पत्नी के पास। अब कोई दूसरा सेवादार नियुक्त है। वेणुगोपाल नाम है। सेवादार बदलते ही रहते हैं। छुट्टी के एक दिन जब वह इग्नू (इंदिरा गांधी नेशनल ओपन यूनिवर्सिटी) के रीज़नल स्टडी सेंटर में अपने एम.फिल. के फॉर्म लेने पहुँचा, तो वह चौंका। फॉर्म लेने वालों की जिस क्यू में वह खड़ा था, उससे तीन आदमियों के बाद उसी क्यू में जमूदा खड़ा था।

"अरे, जमूदा तुम!"

"अरे, साब आप! राम-राम साब! छुट्टी पर आए हैं!"

"हाँ, तुम फॉर्म लेने आए हो!"

"हाँ साब! उस दिन आपने बताया था। साब आपकी मेहरबानी साब! मैं भूल नहीं सकता आपको साब! बी.ए. का फॉर्म लेने आया हूँ।"

"जमूदा, मज़ा आ गया यार। अब गले लग जा बस! मुझे मेरा कमेंडेशन कार्ड (प्रशंसा पत्र) मिल गया!"

"साब, कमेंडेशन कार्ड!"

"हाँ, वही प्रशंसा पत्र।"

"किसने दिया साब!"

"अरे तुमने और किसने!"

"मैंने!" जमूदा एकदम हैरान था।

"शाबाश! इसी तरह पढ़ते रहो!" हाथ से जमूदा की पीठ थपथपाते बोलता हुआ वह क्यू में खड़ा ख़ुशी से झूमने लगा। उसे ऐसा लगा, जैसे वह यानी कैप्टन विनायक आचार्य और सिपाही जमूदा पन्द्रह अगस्त को राष्ट्रपति भवन में हो रहे अलंकरण समारोह में राष्ट्रपति द्वारा प्रशंसा पत्र ग्रहण करने के लिए शालीनता के साथ पंक्तिबद्ध होकर खड़े हैं।

घर पहुँचते ही विनायक आचार्य ने पत्नी को बाँहों में भरकर चूम लिया।

"आज मैं बहुत ख़ुश हूँ। आई हैव गॉट, माई कमेंडेशन कार्ड!"

"क्या न्यूज़पेपर में नाम आया है?"

"नहीं स्वीट हार्ट! सही मायनों में, ईमानदारी और सच्चाई से मिलने वाले कमेंडेशन कार्डों का ब्योरा सरकारी दस्तावेज़ों में नहीं होता। लैट्स सेलिब्रेट।" यह कहकर उसने फ्रिज़ से अपने लिए एक चिल्ड बियर और पत्नी के लिए थम्स-अप की बोतल निकाल ली और ड्रिंक्स को गिलास में डालकर पत्नी को गिलास पकड़ाते हुए ज़ोर से बोला, "चियर्स!"

कहानी के बाद की कहानी

मज़बूरन विनायक आचार्य को इस कहानी का अन्त बदलना पड़ा था। अन्त ही तो सबकुछ होता है। अन्त बदला, तो विनायक आचार्य को कहानी का शीर्षक और भूमिका भी बदलनी पड़ी। बदलना इसलिए पड़ा, क्योंकि कहानी के डॉक्टर (यानी सम्पादक) ने बताया कि इसकी सीज़ेरियन डिलीवरी ही हो सकती है—जन्म के लिए। जी हाँ! कहानी का जन्म सफल तब माना जाता है, जब वह किसी स्तरीय पत्रिका में छप जाए, वरना वह 'मिस कैरिज़' होकर रह जाती है। और यदि लेखक नपुंसक हो (जैसाकि विनायक आचार्य है), तो वह सम्पादक मंडल के 'सीमेन बैंक' से 'मिस कहानी' को प्रेगनेंट कर सन्तानोत्पत्ति के लिए तैयार हो जाता है। औलाद (कहानी) आख़िर औलाद ही तो होती है।

तो दरअसल यह औलाद है, विनायक आचार्य की, परन्तु वह तो इस होने वाली औलाद की 'सरोगेट मदर' है, जबकि वीर्य-बीज (कहानी का आदि और अन्त) रोपित किया है सम्पादक ने और साथ ही सफल (आशावान हूँ) सीज़ेरियन डिलीवरी भी।

लेकिन यह भी निर्विवाद सत्य है कि कहानी के 'बाद की कहानी' को पढ़कर पाठक स्वयं पाएँगे कि नवजात शिशु, जो किसी स्तरीय पत्रिका के पन्नों के बिछौने पर लेटा है (आशावान हूँ)—ब्लड कैंसर और एच.आई. वी. पॉजिटिव से ग्रस्त है। तब पाठकगण दु:खी मन से सोचते हुए कहेंगे—ये कैसी सन्तान! जन्म के होते ही मृत्यु के आग़ोश में! इससे तो अच्छा था कि

औलाद पैदा ही न हो...लाइलाज़ रोग को झेलने की यंत्रणा से तो बच जाता इसका पिता।

परन्तु प्रिय पाठकों, आपको शायद पता न हो कि विनायक आचार्य कितने लम्बे और दर्दनाक 'लेबर पेन' से गुज़र रहा था। बच्चे को जन्म देना उसकी मज़बूरी हो गई थी—साम, दाम, दंड, भेद, उचित-अनुचित, नैतिक-अनैतिक कैसे भी, किसी भी तरीक़े से। पिछले कुछ दिनों से उसकी पत्नी, पड़ोसियों और ऑफ़िस के दोस्तों ने उसे अकेले में महाभारत में उद्धृत युधिष्ठिर द्वारा कहीं गई ये पंक्तियाँ बोलते सुना था—

"अश्वत्थामा हतो हत:, नरो वा कुंजरो वा।"

आसपास बैठे या चल रहे लोगों को यह देखकर और भी अजीब लगता, जब वह 'नरो वा कुंजरो वा" कहते हुए ताली बजाने लगता अथवा घर या ऑफ़िस की टेबल पर थाप मारने लगता—ढोलक की तरह।

तो चलते हैं विनायक आचार्य के पास। प्रथम पुरुष में उसी की ज़ुबान से सुनने, कि इससे पहले कितने 'मिस कैरिज़' हुए और फिर उसके बाद 'सरोगेट मदर' बनकर सीज़ेरियन डिलीवरी का अनुभव कैसा रहा?

शाम को विनायक आचार्य पार्क की एक बेंच पर पसरकर शून्य के पर्दे से बातें कर रहा था कि तभी एक पाठक पहुँच गया और विनायक आचार्य से बड़े अनुरोध के साथ विनती करने लगा कि आख़िर आपके इस तरह उखड़े-उखड़े, उदासीन और 'अश्वत्थामा हतो हत:, नरो वा कुंजरो वा' कहते, ताली बजाते या टेबल थपथपाते व्यवहार के पीछे क्या कहानी है।

"आओ, बैठो इस बेंच पर, सुनाता हूँ।" यह कहकर विनायक आचार्य ने एक लम्बी साँस ली और कहने लगा—

"यार, कुछ बातें दिल को चीरकर रख देती हैं, जैसी कर्नल मंगत ने मुझसे कहीं। अक्सर मुझे इस तरह के लोगों के उपहास का पात्र बनना पड़ता है। कुछ पलों के लिए मैं ख़ुद को कोसता भी हूँ, परन्तु ख़ुद को नहीं बदल पाता। 'एकला चलो रे' फलसफ़े पर चलने को प्रतिबद्ध हूँ। कर्नल मंगत के दिल को चीरकर रख देने वाली बात—जो कोई आपसे भी कह सकता है—को सही रूप में समझने के लिए आपको भी मेरे साथ मानसून सीज़न में पचमढ़ी से भोपाल की यात्रा करनी पड़ेगी। तकलीफ़ तो होगी आपको, सतपुड़ा के घनघोर बरसाती मौसम में मेरे साथ चलने में। एक छाता, एक रेनकोट है मेरे

पास। ऑफ़िस की फ़ाइलें भी रख ली हैं वी.आई.पी. में। ऑफ़िस के काम से टेम्प्रेरी ड्यूटी पर जो जा रहा हूँ भोपाल, तो चलें।

घर से निकलने से पहले मैं मूसलाधार बारिश को देखता हूँ। आसमान काले बादलों से घिरा है। घने बादलों के होते दोपहर में भी शाम जैसा आभास हो रहा है। काश! ऑफिशियल ड्यूटी पर डिटेल नहीं होता, तो अभी रज़ाई के अन्दर लेटे-लेटे पत्नी को गरम-गरम कॉफ़ी बनाने को कहता। पैर हैं कि आगे नहीं बढ़ रहे, मगर जाना तो है। "परिस्थितियाँ धेनु हैं, दुहो इनको अपनी निष्ठुर उँगलियों से"—नरेश मेहता की 'संशय की एक रात' कविता की पंक्तियाँ सहसा मेरे होंठों पर बुदबुदाती हैं और मैं बरसाती पहनकर, छाता खोलकर बस स्टेशन के लिए चल पड़ता हूँ।

क़रीब एक किलोमीटर चलकर मैं पचमढ़ी के बस स्टॉप पर पहुँचता हूँ। जूते पुराने वाले पहनने चाहिए थे, ग़लती हो गई, बाटा के नए जूते पहनकर आ गया। पानी से भीग चुके हैं जूते, छप-छप की आवाज़ करते हुए। टिकट ख़रीदकर मैं बस में प्रवेश करता हूँ। कुल मिलाकर लगभग बीस आदमी बैठे होंगे। मेरी तरह उनकी भी कोई मजबूरी रही होगी, जो घनघोर बारिश में भी भोपाल जा रहे हैं। बस की खिड़की की तरफ़ वाली सीटों पर पानी गिर रहा है। मैं बेहतर सीट की तलाश में सरसरी नज़र डालते हुए एक सूखी और सुरक्षित सीट पर बैठ जाता हूँ। बस स्टार्ट होकर चल दी। बाहर हल्का अँधेरा होने की वज़ह से ड्राइवर ने बस की लाइटें भी ऑन कर दी हैं। दूर-दूर तक बारिश थमने की कोई सम्भावना नहीं। बीच-बीच में बिजली कड़कने की आवाज़ भी दिल दहला रही है। सतपुड़ा के घने जंगल बारिश से भीगते हुए सहसा मुझे भवानी प्रसाद मिश्र की कविता 'सतपुड़ा के जंगल' की याद दिला रहे हैं। हम सब यात्री ठंड से सिकुड़कर हाथ बाँधे बैठे हैं और मन-ही-मन मौसम साफ़ होने की प्रार्थना कर रहे हैं।

पाँच घंटे की यात्रा करने के बाद मैं भोपाल के बस स्टेशन पर पहुँचता हूँ। बारिश अभी भी उसी तीव्रता से हो रही है। पहली बार भोपाल आया हूँ। श्यामला हिल, अरेरा कॉलोनी, नूतन कॉलेज और बैरागढ़ जाना है। न मालूम कहाँ और कितनी दूर होंगे, कहाँ से बस अथवा ऑटो मिलेंगे, कितना चार्ज करेंगे—ये सब मैं बस से उतरता हुआ सोचता हूँ। एक बिलकुल नए अपरिचित शहर में पहली बार आने की यही दिक़्क़त होती है। कोई भी

ऑटोवाला आपको लूट सकता है। बस में पैसे कम लगेंगे, लेकिन ऐसी बारिश में भीगते हुए ख़ुली सड़क पर बस का इन्तज़ार करना, राह में रुकते-चलते राहगीरों से फ़लाँ-फ़लाँ जगह के बारे में पूछना क्या उचित होगा—ये सब सोचकर मैं दुविधा में था।

हरे रंग की फ़ौजी बरसाती, जिसके फ्रंट में मेरा आर्मी का नम्बर सफ़ेद पेंट से लिखा है, को पहनकर छाता खोलकर स्टेशन के पास एक होटल के शेड के नीचे पहुँचता हूँ। घड़ी देखता हूँ। शाम के सात बजे हैं। बारिश की तिरछी फुहार पड़ने से कमीज़, पैंट भी अन्दर से भीग गए हैं। होटल के रिसेप्शन काउंटर पर नाम, पता आदि लिखकर कमरे की चाबी लेकर मैं कमरे में पहुँचता हूँ। फटाफट गीले कपड़े उतारकर, तौलिये से बदन पोंछकर कपड़े पहनता हूँ और पलँग पर लेट जाता हूँ। लेटे-लेटे सोचता हूँ कि यदि मौसम साफ़ होता, तो पूछते-पाछते सीधे आर्मी अफ़सर मैस पहुँचता और बार मैन से गरम पानी के साथ ब्रांडी लाने को कहता, पर यहाँ! ऐसी मूसलाधार बारिश में! असम्भव! ऐसी ही बारिश यदि कल रही, तो ऑफ़िस के काम कैसे हो पाएँगे—ये सब सोचते हुए बिना खाए-पिए आँख लग गई। जब जागा, तो सुबह के सात बजे थे। बारिश अभी भी जारी थी। खिड़की खोलकर मैं आसमान की तरफ़ देखता हूँ, मगर चावल के दाने के बराबर जितना भी खुला नीला आसमान नहीं दिख रहा है। मन मारकर मैं बाथरूम की तरफ़ जाता हूँ।

ब्रेक-फास्ट करने के बाद मैं होटल वाले से जहाँ-जहाँ मुझे जाना है, के बारे में जानकारी लेता हूँ। ऐसी मूसलाधार बारिश में सिर्फ़ ऑटो में ही जाना ठीक रहेगा—यह निश्चय कर मैं होटल से बाहर बने शेड के नीचे खड़ा हो जाता हूँ। बसें बुरी तरह भरी हैं। सड़क पर ऑटो भी पूरी सवारियों से लदे पड़े हैं। कुछ देर इन्तज़ार करने के बाद मुझे एक ख़ाली ऑटो पास आते दिखता है। मैं छाता खोलकर उसकी तरफ़ दौड़ता हूँ—सड़क में बह रहे पानी में छप-छप की आवाज़ करता हुआ। पाँच-छह सेकंड में ही छाते-बरसाती के बावज़ूद अन्दर गीलेपन का अहसास हो रहा है। जूते तो पानी से पूरे ही भर गए हैं। कौन कहेगा कि ये जूता मैंने तीन दिन पहले ही बाटा से ख़रीदा था। बिना कुछ बताए कि कहाँ-कहाँ जाना है, मैं सीधे ऑटो के अन्दर जाकर बैठ जाता हूँ। ऑटो का मिलना ही इस समय की महान उपलब्धि है।

"कहाँ जाना है साब?"

"नूतन कॉलेज।"

"अस्सी रुपये लगेंगे।"

"बहुत ज्यादा हैं भई।"

"इससे कम नहीं होगा। बारिश भी तो देखो, कोई ख़ाली ऑटो नहीं मिलने वाला आज।"

"ठीक है भई, जो तेरी मर्ज़ी। मज़बूरी सोचते हुए मैं अनुमान लगाता हूँ, यदि जहाँ-जहाँ मुझे जाना है, इतने रुपये देने पड़े, तो दिवाला निकल जाएगा। नूतन कॉलेज के गेट के पास ऑटो रुकता है।

"ये लो रुपये, थैंक्यू भई।" यह कहकर मैं प्रिंसिपल के ऑफ़िस की तरफ़ चल पड़ता हूँ। रास्ते में, कॉलेज कैम्पस में लड़के-लड़कियाँ कहीं भी तो नहीं दिख रहे, कहीं कॉलेज बन्द तो नहीं!

"आज कॉलेज बन्द है क्या?" एक ख़ाकी वर्दी पहने शायद चपरासी जैसे व्यक्ति से मैं पूछता हूँ।

"ऐसी घनघोर बारिश में कोई नहीं आएगा साब!"

"प्रिंसिपल साहब से मिलना था।"

"वो तो साहब ग्यारह बजे के बाद ही आते हैं। बारिश की वज़ह से शायद और लेट आएँ।"

चपरासी की बात सुनकर घड़ी पर नज़र डाली—दस बजे हैं। सोचा था—शाम तक सब काम हो गए, तो शाम को पचमढ़ी चल दूँगा वापस। परन्तु अब तो लगता है कि यदि ऐसी ही बारिश रही, तो एक-दो दिन रुकना न पड़ जाए। ऑफ़िस की गैलरी में रखी कुर्सी पर बैठकर मैं जूते खोलकर उनके अन्दर जमा पानी निकालता हूँ। फिर ज़ुराबें खोलकर उन्हें निचोड़ता हूँ। ठंड में भीगने की वज़ह से बारिश की तेज़ी से पेशाब निकलने को मचल रही है। बिना ज़ुराब के ही जूते पहनकर दौड़ते हुए मैं बाथरूम में हल्का होते हुए एक असीम सुख की अनुभूति करता हूँ। प्रिंसिपल की अनुपस्थिति में, अब मैं दूसरे कामों को निबटाने हेतु कॉलेज के गेट की तरफ़ कोई सवारी पकड़ने के लिए चल पड़ता हूँ। अब मैं कॉलेज के गेट के आगे वाली सड़क के किनारे खड़े, बरसाती पहने, छाता लगाए कोई ऑटो, बस अथवा ट्रक को हाथ से रोकने के लिए इन्तज़ार करता हूँ। 'जिन्दगी भर नहीं भूलेगी ये बरसात

की रात।'—गाना सहसा मैं गाने लगता हूँ मगर दूसरे सन्दर्भ में। और फिर ये तो दिन है, रात नहीं। कोई साम्य ही नहीं—मधुबाला और भारतभूषण पर पिक्चराइज़्ड इस गाने का और मेरे द्वारा मुझ पर फ़िल्माए गए इस गाने का। इस वक़्त तो मेरे लिए मेरी महबूबा सिर्फ़ ऑटो या कोई भी लिफ़्ट देनेवाला आदमी ही हो सकता है। महबूबा शब्द शायद गलत होगा। उसको देवदूत कहना बेहतर होगा।

ठंड से कँपकँपी छूट रही है। ट्रकें, बसें, कारें, लारियाँ बीच-बीच में सड़क से पानी के छींटे फेंकते तेज़ी से गुज़र रहे हैं। कोई भी वाहन रुकने का नाम तक नहीं ले रहा। किसी ड्राइवर को पेशाब भी नहीं लग रही। हर वाहन को मैं इशारा करते-करते थक गया हूँ। कुछ एक ऑटो गुज़रे, परन्तु सब भरे हुए। गाड़ियों द्वारा फेंके गए मटमैले पानी के छीटों से मेरी बरसाती भी गन्दी हो गई है। हे भगवान! दया कर! मैं अपनी बेबसी को एक उच्छ्वास छोड़ते हुए व्यक्त करता हूँ।

ज़ेब में रुपये होने पर भी आदमी कभी कितना बेबस हो जाता है। बारिश अब और तेज़ी से होने लगी है। छाते के अन्दर भी छोटे-छोटे जलकण गिरते मेरे बालों और चेहरे को गीला कर रहे हैं। टकटकी बाँधे मैं वाहनों को सामने से गुज़रते देख रहा हूँ। कोई भी तो नहीं रुक रहा। तभी दूर से आती आर्मी की एक जोंगा दिखाई देती है। मैं तुरन्त अपनी फ़ौजी बरसाती और उस पर आगे लिखे आर्मी के आई.सी. नम्बर को जोंगा के ड्राइवर को दिखाते हुए अपने को पोज़िशन में करता हूँ।

छाते को सिर से हटाकर थोड़ा साइड में करता हूँ, ताकि ड्राइवर को दिख जाए कि एक फ़ौजी खड़ा है। मैं दूर से ही जोंगा को रुकने का इशारा करता हूँ। जोंगा पास आकर रुक जाती है।

"कम इन साइड।" जोंगा का दरवाज़ा खोलते हुए ड्राइवर बोला। छाता बन्द कर भीगी बरसाती समेत मैं सीट पर बैठकर ड्राइवर की तरफ़ देखकर "थैंक्यू वेरी मच" कहता हूँ। कुछ परिचित-सा चेहरा और ड्राइवर की सीट पर अफ़सर है ये तो...मैं चेहरा पहचानने के लिए दिमाग़ पर ज़ोर डालता हूँ।

"अरे सर! आप! आई वॉज़ योअर कैडेट! यू वर माई इंस्ट्रक्टर दैन एट आई.एम.ए. (इंडियन मिलिट्री एकेडमी)...यू आर कर्नल एम.पी. शर्मा...!" मैं आश्चर्यमिश्रित ख़ुशी का इज़हार करते हुए कहता हूँ।

"ओह, आई सी! इट्स हार्टनिंग टु मीट माई कैडेट। कहाँ जाना है तुझे।" कर्नल शर्मा बोले।

"थैंक्यू सो मच सर फ़ॉर गिविंग मी लिफ़्ट। सर मैं पचमढ़ी में पोस्टेड हूँ। भोपाल ऑफ़िशियल ड्यूटी पर आया हूँ, परन्तु इस बारिश में कोई ऑटो नहीं मिला। सब भरे हैं सवारियों से और मुझे कई जगह ऑफ़िस के काम से जाना है—बैरागढ़, श्यामला हिल्स, अरेरा कॉलोनी, नूतन कॉलेज।"

"सॉरी यार, युअर गुड नेम!"

"सर, कैप्टन विनायक आचार्य।"

"विनायक ऐसी बारिश में, यू वॉन्ट गेट ऑटो और एनी अदर वेहकिल पर्टिकुलरली ऑन दिस रोड। मुझे रेलवे स्टेशन जाना है, जहाँ मेरा ऑफ़िस है—एम.सी.ओ. ऑफ़िस। आई एम पोस्टेड एज़ एम.सी.ओ. (मूवमेंट कंट्रोल ऑफ़िसर)। रेलवे स्टेशन पर उतरकर तुम जोंगा लेकर अपने सब काम ख़त्म कर शाम को पाँच बजे से पहले मेरे ऑफ़िस पहुँच जाना। आई होप यू मस्ट बी हैप्पी नाऊ।" कर्नल शर्मा मेरी तरफ़ मुस्कराते हुए देखते हैं।

कर्नल शर्मा की इस मेहरबानी पर मैं अवाक् हो गया हूँ कुछ समय के लिए। मुँह खुला-सा, आँखें भर-सी आई हैं।

"थैंक्यू, थैंक्यू वेरी मच सर! यू आर 'मैना फ्रॉम हैवन' (Manna from Heaven-an unexpected and very welcome gift) फ़ॉर मी।"

आज की इस मतलब-परस्त दुनिया में एक अपरिचित को अपनी सरकारी गाड़ी देना नामुमकिन ही है। अकादमी में एक हज़ार कैडेट्स को भला एक इंस्ट्रक्टर याद भी कैसे रख सकता है! भले ही, मैं उनका कैडेट रहा हूँ, उनको जानता हूँ, पर वे मुझे नहीं जानते। फिर भी! इट्स रियली ग्रेट! मैं मन-ही-मन अपने से कहता हूँ।

भोपाल रेलवे स्टेशन पर एम.सी.ओ. ऑफ़िस के आगे जोंगा रुक जाती है। "जगत सिंह! साब फ़ौज में अफ़सर हैं। इन्हें शहर के कुछ-एक जगह जाना है ऑफ़िशियल काम से। जहाँ-जहाँ बताएँ, वहाँ ले जाना और साब को भी बता दिया है—शाम को आफ़िस बन्द होने से पहले पाँच बजे तक वापस आ जाना।" सामने खड़े ड्राइवर को कर्नल शर्मा निर्देश देते हैं।

"ओ.के. विनायक, सी यू इन द ईवनिंग!"

"राइट सर! थैंक्यू सर!"

रेनकोट निकालकर मैं जोंगा के पीछे रखकर फ्रंट सीट पर बैठ जाता हूँ और ड्राइवर को जाने वाली जगहों के नाम बताकर चलने को कहता हूँ। मन-ही-मन मैं ईश्वर को धन्यवाद देता हूँ। सोचता हूँ कि आज के घोर स्वार्थी युग में कर्नल शर्मा का बिना जान-पहचान के मुझे पाँच बजे तक जोंगा देना मानवता के 'बिलीव इट और नॉट' में दर्ज करने योग्य घटना है—क्यों क्या ख़्याल है आपका? मानते हैं न आप भी?

प्रिय मित्र! अभी सिर्फ़ कहानी कह रहा हूँ, 'कहानी के बाद की कहानी' से तो कहानी का अन्त करूँगा। तो सुनो आगे—

जोंगा में बैठकर मैंने ठंड की वज़ह से ब्लोअर ऑन कर दिया है। थोड़ी ही देर में अन्दर गरमी का एहसास होने लगा है।

बारिश यूँ तो अभी भी उसी गति से हो रही है। परन्तु मेरे लिए बन्द हो चुकी है, क्योंकि मैं जोंगा के अन्दर हूँ।

क़रीब चार बजे तक बैरागढ़, श्यामला हिल्स, अरेरा कॉलोनी और नूतन कॉलेज जाकर सब कार्य पूरे कर चुका हूँ। फिर आधे घंटे बाद वापस चलकर मैं कर्नल शर्मा के ऑफ़िस में प्रवेश करता हूँ।

"सर! आई एम एक्सट्रीमली थैंकफुल टू यू। इनफैक्ट आई कांट एक्सप्रेस माई फीलिंग्स। सर, अँग्रेज़ी में कहते हैं—'व्हेन हार्ट इज फुल ऑफ़ इमोशंस, द टंग बिकम्स म्यूट।' सर आप पचमढ़ी ज़रूर पधारें फैमिली के साथ, आई वुड बी प्लीज़्ड एंड ऑनर्ड।" सैल्यूट मारने के बाद मैं कर्नल शर्मा से भावुक होते हुए कहता हूँ।

"विनायक, डोंट बी सेंटिमेंटल। वी बोथ आर पुटिंग ऑन यूनिफ़ार्म। सो आई एम ड्यूटी-बाउंड टु हेल्प ए सोल्जर इन डिसट्रेस।" मुझसे हाथ मिलाते हुए कर्नल शर्मा कहते हैं।

"राइट सर! आई बेग योअर लीव! थैंक्स वन्स अगेन।" यह कहकर मैं वापस चलता हूँ पचमढ़ी जाने के लिए।

इस घटना को घटे तीन वर्ष से ऊपर हो चुके हैं। अब मैं कुमाऊँ रेजिमेंटल सेंटर में पोस्टेड हूँ और अपने ऑफ़िस में कुर्सी पर बैठे फ़ाइलों को निपटा रहा हूँ। थोड़ी देर बाद सुस्ताने के लिए एक अँगड़ाई लेते जब बाहर देखता हूँ, तो कर्नल शर्मा को देखकर चौंकते हुए खड़ा हो जाता हूँ।

"गुड मॉर्निंग सर! वेलकम! सर, पहचाना मुझे! 2 जुलाई, 1997 को

भोपाल के नूतन कॉलेज के गेट के पास मूसलाधार बारिश में आपने मुझे जोंगे में लिफ़्ट...।"

"गुड मॉर्निंग! यू आर...।" कर्नल शर्मा शर्ट में लगी मेरी नेम प्लेट को पढ़ने के लिए पास आते हुए कहते हैं।

"कैप्टन विनायक आचार्य सर!"

"आई डोंट रिमेम्बर फ्रैंड। बट टेल मी, आर दीज़ पिडली थिंग्ज़ वर्थ टु बी रिमेम्बर्ड?"

"सर! यू वर माई इंस्ट्रक्टर इन इंडियन मिलिट्री एकेडमी।"

"हाँ, मैं 1984 में एकेडमी में पोस्टेड था। बट कैप्टन विनायक यू नो, मुझे अपने टीचर, प्रोफ़ेसर, इंस्ट्रक्टर आज भी याद हैं; बट डू दे रिमेम्बर मी, आई एम नॉट श्योर। आई एम हैप्पी यू रिमेम्बर मी।" कर्नल शर्मा मुस्कराते हुए बोले।

"सर! एनी थिंग आइ केन डू फ़ॉर यू, आई वुड बी ऑनर्ड।"

"थैंक यू, इनफैक्ट मेरा कोर्स-मेट कर्नल गहलोत कुमाऊँ रेज़िमेंटल सेंटर में ट्रेनिंग अफ़सर पोस्टेड है। रानीखेत, नैनीताल फैमिली के साथ घूमने आए थे छुट्टी में। सोचा—कोर्स-मेट से भी मिल लेते हैं और यहाँ देखो, व्हॉट ए कोइंसिडेंस! तुमसे भी मिल गए।"

"सर, मैडम-बच्चे कहाँ हैं?"

"वो सामने गेट के पास टैक्सी में बैठे हैं। मैं कर्नल गहलोत का ऑफ़िस ढूँढ़ते हुए यहाँ आ गया।"

"सर, 'ना' मत कहिएगा। ये रही मेरी कार की चाबी। जी भरकर घूमिए और रात का डिनर मेरे घर। सर प्लीज़! चलिए, मैडम-बच्चों को टैक्सी से ले आते हैं। आप टैक्सी वाले को 'पे' करके चलता कीजिए।" मैं कर्नल शर्मा को साथ लेकर गेट के पास खड़ी टैक्सी की तरफ़ चलते हुए कहता हूँ।

"अरे विनायक यार, डोंट बी फॉर्मल, टैक्सी तो है।"

"सर! आज तो वो दिन आया है कि मैं आपके कुछ काम आ सकूँ और आप...।"

"तू नहीं मानेगा। ओ.के. इफ यू फील दिस वे, दैन वी विल गो-एराउंड रानीखेत इन योअर कार, बट नॉट नैनीताल, ओ.के.!" कर्नल शर्मा मेरे कन्धे पर हाथ रखते हुए कहते हैं।

मैडम-बच्चों से मिलने के बाद मैं उन्हें एक बार फिर रात को डिनर के लिए आमंत्रित करता हूँ और ऑफ़िस के बाहर पार्क की हुई अपनी एकदम नई ख़रीदी कार की तरफ़ उन सबको ले जाता हूँ।

रात को कर्नल शर्मा परिवार सहित घर पर पधारते हैं। अच्छी आवभगत करता हूँ। 2 जुलाई, 1997 की मूसलाधार बारिश में भोपाल की सड़कों पर चलने के कटु अनुभवों के बीच कर्नल शर्मा का रास्ते में मिलना बार-बार दुहराता हूँ। अगले दिन कर्नल शर्मा से कर्नल गहलोत के ऑफ़िस में दुबारा मिलकर नैनीताल रवाना होते हुए सी-ऑफ़ भी करने जाता हूँ।

और उनके जाने के बाद अपने को उऋण महसूस करते हुए एक ख़ुशी के एहसास से सराबोर हो जाता हूँ।

कुछ देर बाद ऑफ़िस में कर्नल मंगत कार-पार्किंग में मेरी कार को न देखकर मुझसे पूछते हैं, "अरे, तेरी कार कहाँ गई?"

"सर, मेरे एक इंस्ट्रक्टर आए थे। एक दिन भोपाल में उन्होंने मेरी बड़ी मदद की थी, जबकि वे मुझे नहीं जानते थे, इसके बावज़ूद उन्होंने पूरे दिन के लिए मुझे अपनी गाड़ी दे दी थी। उन्हीं को मैंने अपनी कार घूमने को दे दी।"

"भई विनायक! तू तो बहुत ही सीधा (मतलब बेवकूफ़) है। अपनी ब्रैंड न्यू कार एक अनज़ान अफ़सर को दे दी। तेरा इंस्ट्रक्टर था तो क्या, नई कार कोई ऐसे ही थोड़े दे देता है। तुझे उसने अपनी बातों से बेवकूफ़ बना दिया होगा और तू उसके झाँसे में फँस गया।"

कुछ देर बाद कर्नल मंगत फिर बोले, "भई विनायक, तू भोले बाबा है। तुझे तेज़ बनाने के लिए कुछ महीने बिहार भेजना पड़ेगा।"

कर्नल मंगत के ये शब्द-बाण मुझे अन्दर तक चीर गए कुछ समय के लिए। क्या किसी के एहसान का बदला चुकाना बेवकूफ़ी है! सीधापन है! एहसान फ़रामोश, छल-कपट, नमक-हरामी—ये सब तेज़ होने के लक्षण हैं! यदि ऐसा ही है, तो भ्रष्ट नेताओं, अफ़सरों को करप्ट न कहकर तेज, ओजस्वी क्यों नहीं कहा जाता? रामलीला को रावणलीला क्यों नहीं कहा जाता अब? जबकि रामायण में रावण ही राम को अयोध्या से लंका तक घुमाते चला गया।

भई, है कोई ज़वाब आपके पास? मुझे पता है—आप कशमकश में पड़ गए कि किस पर हँसें—मुझ पर अथवा कर्नल मंगत पर। मुझ पर हँसने वालों की संख्या ज़्यादा है। आप मानते हैं न? और प्रजातंत्र सिर्फ़ मेज़ॉरिटी का

खेल है। लेकिन हाथी ने भेड़ों के झुंड की कभी परवाह की है क्या? बताइए।

यहाँ तक मिस-कैरिज़ की कहानी है।

सरोगेट मदर की सीज़ेरियन डिलीवरी

तो डियर फ्रेंड! अभी तक मैंने जो आपको सुनाया, वह थी कहानी की मिस-कैरिज़ की कथा। कई बार हुआ यह मिस-कैरिज़, जिससे विनायक आचार्य की शारीरिक-मानसिक स्थिति काफ़ी ख़राब हो गई थी। इस बार डॉक्टर (सम्पादक) ने मिस-कैरिज़ की वज़ह प्रेसक्रिप्शन चिट में लिखकर टिकट लगे वापसी लिफ़ाफ़े में भेज दी। लिखा था—

"प्रिय भाई,

कहानी के शीर्षक 'क्या आप मुझे भी बिहार भेजेंगे?' में तीखा व्यंग्य है। कहानी अच्छी लगी, परन्तु अन्त नीतिगत लगा। अन्त को बदला जा सकता है। नोट पढ़कर एक प्रयास और करें।"

तो दोस्त! झटका मुझे इससे नहीं लगा कि मेरा मिस-कैरिज़ (कहानी की अस्वीकृति) हुआ, बल्कि इससे कि बचपन से लेकर अभी तक पढ़े-सुने, संचित किए गए वेद, पुराण, उपनिषद्, गीता, रामायण, गुरुग्रंथ, क़ुरान, बाइबिल, पंचतंत्र की कहानियाँ, महापुरुषों की जीवनियाँ और भी जीवन-सार की बातों को डॉक्टर (सम्पादक) ने प्रेसक्रिप्शन चिट की एक लाइन 'कहानी का अन्त नीतिगत लगा' लिखकर दिल-दिमाग़ में सूनामी लहरों का तांडव कर नेस्तनाबूद कर दिया। मैं बार-बार उस चिट को पढ़ता और फिर कहीं खो जाता। एक अन्तहीन अन्तर्द्वंद्व, छटपटाहट और बेचैनी में जकड़ा जा रहा था मैं।

तो क्या कहानी का अन्त नीति से अनीति की तरफ़ मोड़ना होगा!

एहसानमन्द से एहसान-फ़रामोश, नमक-हराम बनना पड़ेगा!

संवेदना की सच्चाई को संवेदना से भी और सच्चाई से भी मुक्त करवाना होगा। तभी औलाद (कहानी) पैदा होगी।

औलाद!

यदि डॉक्टर (सम्पादक) ही ऐसा कहेगा, जो अपने विचारों के माध्यम से दुनिया में सत्यम् शिवम्, सुन्दरम् स्थापित करने के लिए ही पैदा हुआ है, जो सबसे शक्तिशाली है। कहते भी हैं—'द पेन इज माइटियर दैन द शॉर्ड' तो...। तो...तो फिर कौन?

तो मेरे भाई! सहसा उसी पल मेरे होंठों से शेक्सपियर द्वारा कहीं गई

बातें निकलीं, "समथिंग इज रौटन इन द स्टेट ऑफ़ डेनमार्क...लाइफ़ इज ए टेल टोल्ड बाई एन ईडियट, ऑल साउंड एंड फ्यूरी, सिगनिफाइंग नथिंग।"

चूँकि मुझे अन्दर की आवाज़, इनर कांशेंस या आत्मा की आवाज़, तुम इसे कुछ भी कह सकते हो, को दबाने को बाध्य किया गया था, जिसे मेरा दिल मानने को तैयार नहीं था, लेकिन साथ-ही-साथ औलाद (कहानी) के पैदा (छपने) होने की भी उत्कट इच्छा थी। अतः जब-जब मैं कहानी का अन्त अनीतिपूर्ण ढंग से करता, तब-तब अकेले में अन्दर के इनसान की आवाज़ को दबाने के लिए 'नरो वा कुंजरो वा' कहते हुए मैं टेबल थपथपाने लगता या ताली बजाने, जो कि मेरी असहायता और बेबसी की पराकाष्ठा होती। लेकिन यह सोचते-करते हुए मुझे कुछ राहत अवश्य मिलती। क्षणिक ही सही। तब सोचता—युधिष्ठिर और उस समय के धर्माधिकारियों ने मिलकर द्रोणाचार्य के पुत्र अश्वत्थामा को मारने के लिए भी तो अनीति अपनाकर उसका अन्त किया था। महाभारत में और भी कई शूरवीरों का अन्त भी तो अनीति से हुआ था।

अतः एक रात मेरी कहानी को जब ज़बरदस्त लेबर-पेन हो रहा था, तो मैं डॉक्टर (सम्पादक) की चिट में लिखे गए प्रेसक्रिप्शन के अनुसार बताए गए सुझावों से कहानी की 'सरोगेट मदर' (प्रारंभ और अन्त बदलकर) बनकर उसे डिलीवरी (छपने) हेतु ऑपरेशन थियेटर (सम्पादक के कार्यालय) भेज दिया।

और फिर ऑपरेशन थियेटर के बाहर बेंच पर बैठे-बैठे उठते-टहलते 'नरो वा कुंजरो वा' बुदबुदाते, नर्स के बाहर आकर—"कांग्रेचुलेशन सर! यू आर ब्लैस्ड विद ऐ बेबी बॉय। इट वॉज़ ए सक्सेसफुल सीज़ेरियन डिलीवरी।" कहते हाथ मिलाने की फंतासी बुनने लगा।

अब सुनो दोस्त! कहानी का दूसरा अन्त मैंने कैसे किया—तीन साल से भी ज़्यादा अन्तराल के बाद जब वही कर्नल एम.पी. शर्मा मेरे ऑफ़िस के बाहर खड़ा दिखाई देता है, तो मैं जान-बूझकर अपने को फ़ाइलों में व्यस्त-सा दिखाने की कोशिश करता हूँ। कर्नल शर्मा अन्दर प्रवेश करते हैं ऑफ़िस में।

"गुड मॉर्निंग सर!" मैं कुर्सी से उठकर विश करता हूँ।

"मॉर्निंग! आई एम कर्नल एम.पी. शर्मा।" हाथ मिलाते हुए कहते हैं वह।

"कैप्टन विनायक आचार्य।" मैं अपना नाम बताता हूँ।

"योअर फेस लुक्स फैमिलियर।"

"रियली सर! लेकिन सर, आई डोंट थिंक वी हैव एवर मैट अर्लियर।" मैं सफ़ेद झूठ को शाश्वत सत्य की तरह बोलता हूँ।

"हो सकता है, कहीं तुम्हारा हमशक्ल देखा हो।"

"सर, डू यू वांट टु मीट समवन!"

"येस। कैन यू टेक मी ऑर सेंड समवन टु गाइड मी टु कर्नल गहलोत्स ऑफ़िस? ही इज माई कोर्स-मेट।"

ऑफ़िस की कॉल-बेल बजाकर मैं चपरासी को बुलाता हूँ। उसे निर्देश देता हूँ कि वह कर्नल एम.पी. शर्मा को कर्नल गहलोत के ऑफ़िस छोड़कर वापस आ जाए।

"राइट सर, थैंक्स!" यह कहते हुए मैं कर्नल शर्मा से अपना पल्ला छुड़ाता हूँ।

"ओ.के. कैप्टन विनायक! नाइस मीटिंग!"यह कहकर कर्नल शर्मा ऑफ़िस से बाहर निकल पड़े हैं। पीछे मुड़कर मैं अपने ऑफ़िस के साइड में रखे सोफ़े पर पाँव फैलाकर पसर जाता हूँ। इस बीच मैस वेटर मुझे चाय का प्याला थमा जाता है। चाय की पहली चुस्की के साथ मैं रिमोट से सामने रखे टी.वी. को ऑन कर देता हूँ। नेशनल ज्योग्राफ़ी चैनल टी.वी. स्क्रीन पर मरुस्थल दिखा रहा है—क्षितिज तक फैला। अन्तहीन। सहसा टी.वी. स्क्रीन के आगे एक शून्य से पर्दे की स्क्रीन उभरती है, जिसमें बैक ग्राउंड मरुस्थल ही है, परन्तु मरुस्थल के बीचों-बीच एक सड़क उभर आई है और क्षितिज से एक बिन्दु से शुरू होकर बड़ी होती, पास आती एक जोंगा दिखाई देती है। परन्तु उसी समय केबल टी.वी. नेटवर्क टूट जाता है और टी.वी. स्क्रीन पर बर्फ़-सी गिरने लगती है। इसके साथ-ही-साथ कैप्टन विनायक आचार्य का अन्दरूनी, रूहानी नेटवर्क भी 9/11 की तरह मटियामेट हो जाता है।

छावनी में घर...

डिनर करने के बाद जयदेव आदतन जब स्टडी रूम में आया, तो एक बार फिर वही विचार उसके दिमाग़ में कौंधा, विचार था—कई पुराने तथ्य, मान्यताएँ जिन्हें पहले सार्वभौमिक सत्य माना जाता था। कालान्तर में वे वैज्ञानिकों, विचारकों, शिक्षाविदों के अनवरत शोध और परिश्रम के कारण गलत साबित हुए।

और फिर मानव सभ्यता और विकास की कहानी भी यही तो है।

परन्तु कुछ तथ्य, कुछ खोज, कुछ आशातीत परिणाम, वर्षों से पाली गई हसरतें बिना प्रयास के अनायास ही उपलब्ध हो जाती हैं। अँग्रेज़ी में जिसे 'मैना फ्रॉम हैवन' (Manna from Heaven) कहते हैं। सेना से रिटायरमेन्ट के बाद जयदेव अपने नए फ़्लैट में आया है। अक्सर वह घर के अन्दर और घर के बाहर घूमते मन ही मन आनन्दित होते कह उठता है, 'होम इज व्हैर द हार्ट इज'।

दरअसल उसे यह घर एक ईश्वरीय उपहार यानी 'मैना फ्रॉम हैवन' के रूप में मिला है।

आज उसे स्टडी रूम में बैठे उन तीन कहानियों को दुबारा पढ़ने की इच्छा हुई जिन्हें वह क़रीब दस वर्ष पहले पढ़ चुका था। उसकी इस अप्रत्याशित ख़ुशी का सबब यह था कि उसने बिना शोध और परिश्रम किए अरसे पहले पढ़ी गई कहानियों के निष्कर्ष को अपने सन्दर्भ में झुठला दिया था। आंशिक रूप में ही सही। यद्यपि अधिकांश जनता के लिए उन तीन कहानियों के

निष्कर्ष निर्विवादित रूप से आज भी सत्य हैं। और रहेंगे। वह कुर्सी से उठा और सामने बुक-रैक में उन किताबों को ढूँढ़ने लगा। कुछ देर ढूँढ़ने के बाद ही उसे वे दो किताबें मिल गईं। पहली किताब का नाम था—'आधी सदी का सफ़रनामा' जिसमें उसके प्रिय कथाकार स्वयंप्रकाश की वो दो कहानियाँ भी थी—'गौरी का गुस्सा' और 'कहाँ जाओगे बाबा'। दूसरी किताब का नाम था—'उर्दू कथाकार गुलाम अब्बास की कहानियाँ'—जिसमें उनकी मशहूर कहानी 'आनन्दी' भी संकलित थी।

स्टडी चेयर पर पसरकर वह उन पहले पढ़ी हुई कहानियों को बड़े चाव से पढ़ने लगा। बीच-बीच में पढ़ते वह रुककर खिड़की से बाहर झाँक लेता। कुछ सोचते हुए। फिर किताब में नज़र गड़ा देता। तीनों कहानियाँ पढ़ने के बाद कुर्सी में बैठे-बैठे अपने को स्ट्रैच करते हुए उसने अँगड़ाई ली। फिर कमरे से बाहर निकल टैरस में चहलकदमी करते सामने हवा से झूमती पेड़ों की डालियों, टैरेस में बजती विंड-चाइम्स को निहारते-सुनते सहसा वह गाने लगा, "आ चल के तुझे मैं ले के चलूँ, एक ऐसे गगन के तले, जहाँ गम भी न हो, आँसू भी न हो, बस प्यार ही प्यार पले, एक ऐसे गगन के तले..."

उसे पूरा विश्वास था कि जिस तरह एक शराबी किसी अनज़ान शहर अथवा गाँव में भी शराब की दुकान ढूँढ़कर शाम को दारू पीने का अपना जुगाड़ कर ही लेता है। उसी तरह साहित्य प्रेमी पाठक उसकी इस कहानी को पढ़ने से पहले अथवा बाद में पहले उद्धृत उन तीन कहानियों को ढूँढ़कर पढ़ ही लेगा। भले ही यू-ट्यूब पर पढ़े।

टैरेस की बालकनी में खड़े होकर वह आकाश में खिले चाँद को टकटकी लगाए देखने लगा। दूर तक खुले छावनी के पेड़ों के झुरमुटों से लेकर उसके घर तक असीम सुकून से भरी नीरवता बिखरी पड़ी थी। मन्द-मन्द हवा बह रही थी। वह कुछ सोचते हुए बुदबुदाया, 'गौरी का गुस्सा' कहानी में जब नन्दी पर आरूढ़ शिव-पार्वती आकाश मार्ग पर विचरण कर रहे थे, तब पार्वती जी की नज़र सिर्फ़ रतन लाल अशान्त पर ही नहीं पड़ी, जो पंचरतन टॉकीज के सामने फत्तू नाई के केबिन के बाहर बैठा अपनी किस्मत को कोस रहा था। अपितु उस पर भी पड़ी जो छावनी के क्रॉस-कंट्री रूट के सुनसान रास्ते पर अजदा पाइकर तोप के सामने से समाधिस्थ भाव से ईवनिंग-वॉक पर निकला था। बीच-बीच में टहलते हुए वह हसरत भरी निग़ाह से छावनी

से एकदम सटे और छावनी से ही तीन साइड से घिरे फ्लैट्स को देख लेता, जो बन ही रहे थे। फिर उस सुनसान रास्ते के वायुमण्डल में एक उच्छवास छोड़ते, अपने हसरत भरे गुब्बारे को अन्तरिक्ष में छोड़ते हुए कहता—काश! यहाँ फ़्लैट मिल जाता!

पार्वती जी तो अन्तर्यामी हैं। उन्होंने दोनों के मन को पढ़ लिया। रतनलाल की इच्छाएँ असीमित थीं। वह पूरी दुनिया को ही अच्छा बनाना चाहता था। और दुनिया तो पूरा विश्व ठहरा। पूरे विश्व को अच्छा बनाना पार्वती जी को तर्क-संगत नहीं लगा होगा। क्योंकि यदि पूरी दुनिया अच्छी बन जाती, तो बुरे कर्म करने वाले, पापियों, अपराधियों को भी वे सब सुख-सुविधाएँ अनायास ही प्राप्त हो जाती, जो सत्कर्म, सदाचारी और धर्म-परायण लोगों को तप और परिश्रम से मिलती हैं।

यह कैसे हो सकता था! असम्भव था यह तो!

उसी रात सपने में उसे शिव-पार्वती दिखे, जो ओझल होने से पहले 'तथास्तु' कह गए। और अगले ही दिन दोपहर के दो बजे से पहले वह उस छावनी से सटे फ़्लैट की अग्रिम रजिस्ट्रेशन जमा-राशि का चैक बिल्डर के ऑफ़िस में जमाकर आया था।

गार्डन-चेयर को उसने अनफ़ोल्ड किया और फिर उस पर पसरकर विन्ड चाइम्स की टिंक-लिंक को सुनते छावनी के खुले तारों से भरे आसमान को निहारते वह अतीत के अन्तरिक्ष में उड़ने लगा—

तब वह अरुणाचल की सरहद पर पोस्टेड था। चार वर्ष ही रह गए थे उसके रिटायरमेंट में, फैमिली उसकी सैपरेटेड फैमिली एकॉमोडेशन में हैदराबाद थी, जहाँ वह पहले पोस्टेड था। तब से ही वह चिंतित रहने लगा था कि सेना से रिटायरमेंट के बाद घर बनाए तो कहाँ! भाई-बहन, रिश्तेदार, गाँव के लोग उससे छुट्टियों पर घर जाने पर कहते रहते—भई जयदेव, अब अपने हिस्से की ज़मीन पर घर कब बना रहे हो। सबको पूरा यक़ीन था कि औरों की तरह वह भी अपने पैतृक गाँव में ही घर बनाकर रिटायरमेंट के बाद रहेगा। अपना गाँव सुहागपुर छोड़े हुए उसे पैंतीस वर्ष हो गए थे। दरअसल सुहागपुर के आसपास कॉलेज न होने की वज़ह से उसे ग्रेजुएशन के लिए बाहर जाना पड़ा। फिर सेना में नौकरी लगते ही गाँव आना साल में दो बार ही हो पाता। उन छुट्टियों में भी आठ-दस दिन रिश्तेदारी निभाने

में इधर-उधर जाने में बीत जाते। जब तक माँ, बाबू ज़िन्दा थे, गाँव का घर 'घर' लगता था। तमाम अभावों और असुविधाओं के बावज़ूद। चूँकि उस पुराने एज़बैस्टेस की छत वाले घर से संवेदनाएँ जुड़ी थी। वह यादों में बसा घर अब गाँव में नहीं है। खंडहर होते उस घर को तोड़कर सपाट कर दिया गया है। एक बाउंड्री वॉल खड़ी कर दी गई है उस सपाट ज़मीन की सुरक्षा हेतु। परन्तु वह पुराना घर-आँगन जहाँ उसका बचपन, लड़कपन परिवार और दोस्तों के साथ बीता, अपनी मीठी यादों के साथ उसके तीस वर्षों के सेवाकाल के दौरान उसके साथ-साथ चलते गया। इस समय बाहर टैरेस में बैठे-बैठे वह उस पुराने एजबैस्टैस की छत वाले मकान को शून्य के पर्दे पर देखते उसके अन्दर घुस सकता है।

परन्तु अब!

तीन दशकों से भी ज्यादा का अन्तराल!

और समय के इस बड़े अन्तराल को और अधिक निष्ठुर और अमानवीय बना दिया है—उपभोक्तावादी संस्कृति ने। जीवन फलसफ़े में आए इस परिवर्तन के प्रभाव से क्या कोई शहर, कस्बा, गाँव बच पाया है? तो सुहागपुर कैसे बच पाता!

और फिर पिछले तीस वर्षों से सेना में नौकरी के दौरान छावनी के सुरक्षित, स्पॉटलैस क्लीन, खुले हुए, हरियाली से लबरेज, किसी भी प्रकार के प्रदूषण से रहित और अपने आप में सर्व-सम्पन्न और व्यवस्थित माहौल में रहने का वह और उसका परिवार इतना अभ्यस्त हो चुका था कि सिविल इलाके में रहने का ख्याल तक उनको असहज कर देता।

'आइ एम फॉरचुनेट'—वह बुदबुदाया। वरना हर आदमी की वही समस्या है जो रतनलाल और मास्टर राम रतन वर्मा की थी। और फिर 'आनन्दी' भी तो लगभग हर शहर, कस्बों में पहुँच गई है।

काश! रतनलाल ने छावनी के अन्दर-बाहर चार-पाँच चक्कर लगाए होते, तो शर्तिया वह पार्वती जी से यही अर्ज करता—माते! मुझे छावनी से सटे इलाके में कहीं भी घर दिलवा दो।

अचानक हवा जोरों से बहने लगी। पेड़ों की डालियाँ एक दूसरे से गलबहियाँ डालते फुसफुसाहट में संवाद करने लगी। विंड-चाइम्स अपनी ही धुन में ध्वनित करता मधुर संगीत से रात के इस माहौल को रोमानी बनाने

लगा। अन्दर कमरे से कुछ फड़फड़ाने की आवाज़ से वह चौंका। उसने खिड़की से अन्दर झाँका। दीवार पर टँगा वर्ल्ड-मैप का कैलेंडर अचानक आए हवा के झोंकों से झूलते फड़फड़ा रहा था। यह कर्कश ध्वनि उसे उसके सुकून भरे लम्हों को बाधित करती लगी। वह अन्दर गया और उस कैलेंडर को उतार टेबल पर रख दिया। कुछ देर तक दुनिया के नक्शे के हर महाद्वीप पर हाथ फेरते-देखते हुए फिर कैलेंडर को रोल कर एक कोने में रख दिया। एक बार फिर वह बाहर टैरेस पर आकर कुर्सी पर बैठ गया। कुछ सोचते हुआ वह ज़ोर से बोल उठा, "दुनिया! 'कौन सी दुनिया!'"

हर आदमी की एक दुनिया होती है। और उस दुनिया का एक अलग ही भौगोलिक मानचित्र होता है। उसी भौगोलिक दुनिया की आबोहवा से उस व्यक्ति का अपना एक सामाजिक, मानसिक, आध्यात्मिक और सांस्कृतिक मानचित्र निर्मित होता है। आदमी की दुनिया का मतलब जहाँ के भौगोलिक मानचित्र में उसके दिन-रात गुजरते हैं। वही उस आदमी की दुनिया होती है। सत्ताईस वर्षों तक नेलसन मंडेला दक्षिण अफ्रिका की एक जेल में जब क़ैद थे, तब उनकी दुनिया का मैप जेल की चारदीवारी की परिधि तक ही सीमित था। हर आदमी के लिए उसकी दुनिया—उसका घर, आस-पड़ोस का इलाक़ा और उसकी कार्य-क्षेत्र की सीमा ही होती है।

"थम कौन आता है! पहचान के लिए आगे बढ़!"—सहसा इस बुलन्द आवाज़ की ललकार ने उसकी तन्द्रा तोड़ी।

टैरेस की दाईं तरफ़ जहाँ से आवाज़ आई थी, उसने उस तरफ़ देखा। 'ओह! तोपची गेट का सन्तरी है'। उसके फ़्लैट का टैरेस ट्रेनिंग बटालियन के तोपची द्वार से एकदम सटा होने के कारण अक्सर यह आवाज़ सुनाई पड़ जाती है। गेट पर कोई आया होगा। वह सोचने लगा। यह चिर-परिचित सम्बोधन की ललकार, 'थम कौन आता है! दोस्त या दुश्मन!'—सेना की एस.ओ.पी. (स्टैंडर्ड ऑपरेटिंग प्रॉसीजर) के मुताबिक है जिससे छावनी की सरहद पर विभिन्न गेट्स पर खड़े राइफ़ल थामे सन्तरी मुस्तैदी के साथ चौबीस घंटे पहरा देते हैं। सिविल का 'चलता है' वाला कल्चर यहाँ नहीं चलता। 'थम कौन आता है!'—सन्तरी की ललकार उसे अतीत में उन्नीस सौ पचासी के वर्ष खींच ले गई।

तब वह आइ.एम.ए. देहरादून से पास आउट होने के बाद पहली पोस्टिंग

में लद्दाख के तुरतुक इलाके में गया था। बटालियन में आए हुए उसे एक सप्ताह भी नहीं हुआ था। रात को अफ़सर मैस में डिनर के बाद मैस से बाहर निकलते हुए बटालियन के टू आइ सी मेज़र कटनेश्वरकर ने उससे पूछा था, "जय, टु नाइट यू आर द ड्यूटी अफ़सर एंड यू हैव टु विजिट एंड चैक ऑल द सैंट्री पोस्ट इन द नाइट आफ्टर ट्वंटी थ्री हंड्रेड आवर्स। होप यू नो द पास-वर्ड!" "यस सर!"—बोलकर वह अपने रूम में आ गया था। यूँ तो दो-तीन दिन में ही उसने बटालियन का पूरा एरिया और सन्तरी पोस्टों को देख लिया था। परन्तु जब वह रात के बारह बजे बाहर निकला, तो दिन में जानी-पहचानी जगह भी अनज़ान और रहस्यमयी लगी। ऊपर से चिल्ले-कलाँ की बर्फानी कड़कड़ाती हवाएँ टीन की छत के बने शैल्टर्स से टकराते वीभत्सतता लिए फरफराहट कर रही थी। पहली पाँच सैंट्री पोस्ट को चैक करने के बाद जब वह मन ही मन पास-वर्ड को दोहराता छठी पोस्ट के पास जा रहा था, तब अचानक सन्तरी के बूट पहने पाँव ज़मीन पर पटकने और राइफ़ल को कॉक करने के साथ 'थम कौन आता है!' की गर्जना सुनकर वह हकबका गया और पास-वर्ड ही भूल गया। बस गिड़गिड़ाते हुए हाथ ऊपर किए इतना ही कह पाया, "यार मैं दोस्त हूँ। सेकेंड लैफ्टिनैंट जयदेव। चार-पाँच दिन पहले ही बटालियन में पोस्टिंग आया हूँ। सी ओ साब का नाम कर्नल मीरफयाजुद्दीन है, टु आइ सी मेज़र कटनेश्वरकर और एडजुटैंट कैप्टन अजय सिंह। और हाँ, सुबेदार मेज़र धन सिंह थापा। मुझे पता नहीं था यहाँ भी सैंट्री पोस्ट होगी...सारी यार माफ़ करना...।" एक ही साँस में कह गया था वह।

सन्तरी का उत्तर उसे आज भी याद है। अक्षरशः। बोला था, "साब! ये सरहद है। पास-वर्ड नहीं बता पाने पर सीधे शूट करने का आदेश है। वो तो मैंने आपको पहचान लिया। कल आपने हमारे लंगर में खाना खाया था। आगे से ये ग़लती मत करना साब।"

"क्या बजा होगा?"—यह कहते उसने कमरे के अन्दर वॉल-क्लॉक पर नज़र डाली। सवा ग्यारह बजने को थे। एक बार फिर अन्दर जाने से पहले उसने चारों तरफ़ नज़र डाली। बाहरी निस्तब्धता को मन में समाए वह अन्दर बेड-रूम में आ गया। अन्नू अभी-अभी ही लेटी थी। 'सो जाइए अब' कहकर उसने अपने ऊपर चद्दर डाल ली। लाइट ऑफ़ कर वह भी अँधेरे

का लिहाफ़ ओढ़े बेड पर लेट गया। लेटते ही एक बार फिर वह अपने गाँव के पुराने एज़बैस्टेस की छत वाले घर में घुस गया था। सोते समय ऐसा अक्सर हो जाया करता है।

तो अब जयदेव क्या करे! क्या करे कि कहानी पढ़ने के बाद, कि रतनलाल अशान्त और मास्टर रामरतन वर्मा सरीखे असंख्य लोगों को यह पता लग जाय कि किस प्रकार शिव-पार्वती की कृपा से उसने पहले उद्धृत तीन कहानियों के प्रमाणित सत्य बिना प्रयास के अनायास ही खंडित कर दिए—अपने सन्दर्भ में ही सही। उसके लिए, उसके परिवार की दुनिया के लिए यह सत्य तो रहेगा ही।

लेटे-लेटे वह सोचने लगा। मुख्य रूप से रतनलाल और मास्टर रामरतन वर्मा ने भी तो अपने लिए एक सुरक्षित, स्वच्छ, खुले और शान्त इलाके में घर के सपने सँजोए थे। और ये तो आदमी की मूलभूत आवश्यकताएँ हैं जिन्हें उन्नीस सौ तैंतालीस में अमेरिकन मनो-वैज्ञानिक अब्राहम मेसलोव ने 'हाइरॉर्की ऑफ़ नीड्स' में उल्लेख किया है। और ये थ्योरी आज भी प्रासंगिक है और हमेशा रहेगी। हाँ, सिर्फ़ रतनलाल की तीन और नाज़ायज़ माँगें थी—ढेर सारा पैसा, ठाठदार मकान और उस पर लड़कियाँ मरें। पहले तो उसे छोटी-मोटी नौकरी ही चाहिए थी। पर पता नहीं कैसे रतनलाल को उसी समय एक टी वी सीरियल—'कहने में क्या हर्ज है' याद आ गया। आदमी का चंचल मन ही ठहरा और उसने मौके का फायदा उठा पार्वती जी से कह डाली वही तीन नाज़ायज़ माँगें।

बेड पर लेटे-लेटे उसने बाईं तरफ़ करवट ली। नींद नहीं आ रही थी। फिर अँधेरे में अमूर्त अपार जनसमूह को सम्बोधित कर वह मन ही मन बोलने लगा—जरा सोचिए—आप हम को यदि राह में चलते अकस्मात पार्वती जी प्रकट होकर बोलें—तुम्हें क्या चाहिए वत्स! तो, आप-हम तो न जाने क्या-क्या माँग लें। आप मुझसे सहमत हैं न! मन्दिर, मस्ज़िद, गुरुद्वारे, गिरजाघर में हम हजारों चीजें माँगने ही तो जाते हैं। फिर भगवान से सौदा करते हैं कि फलाँ चीज़ मिल जाएगी तो हजार रुपये की भेंट चढ़ाऊँगा। वग़ैरह-वग़ैरह।

तो अब समय हो गया है, जयदेव का एक दिन का रोजनामचा देख लेते हैं। यानी उसकी दुनिया का भौगोलिक-मानचित्र। जहाँ उसके चौबीस घंटे गुजरते हैं। यानी सुबह, दोपहर, शाम और रात। और उसकी ज़िन्दगी

के शेष दिन भी इसी तरह गुजरेंगे। थोड़ा-बहुत दिनचर्या में किसी कारणवश परिवर्तन हो सकता है।

तो चलिए।

सुबह पौने पाँच बजने को हैं। जयदेव की बाइलॉजिकल क्लॉक ने उसे उठा दिया है। थोड़ी ही देर में वह अपनी पत्नी अनुराधा जिसे प्यार से वह अन्नू कहता है, बाहर निकलने को तैयार हो रहे हैं।

"तो चलें हुजूर!"—स्पोर्टस-शू का फीता बाँधते वह बोला। "चलिए!" लिपि, अन्दर से दरवाज़ा बन्द कर लो"—अन्नू बेटी को जगाकर बाहर निकल पड़ी।

वे दोनों चार क़दम चलने के बाद ही एक विशाल घर के अन्दर प्रविष्ट होने वाले थे। इस विशाल घर की परिधि लगभग चार कि.मी. की थी।

और यह विशाल घर था—छावनी।

पिछले दो सौ वर्षों से भी अधिक समय से जब अँग्रेज़ों ने भारत में छावनियाँ बनाई थी, तब से लेकर आज तक उनके भौगोलिक-मानचित्र के मूलरूप में कोई परिवर्तन नहीं आया था। हाँ, सुविधाओं की संरचना वक़्त के साथ बेहतर होती चली गई। इस चार कि.मी. की छावनी की सरहद की परिधि पर कई गेट थे जिन पर प्रत्येक गेट पर हथियार बन्द सैनिक चौबीस घंटे मुस्तैद रहते। इसके अलावा दो फौज़ी गाड़ियों पर क्यू आर टी (क्विक रिएक्शन टीम) पूरी छावनी में बीच-बीच में चक्कर लगाती। सन्तरियों से कनैक्टेड होते हुए किसी भी अवांछित घटना को रोकने के लिए तत्पर रहती। सिविल सरकारी तंत्र की तरह नहीं कि जब प्यास लगे, तभी कुआँ खोदा जाय।

"जै हिन्द साब!"—छावनी के मुख्य द्वार पर खड़े सन्तरी ने सैल्यूट मारते हुए कहा।

"जै हिन्द! कैसे हो?"

"ठीक साब"।

दिन में दो-तीन बार छावनी में आना हो ही जाता है। छावनी के बगल में फ़्लैट खरीदने के बाद ही वह कैनन ऑफ़िसर्स इंसटिट्यूट, कैनन गॉल्फ़ क्लब, कैनन स्पोर्टस कॉम्प्लैक्स, लाइब्रेरी का मेम्बर बन गया था। इसलिए लगभग सभी सन्तरी उसे जानते हैं। वो बात अलग है कि आदतन अपना आइडैंटिटी-कार्ड वह ज़ेब में रख लेता है ताकि नई पोस्टिंग पर आए सन्तरी को वह अपना

कार्ड दिखा छावनी के अन्दर जा सके। अन्नू भी अपना आइ-कार्ड हमेशा छावनी के अन्दर जाने से पहले अपने पास रख लेती है। हालाँकि वह छावनी के अन्दर आर्मी प्री-स्कूल की प्रिंसिपल है, जहाँ छावनी के बच्चे पढ़ते हैं।

अब वे दोनों छावनी के मुख्य पथ के बोलेवार्ड के साथ-साथ किनारे बने वॉकिंग प्लाज़ा ट्रैक पर चलने लगे। पिछले तीस सालों से इसी तरह छावनी की जानी-पहचानी आबोहवा में चलते हुए वे बिलकुल घर-सा महसूस करने लगे। छावनियाँ किसी भी शहर में हों, लगभग एक जैसी ही होती हैं। जिसके खुले विस्तार में होते हैं—हॉकी, फुटबाल, पी टी, ट्रेनिंग एरिया के कई मैदान। इसके अलावा बास्केट बॉल, वालीबॉल, टेनिस कोर्ट, स्कवाश कोर्ट, बैडमिंटन कोर्ट, गॉल्फ़ कोर्स, तरण-ताल। पूरी छावनी हरे-भरे पेड़ों से आच्छादित एक अशोक वाटिका ही होती है। दरअसल छावनियाँ उस शहर के 'फेफड़े' अथवा 'लंग स्पेस' होते हैं जहाँ सिविलियन आम जनता को जीने के लिए वायुमण्डल में ऑक्सीजन की ज़रूरत होती है। बोलेवार्ड में दूर तक लगे घने लम्बे पेड़ों की कतारें हवा में झूमती सुन्दर लग रही थी। वॉकिंग प्लाज़ा के ट्रैक पर हर सौ मीटर पर लगे स्पीकरों से एक पुरानी फिल्मी धुन का वाद्य-संगीत वातावरण को सुरम्य बना रहा था।

"सुनो! ये बज रही धुन किस गाने की है?"

"एक सेकेंड। सुनने दो पहले।"

अन्नू संगीत के साथ कुछ पल गुनगुनाने लगी..."अरे हाँ, वो गाना है जो तुमने जम्मू के उस्मान ऑफ़िसर्स इंसटिट्यूट में हज़बैन्ड्स नाइट में गाया था—मेरे गीतों में तुम, मेरे ख्वाबों में तुम, हो चुके हम तुम्हारी मुहब्बत में गुम, मन की बीना की धुन..."

"एबसॉल्यूटली राइट"।

कुछ दूर तक वे दोनों उसी धुन को गुनगुनाते चलते रहे। वाद्य-संगीत की पुरानी फिल्मों की धुन पर गुनगुनाते हुए सुबह-शाम वॉक पर निकलना उनकी दिनचर्या का संगीत से सराबोर करने वाला अनुभव होता है।

"बजरंग बली की जै!"—रैक्रूट्स की एक टोली क़दम से क़दम मिलाते दौड़ती मन्दिर के गेट के सामने से जयघोष करती गुजरी।

कुछ दूर चलने के बाद वे दोनों अब पीटी मैदान से गुजरने लगे। यह मैदान उनकी बाईं तरफ़ था। पी टी उस्तादों के संचालन में रैक्रूट्स सिट अप, पुश

अप, चिन अप, मंकी रोप, वर्टिकल रोप, हॉर्स जम्प आदि कर रहे थे। सब गतिविधियों में एक सहज प्रवाह और उत्साह नज़र आ रहा था, कुछ समर्थ रिक्रूट्स अपने कमज़ोर साथी को तरीका बताते उसका हौसला बढ़ा रहे थे।

"शुरू-शुरू में ट्रेनिंग के दौरान मुझसे भी मंकी रोप नहीं होती थी। यहाँ से रोज़ गुजरते मुझे अपने कैडेट डेज़ की याद हो आती है और फिर मैं यहाँ वॉक करते देहरादून चला जाता हूँ"।

"मुझे आपने बताया था। एक पीटी उस्ताद हवलदार भुजबल के बारे में आप बहुत बात करते हैं। वो तो आपके पीछे ही पड़ गया था न!'—अन्नू वर्टिकल रोप करते रिक्रूट्स को देखकर बोली।

"हाँ। वो नहीं होता तो मैं रोप नहीं पास कर पाता।"

अब वे रिक्रूट्स के पी टी ग्राउंड से दूर निकल आए थे। डैंटल हॉस्पिटल के पास।

"चलो थोड़ा अब ज़ॉगिंग कर ली जाए। वॉर्म-अप भी हो जाएँगे स्पोर्ट्स—कॉम्प्लैक्स पहुँचने तक।"

थोड़ी ही देर बाद वे अब गोल्फ़ के मैदान के किनारे जॉगिंग करने लगे। आज गोल्फ़ का ऑफ़-डे है अतः गोल्फ़-ग्रीन पर जगह-जगह स्प्रिंकलर से पानी का छिड़काव हो रहा है। गोल्फ़ के दूर तक फैले हरे-भरे मैदान में मोर घूम रहे हैं। कभी स्प्रिंकलर की फुहार के नीचे आकर अपने पंखों को पूरा फैलाकर गोल-गोल घूमते नाच रहे हैं। बड़ा ही मनोहारी दृश्य होता है यह। वे दोनों उन्हीं नाचते मोरों को देखते जॉगिंग कर रहे हैं। नीचे नहीं देख रहे हैं जहाँ उनके पैर पड़ रहे हैं। क्योंकि उन दोनों को पता है कि छावनी के किसी भी रास्ते पर वे सब नहीं हैं जो सिविल एरिया में कहीं भी दिख जाता है, मसलन सड़क पर गड्ढे, सड़ाँध छोड़ते यहाँ-वहाँ कूड़े के ढेर, पॉलिथीन, केले के छिक्कल, कीचड़, सड़क पर घूमते आवारा कुत्ते, गाय-भैंस, चोर, उचक्के, मनचले, गाड़ियों की रेलमपेल। छावनी के अन्दर सब कुछ एकदम स्पॉट-लैस क्लीन-सड़कें, पार्क, खेल के मैदान, शॉपिंग कॉम्प्लैक्स, फैमिली क्वाट्र्स, स्कूल, मन्दिर, हॉस्पिटल, मैस, लंगर, बाथरूम। सब जगहें स्वच्छ और स्वास्थ्यवर्धक। सड़कों पर कभी इक्का-दुक्का गाड़ी एक-दो मिनट के अन्तराल में गुज़र जाती है, बस। वो भी दस से पन्द्रह कि.मी. प्रति घंटा की रफ्तार से। जंगल राज जो नहीं है। न गाड़ियों के हॉर्न की हाँकिंग, न मन्दिर,

मस्ज़िद के लाउडस्पीकरों का शोर। एक दो बार तो वह शाम के वक़्त छावनी के अन्दर आँख बन्द करके, ख़ुद को अज़माने के लिए सौ मीटर तक पैदल चला है। वो बात अलग है कि जिस तरह पहली बार रिक्शा चलाने पर रिक्शा सीधा न चलकर एक ही दिशा में मुड़ता जाता है। उसी तरह आँख बन्द कर चलने पर वह भी थोड़ी देर बाद टेढ़ा चला गया था गोल्फ़-कोर्स की तरफ़।

"सुनो! क्या तुम इस तरह ट्रैक सूट पहने अपने गाँव सुहागपुर में जॉगिंग कर सकती थी?"

"सवाल ही पैदा नहीं होता। मेरी छोड़ो, तुम्हें जॉगिंग करते देख वहाँ सब ये ही कहते—चढ़ी जवानी बुड्ढे नू। और कैसी टूटी-फूटी सड़क है। धूल उड़ती रहती है। आवारा कुत्ते घूमते रहते हैं। एक बार घूमते तुम्हें एक कुत्ते ने काटा भी था। याद है?"—अन्नू हाँफते हुए बोली।

"कैसे भूल सकता हूँ! चौदह इंजैक्शन लगे थे"।

अब वे दोनों स्पोर्ट्स कॉम्प्लैक्स पहुँच चुके थे।

"जै हिन्द साब!"

"जै हिन्द! कर्नल मलिक साब नहीं आए अभी?"

"साब, वे स्क्वॉश कोर्ट के अन्दर वॉर्म-अप करते आपका इन्तज़ार कर रहे हैं"—ट्रे में पानी भरा गिलास दिखाते जवान बोला।

"ओके। अन्नू तुम चलो बैडमिंटन कोर्ट। मिसेज़ मलिक वहाँ तुम्हारा इन्तज़ार कर रही हैं"।

क़रीब चालीस मिनट खेलने के बाद पसीने से नहाए वह और कर्नल मलिक कोर्ट से बाहर निकले।

"पानी साब!",

"थैंक्यू यार!, चलें!"—उसने अन्नू को आवाज़ दी।

"ओके। बाय!"

अब वे दोनों वापस एक विशाल घर से अपने एक छोटे घर की तरफ़ चलने लगे। अब किसी भी मैदान में कोई हरकत नहीं थी। चारों तरफ़ नीरवता फैली थी। चूँकि दूसरा पीरियड रिक्रूट्स के तैयार होकर ब्रेक-फास्ट करने का होता है।

"जै हिन्द साब!"—छावनी के मुख्य द्वार पर खड़ा सन्तरी बोला।

"जै हिन्द भाई"।

कुछ ही देर में वे दोनों अपने घर के मुख्य द्वार पर पहुँच कर बेल बजाने लगे। "गुड मॉर्निंग सर!"—पड़ोस के कर्नल शर्मा अपने टैरेस के झूले पर बैठे चाय पीते बोले।

"गुड मॉर्निंग, आज आपको स्पोर्टस कॉम्प्लैक्स में नहीं देखा"।

"सर, सुबह बेटे को लेने एयरपोर्ट चले गए थे"।

"ओके, तभी, वरना तो यू आर वेरी रेग्युलर।"

घर के अन्दर दाख़िल होते ही अन्नू किचन के काम निपटाने चल दी। उसे पौने आठ बजे छावनी के अन्दर के स्कूल जो जाना था। वह योगा मैट बिछाकर योगा करने लगा। उसे कहीं नहीं जाना था। रिटायरमेंट के बाद नौकरी के कई ऑफर आए। परन्तु अब उसे नौकरी की ज़रूरत ही नहीं। पेंशन के पैसे इतने हो जाते हैं कि महीने के खर्च के बावज़ूद तीस हजार बच जाते हैं। फिर क्यों मारा-मारी। अब तो बस अपनी रुचियों को जीना है—पढ़ना, लिखना, गाने गाना, वाद्य-यंत्र सीखना, घूमना और यह सब करते हुए छावनी के बच्चों अथवा सेना में कमीशन के लिए प्रयासरत जवानों को सप्ताह में चार दिन नि:शुल्क कोचिंग करते समाज सेवा करना। सेवाकाल के दौरान भी उसने एस.एस.बी. और ए.सी.सी. इंट्रैंस एक्जाम की कोचिंग भी दी है।

"चाय लीजिए"

योगा मैट को रोल कर उसने दीवार के एक कोने में रख दिया और फिर चाय पीने लगा।

"देखो, ब्रैक-फास्ट बनाकर मैंने कैसरोल में रख दिया है। लंच के लिए दाल, सब्जी बना दी है। चावल आकर बनाऊँगी। और हाँ, इस पेपर पर मैंने आज के काम लिख दिए हैं। आपके छुट्टी पर घर चले जाने से कई काम पेंडिंग पड़े थे। आज कर देना प्लीज़"—पेपर को डाइनिंग टेबल पर रखते अन्नू बोली।

"ओके। सब हो जाएगा आज ही"।

"अच्छा चलती हूँ, बाय!"—वॉल-मिरर की हुक से स्कूटी की चाभी निकालते बोलती हुई अन्नू बाहर निकल गई। बाहर मतलब दूसरे बड़े घर मतलब छावनी।

"पापा, मैं भी कॉलेज जा रही हूँ, बाय!"

अब अन्नू और लिपिका के जाने के बाद वह घर पर अकेला था।

दरवाज़ा बन्द कर वह घर के पिछवाड़े आया। सामने बापूघाट के जंगल के घने पेड़ों के पीछे से नवजात सूर्य की लालिमा छनकर उसके घर के अन्दर दाख़िल हो रही थी। धूप का एक टुकड़ा उसके घर के मुख्य द्वार से चिपक गया था। सामने स्टैंड पर रखे तुलसी के पौंधे से उसने तीन-चार पत्ते तोड़े, फिर कुछ पल देखने के बाद मुँह में डाल दिए। सहसा उसे अपने गाँव सुहागपुर के घर में लगे पौधों और बचे रह गए चन्द पेड़ों की पत्तियों पर जमी काली-सफ़ेद राख की परत याद हो आई। उसके गाँव से आधा कि.मी. दूर पश्चिम की दिशा में बनी राइस मिल से जलती हुई धान की भूसी की राख से पूरे पेड़-पौधे, सूखने के लिए आँगन-छत पर तार पर डाले गए कपड़े, अन्दर का फर्नीचर—सब पर राख की पर्त जम जाती है। पानी की फुहार से गमलों में लगे पौधों को रोज़ ही धोना पड़ता है। कपड़े अब अन्दर टाँगकर फ़ैन ऑन करना पड़ता है। और यहाँ तो उसने बिना पानी से धोये तुलसी की पत्तियाँ मुँह में डाल ली। आबोहवा का ये अन्तर कितना स्वास्थ्य-वर्धक है!

क़रीब एक घंटे के अन्दर वह बाथरूम से निवृत्त होकर ब्रेक-फास्ट करने डाइनिंग टेबल पर आकर बैठा। कैसरॉल खोलकर देखा। पोहा बना था। पोहे को प्लेट पर डालकर उसने ऊपर से टोमेटो सॉस डाला। और धीरे-धीरे खाते हुए उसने टेबल पर रखे पेपर पर एक नज़र डाली जिस पर अन्नू ने आज होने वाले कामों के बारे में लिखा था—कैंटीन से सामान की लिस्ट, ग्रॉसरी शॉप से फल-सब्जी, इंडेन गैस के ऑफ़िस से नए सिलेंडर के बारे में बताना, पोस्ट ऑफ़िस जाकर स्पीड पोस्ट से भाइयों को राखी भेजना, बैंक के लॉकर में बड़ी बेटी के गहने रखना, एटीएम से रुपये निकालना, पासबुक अपडेट करना आदि।

न्यूज़ पेपर पढ़ने के आधे घंटे बाद जब वह तैयार होकर निकला, तो सवा दस बज गए थे। तीन मिनट के अन्दर वह छावनी के शॉपिंग कॉम्प्लैक्स में अपनी कार पार्क कर चुका था। कार से बाहर निकला ही था कि एक सुबेदार ने पास आकर सैल्यूट किया।

"जै हिन्द साब! सुना है आप एस.एस.बी. की कोचिंग छावनी के रिक्रूट्स को देते हैं। मेरा बेटा एन.डी.ए. की लिखित परीक्षा में पास हो गया है। आप की कृपा हो तो उसको आपके पास भेज दूँ"।

"क्यों नहीं! कल से ही भेज दो। मैं वन ट्रेनिंग के एजुकेशन ब्लॉक में

क्लास लेता हूँ, दस से बारह बजे तक। हफ़्ते में चार दिन"।

"थैंक्यू साब! आप जो भी फीस लेंगे, मैं दूँगा। प्लीज़ साब।"

"हाँ तो कह रहा हूँ साब। कल दस बजे भेज देना। और हाँ, मैं फीस नहीं लेता।"

"थैंक्यू साब! जै हिन्द साब!"

सुबेदार के चले जाने के बाद उसकी इच्छा हुई कि काश वह बता पाता कि वह भी फीस लेता है—छावनी के विशाल घर की सुरक्षा प्रदान करने वाली समीपता से, उसकी स्वास्थ्यवर्धक आबोहवा से, छावनी के अन्दर विभिन्न प्रकार की सुख-सुविधाओं की उपलब्धता से, छावनी के अन्दर परिलक्षित अनुशासन, व्यवस्था और परस्पर सौहार्द और भाईचारे के व्यवहार से। परन्तु ये सब अमूर्त और रूहानी सुकून की बातें सुबेदार की समझ के बाहर की थी। अतः वह सिर्फ़ मुस्कुरा भर दिया।

"हूँ, तो अब सबसे पहले एटीएम चला जाय'—कार को लॉक कर पेपर देखते उसने ख़ुद से कहा।

जैसे ही वह एटीएम के अन्दर पहुँचा, तीन रिक्रूट्स एटीएम के अन्दर लाइन में खड़े थे।

"जै हिन्द साब! पहले आप निकाल लें"—साइड में होते वे बोले।

"नहीं भई, मैं रिटायर्ड हूँ। समय ही समय है मेरे पास, तुम निकाल लो। तुम्हें क्लास में भी तो जाना है"।

वे रिक्रूट्स अब एटीएम ऑपरेट करने लगें। वह पीछे मुड़कर एटीएम के शीशे की दीवारों से बाहर देखने लगा। न कोई भीड़, न चोर-उचक्कों का डर। ऊपर से आदर-सम्मान अलग। जैसे कि एटीएम आपके घर के ही अन्दर हो। सामने के पी टी मैदान में अभी भी कई जवान वर्टिकल रोप, चिन अप और हॉर्स कर रहे थे। पार्किंग एरिया का सन्तरी शॉपिंग कॉम्प्लैक्स के गेट के पास मुस्तैदी से खड़ा बीच-बीच में सीटी बजाते इक्का-दुक्का गाड़ियों को रैगुलेट कर रहा था। पार्किंग एरिया में लाइन के अन्दर तरतीब से वाहन पार्क किए गए थे, मसलन—कारें एक साथ, स्कूटर-मोटरसाइकल एक साथ और साइकिल एक साथ। एक क्रमबद्ध रूप में। मोटरसाइकल को आप कार पार्किंग में नहीं रख सकते और कार को स्कूटर पार्किंग में। काश! ऐसा अपने देश के शहरों, कस्बों में होता।

रिक्रूट्स के एटीएम बूथ से निकल जाने के बाद उसने रुपये निकाले। फिर बगल में लगी मशीन से अपनी और अन्नू की पासबुक अपडेट करने लगा।

बूथ से बाहर निकलकर उसने एक बार फिर पेपर को निकालकर पढ़ा। "कैंटीन चला जाय"—ख़ुद निश्चय कर वह मुड़ा ही था कि उसकी नज़र बार्बर-शॉप पर पड़ी। सहसा उसके हाथ बालों पर गए—पहले बाल कटा लिए जाएँ। बड़े हो गए हैं—यह सोचते वह बार्बर शॉप में घुस गया।

"राम-राम साब! बहुत दिन बाद आए!"

"राम-राम। छुट्टी पर घर गया था। और क्या हॉल है?"

"बस साब, आप लोगों की दुआ है।"

क़रीब आधे घंटे के अन्दर हेयर कट और हैड मसाज लेकर उसने बार्बर को तीस रुपये दिए। यही छावनी के अन्दर का रेट है। शॉप से बाहर निकलते ही उसे अच्छा और हल्का महसूस हुआ। शहर में इतने के सौ-डेढ़ तक ले ही लेते।

बार्बर शॉप से ही लगा स्टेट बैंक ऑफ़ इंडिया की एक्सटेंशन ब्रांच है। उसने सोचा, बैग में रखे तनु के गहने पहले लॉकर में रख देते हैं। यदि सिविल एरिया में स्थित बैंक होता, तो वह डरते हुए सबसे पहले बैंक ही जाता। कितने लोगों के गहने-रुपये चोरों ने बैंक आते-जाते लोगों से लूट लिए हैं। अक्सर न्यूज़-पेपर में आते ही रहती हैं इस तरह की ख़बरें।

बैंक के काम से निपट कर अब वह कैंटीन की तरफ़ चल दिया। धीरे-धीरे चलता, दाएँ-बाएँ देखता वह रुककर कुछ सोचने सा लगा—

छावनी का शॉपिंग सेंटर क़रीब सौ मीटर इलाके में फैला है जहाँ रोज़मर्रा की हर ज़रूरत का सामान मिल जाता है। क्या नहीं है यहाँ—कैंटीन, लिकर शॉप, ग्रॉसरी शॉप, टेलर शॉप, हेयर सैलून, ब्यूटी पार्लर, जिम, आइसक्रीम पार्लर, रेस्टोरैसेंट, फोटो स्टूडियो, मोबाइल शॉप, पोस्ट आफिस, रेलवे रिजर्वेशन काउंटर, इंडेन गैस सर्विस ऑफ़िस, सैनिक अस्पताल, डैंटल अस्पताल, फ्रूट जूस कार्नर, पिक्चर हॉल, लाइब्रेरी, वैट कैंटीन। इसके अलावा आधे कि.मी. की परिधि में कैनन ऑफ़िसर्स इंसटिट्यूट, मन्दिर, मस्जिद, गुरुद्वारा, गिरजाघर, स्विमिंग-पूल, स्पोर्टस कॉम्प्लैक्स, गिफ्ट शॉप वग़ैरह—वग़ैरह। यदि उसका घर सिविल के किसी एरिया में होता, या सुहागपुर में ही होता, तो अन्नू द्वारा पेपर पर लिखे कामों को करने के लिए उसे कई दिशाओं में कम से कम

पाँच-छह कि.मी. तो गाड़ी चलाकर जाना ही पड़ता। ऊपर से भीड़, गाड़ियों की रेलमपेल में गाड़ी चलाने की टेंशन। पेट्रोल का खर्च अलग। पार्किंग एक अलग सिरदर्द। धूल-धुआँ, शोर-शराबा अलग। कम से कम सब मिलाकर तीन-चार घंटे तो लग ही जाते। लेकिन यहाँ पैदल चलकर ही सब काम हो रहे हैं, सुक़ून के साथ।

क़रीब एक घंटे में उसके सब काम हो गए थे। उसने घड़ी पर नज़र डाली। साढ़े बारह बजे थे। सामान से भरी ट्रॉली को सरकाते वो अपनी कार के पास ला रहा था तभी पार्किंग एरिया की तरफ़ आते उसे मन्दिर के पंडित जी दिख गए।

"पंडित जी, सादर नमस्कार!"

"प्रणाम सर! कैसे हैं?"

"पंडित जी, आपके पास भी आना था। दरअसल मेरे पिताजी और माताजी का श्राद्ध चार और पाँच फरवरी को है। पिछली बार भी आप आए थे। आप आ जाएँ तो..."

"सर क्यों शर्मिंदा करते हैं। आप छुट्टी जाने से पहले मुझे बता के गए थे। मेरी डायरी में नोट है।"

"धन्यवाद पंडित जी। नमस्कार।"

कार के अन्दर बैठने के बाद उसने एक बार घड़ी फिर देखी, कुछ सोचते हुए। बारह चालीस हुए थे। अन्नू के आने में अभी एक घंटा था। लाइब्रेरी में बैठा जाए कुछ देर—यह सोचते उसने कार पचास मीटर दूर स्थित लाइब्रेरी की तरफ़ बढ़ा दी।

"जै हिन्द साब!"—लाइब्रेरी एन सी ओ बोला।

"जै हिन्द! यार एक महीने पहले मैंने लाइब्रेरी के डिमांड रजिस्टर में तीन-चार किताबें लिखी थी। वो अभी आई या नहीं?"

"साब, कुछ किताबें आई हैं। वो 'न्यू एराइवल' स्टैंड पर डिस्प्ले हैं"। "ओ.के."—कहकर वह उसी दिशा की तरफ़ बढ़ा।

थोड़ी देर किताबों को देखने के बाद उसके मुँह से 'वाउ' निकला। उसकी डिमांड की हुई तीनों किताबें डिस्प्ले थीं। तीनों किताबों को लेकर वह सोफ़े पर पसर कर उलटने-पलटने लगा। फिर उनमें से एक किताब विक्टर फ्रैंकल की 'मैन्स सर्च फ़ॉर अल्टीमेट मीनिंग' को लेकर पढ़ने बैठ गया।

किताब में वह ऐसा डूबा कि पता ही नहीं चला कब डेढ़ बज गया। यदि लाइब्रेरी एन सी ओ ने 'साब, लाइब्रेरी बन्द होने का टाइम हो गया' कहकर जगाया न होता, तो वह बैठा ही रह जाता।

'यार ये किताब मुझे इश्यू कर दे।'

किताब को लेकर कार के पास जाते समय उसने सोचा अब तो अन्नू भी पहुँच गई होगी।

और एक सौ बीस सेकेंड यानी दो मिनट के अन्दर वह 'बड़े घर' से छोटे घर में आ गया। अन्नू उससे पहले ही घर पहुँच चुकी थी। फ्रेश होकर बाथरूम से जब वह बाहर निकला, तो उसने देखा, खाना डाइनिंग टेबल पर लग चुका था। डाइनिंग चेयर पर बैठ वह सलाद खाने लगा। इस बीच अन्नू राइस ट्रे पर भाप निकलते चावल लाकर कुर्सी पर बैठ गई।

"सुनो, राखी स्पीड पोस्ट से भेज दी?"

"अरे कैसे भूलता, पोस्ट ऑफ़िस भी तो कैंटीन के बगल में है, बल्कि जो काम तुमने पेपर पर नहीं लिखे थे, वो भी कर दिए। मसलन मन्दिर के पंडित जी को चार और पाँच फरवरी को घर में श्राद्ध की पूजा करने को कह दिया है।"

"अरे आज कैनन इंसटिट्यूट में सोशल ईवनिंग है। व्हाट्स ऐप में मैसेज आया है। तंबोला, पार्टी गेम्स एंड म्यूजिकल प्रोग्रेम भी हैं। पड़ोस के कर्नल शर्मा, कर्नल प्रसाद भी जा रहे हैं। उनकी मिसेज़ ने बताया।"

"नेकी और पूछ-पूछ। ज़रूर चलेंगे"।

रोज़ की तरह लंच करने के बाद वे बेड पर लेटकर आराम करने लगे।

"अरे तुम्हें बताना भूल ही गई। लिपि के लिए शादी डॉट काम से चार लड़कों के इन्ट्रेस्ट आए हैं। तुम तब छुट्टी पर थे। पंडित जी को मैंने कुंडली भी दिखाई। एक सॉफ्टवेयर इंजीनियर है, एक डॉक्टर, एक आइआइटियन, जो ऑन्टोप्रन्योर है, अपना बिज़नेस है उसका और चौथा आर्मी का मेज़र, डॉक्टर से कुंडली नहीं मिली। बाकी से मिल गई है"।

"ठीक है। पहले लिपि की पसन्द पूछ लो। फिर देखेंगे।"

क़रीब दो घंटे आराम करने के बाद साढ़े चार बजे वे एक बार फिर अपने घर से निकल 'बड़े घर' की तरफ़ दाख़िल हो रहे थे। तीन-चार कि.मी. वॉक करने।

चलते-चलते जयदेव को महसूस हुआ कि रतनलाल और मास्टर राम रतन वर्मा—यानी आम जनता को बताया जाय कि ईश्वरीय उपहार स्वरूप मिले इस 'बड़े घर' में कौन लोग रहते हैं। तो सुनिए, वे दिखने में आम जनता जैसे ही होते हैं। जिनके बारे में सिविल जनता उदासीन, अनभिज्ञ रहती है। परन्तु जब साम्प्रदायिक दंगों की मार-काट, आगजनी, मुम्बई जैसे आतंकी हमले, प्राकृतिक आपदाओं जैसे बाढ़, सूनामी, भूकम्प की तबाही से सिविल के नेता, नौकरशाह, पुलिस हाथ खड़े कर देते हैं, तब इस 'बड़े घर' के अन्दर रहने वाले संकटमोचक हनुमान बन स्थिति को नियंत्रित करते हैं। जब शहर धू-धू कर जल रहा होता है, तब भी यह 'बड़ा घर' पूर्ववत शान्त और स्थिर रहता है।

वॉकिंग प्लाज़ा पर ब्रिस्क वॉक करते, इन्स्ट्रूमेंटल म्यूज़िक सुनते वे दोनों अब वॉकिंग-योगा कर रहे थे। यानी चार क़दमों में श्वास को इनहेल करते और फिर चार क़दमों में इक्झेल। दृष्टि और दिमाग़ सिर्फ़ दो क्रियाओं पर केन्द्रित थे—आगे बढ़ते क़दम और उन्हीं क़दमों के साथ-साथ चार बार साँस अन्दर लेना और चार बार साँस बाहर छोड़ना। थोड़ी ही देर में वे बैडमिंटन कोर्ट के सामने से गुज़र रहे थे। स्पोर्टस कॉम्प्लैक्स में चहल-पहल थी। बच्चे और बड़े, लेडीज टेनिस, बास्केट बाल, बैडमिंटन खेल रहे थे। अफ़सरों के बूढ़े माँ-बाप सड़क पर, गार्डन में सुरक्षित, सहज और उनमुक्त भाव लिए घूम रहे थे। कोई ट्रैफिक, भीड़-भाड़, लूट-पाट का डर ही नहीं।

घर पहुँचने से पहले उसने अन्नू से कहा—"कल तुम सुबह अकेले वॉक पर निकल जाना। कल मैं गोल्फ़ खेलूँगा"।

घर के दरवाज़े पर पहुँचते ही लिपि बाहर ट्रैक सूट में निकलती दिखी।

"पापा मैं वॉक पर जा रही हूँ"।

"जल्दी आ जाना। आज सोशल ईवनिंग है"।

कुछ देर टैरेस पर वह बैठकर सुस्ताने लगा। थोड़ी देर में अन्नू पानी और चाय ले आई। वे दोनों चाय पीते हुए इस समय रिलेक्स महसूस कर रहे थे।

"सर, गुड ईवनिंग। चल रहे हैं सोशल ईवनिंग में?"—यह कर्नल शर्मा थे जो टेनिस रैकेट पकड़े अभी-अभी घर पहुँचे थे।

"हाँ ज़नाब। एक ही गाड़ी में चलेंगे। ठीक पौन आठ बजे।"

पौने आठ बजे जब वे सब कर्नल शर्मा की कार में बैठे, तो उन्हें कर्नल

प्रसाद भी हाथ हिलाते 'सोशल ईवनिंग!' कहते दिखे।

"येस। मोर द मैरियर"—कर्नल प्रसाद की तरफ़ देखते वह बोला।

तो अब जयदेव के रोजनामचा की रात का आख़िरी प्रहर देख लेते हैं। जिसमें वह अपने परिवार और फौज़ी पड़ोसियों के परिवार के साथ कैनन ऑफीसर्स इंसटिट्यूट में सोशल ईवनिंग एन्ज्वॉय करने जा रहा है। इस तरह की सोशल ईवनिंग शनिवार की शाम या किसी त्योहार की छुट्टी की पूर्व संध्या या फिर किसी सीनियर अधिकारी के आगमन पर होती है। वीक डेज़ में भी आप इंसटिट्यूट आकर उसके बार में या बाहर के सुन्दर मैनीक्योर्ड रंगीले फव्वारों से सजे लॉन में बैठकर ड्रिंक्स कर सकते हैं। स्नैक्स खा सकते हैं। डिनर करना हो तो एक दिन पहले पूर्व सूचित करना होता है। वेटर आपको सर्व करने को तैयार मिलेंगे। सिविल के रेस्टोरेंट अथवा पब की तरह कोई चिंघाड़ता म्यूज़िक नहीं। अभद्रता, अश्लीलता, धक्का-मुक्की नहीं। हर तरफ़ शालीनता और जैन्टल मैनलीनैस। और सब तरफ़ लाइक माइंडेड लोग। यदि कोई फौज़ी अपरिचित भी मिले, तो किसी न किसी फ्रंट, कोर्सेज, सीनियर अफ़सर की बातें करते वे ऐसे घुल-मिल जाएँगे, जैसे पहले से जानते हों। दरअसल सरहदों, इनसर्जेंसी, सीमा की गोली-बारी, एकेडेमीडेज़ के विचित्र अनुभवों का ज़खीरा होता ही कुछ ऐसा है कि दो अनज़ान फौज़ियों के बीच की वेभ-लैंथ एकदम मिल जाती है। और फिर ऐसा फौज़ी मिल जाए आस-पड़ोस में अथवा किसी सोशल गैट-टुगेदर में तो वह यही गाना गाएगा—तुम मिले, दिल खिले, और जीने को क्या चाहिए।

सोशल ईवनिंग पार्टी के बारे में बताना कहानी को बेवज़ह खींचना होगा। पाठक् समझदार होता है और 'समझदार को इशारा काफ़ी'।

रात के क़रीब साढ़े दस बजे कार में ठहाके लगाते वे घर पहुँचे। कपड़े बदलकर वे दोनों बेड पर पसर कर टीवी देखने लगे। परन्तु जयदेव देखते हुए भी टीवी नहीं देख रहा था। एक और स्क्रीन टी वी के आगे आ गई थी।

"सुनो!" उसके अन्दर से आवाज़ निकली। यह आवाज़ उसके मुँह से उच्चरित नहीं हुई। इसलिए अन्नू ने नहीं सुना।

यह सम्बोधन दरअसल अन्नू से ज़्यादा रतनलाल और मास्टर राम रतन वर्मा सरीखे पाठकों के लिए था जिन्हें वह सम्बोधित कर उनसे स्वीकृति चाहता था—'सुनो, आप भी ऐसे ही इलाके में घर चाहते हैं न, जहाँ 'आनन्दी'

न पहुँचे; जहाँ सुरक्षित, शान्त, प्रदूषणरहित, स्वच्छ, सुविधायुक्त और सुकून भरा माहौल हो; भाईचारा, सौहार्द, शालीनता और शिष्टाचार हो; व्यवस्था, अनुशासन हो; धर्म-निरपेक्षता, और सहिष्णुता हो; थोड़े में आनन्दित होने का जीवन-फलसफ़ा हो..."

"सुनो!"—यह विश्वास के साथ ध्वनित हुई आवाज़ थी। दरअसल इस आवाज़ के पीछे एक गहन चिन्तन था। जिसे अन्नू ने सुना।

"देखो, हर पैरेन्ट्स अपने बच्चों के लिए यही तो चाहते हैं कि वो सुरक्षित, स्वस्थ और सुकून के साथ ज़िन्दगी जिएँ। जहाँ वो सब हो, जो छावनी के अन्दर होता है।"

"कम टु द मेन प्वॉइंट।"—अन्नू ने टीवी को म्यूट कर कहा।

"लिपि के लिए शादी डॉट कॉम से जिस आर्मी के मेज़र का इन्ट्रैस्ट आया है। उससे 'हाँ' कर देते हैं। कुंडली तो पंडित जी से पहले ही मिला ली थी। रही बात उसके गुजराती होने की। तो तुम्हें पता ही है कि फौज़ी का एक ही रंग और धर्म होता है—वह है यूनीफॉर्म का ऑलिव ग्रीन। यदि हम लिपि को दहेज में 'एक बड़ा घर' दे पाएँ, तो शायद इससे बड़ा उपहार कोई नहीं होगा।'

"उसको भी आर्मी लाइफ़ पसन्द है"।

"ओह ग्रेट ! फिर तो बात बन गई।"

लाइट और टीवी बन्द करने के बाद जब वह बेड पर लेटा तो सोचने लगा—हमारे देश के शहरों में जो कुछ सुरक्षित, स्वच्छ, प्रदूषण रहित, हरियाली से लबरेज़, व्यवस्थित नखलिस्तान बचे रह गए हैं और शायद तीन-चार पीढ़ियों तक बचे रहें, उनमें ये छावनियाँ ही हैं। 'जै माता की!'—कहकर उसे शीघ्र ही नींद ने अपने आगोश में ले लिया।

मैन इज ए सोशल एनिमल

मेज़र गौतम जब कैडेट्स को मैप-क्राफ्ट पढ़ा रहा था, तभी उसकी ज़ेब में पड़ा मोबाइल वाइब्रेट करने लगा। रॉस्ट्रम के पीछे जाकर उसने ज़ेब से मोबाइल निकाल कर देखा। उसकी पत्नी का फ़ोन था। वह मोबाइल को ज़ेब में रख पुनः क्लास को पढ़ाने लगा। मगर अब उसका पढ़ाने में दिल नहीं लग रहा था। सुबह ही तो अम्बिका को फ़ोन किया था उसने तेज़पुर से। एक महीने की टैम्पोरेरी ड्यूटी पर वह जोरहाट से तेज़पुर आया है।

क्लास खतम होते ही वह बाहर लॉन में आकर अम्बिका से बात करने लगा, "फ़ोन क्यों किया था?"

"अरे सुनो! सुबह बताना ही भूल गई। तीन दिन पहले तुम्हारे पुराने मोबाइल नम्बर पर चार-पाँच लोगों के फ़ोन आए थे। किसी मैगज़ीन में छपी तुम्हारी कविताएँ उन्हें बहुत पसन्द आईं। मुझसे तुम्हारा नया नम्बर माँग रहे थे। तुमसे बात करने के लिए। कुछ पोस्ट-कोर्ड भी आए हैं कविताओं की प्रशंसा के बारे में, मैंने उन्हें तुम्हारा नया नम्बर अभी-अभी दिया है। बिलकुल ही भूल गई थी घर के कामों में।"

"तीन दिन बाद अम्बिका को याद आई...!"—ऑफ़िस-चेयर में पसरते वह दीवारों से बोल उठा। यदि फेसबुक पर किसी ने फ़ोटो लाइक किया होता, तो अम्बिका सुबह ही बता देती...ख़ैर!

वह दुबारा अम्बिका को मोबाइल से बात करते हुए उन सबके मोबाइल नम्बर एस.एम.एस. करने को कहता है और मोबाइल की बीप-साउंड के

इन्तज़ार में सिर पर हाथ रखकर बैठ जाता है। इन्तज़ार के ये पल उसे बैचेनी से भर देते हैं। सहसा मोबाइल पर एसएमएस की बीप-साउंड आती है और वह तुरन्त उन सब मोबाइल नम्बर को पेपर पर लिख एक-एक को डायल करने लगता है। पाठकों द्वारा अपनी कविताओं की तारीफ़ सुनते हुए वह गद-गद हो जाता है। ख़ुशी के आलम में झूमते हुए वह सबको तहेदिल से धन्यवाद देता है ऑफ़िस से बाहर निकल वह गैलरी में टहलते हुए लॉन में पहुँच जाता है। सुबह की गुनगुनी धूप में लॉन में चहलकदमी करते-करते बुदबुदाता है—इन्दौर, दिल्ली, मुगलसराय, अम्बाला, जयपुर—पाँच जगह से फ़ोन आए...बाकी के पोस्टकार्ड तो जोरहाट जाने पर ही मिलेंगे...। कविताओं के कुछ अंश उद्धृत कर वे कैसे-कैसे व्याख्या कर रहे थे...आह! मज़ा आ गया! मन ही मन बतियाते उसे ऐसा लगा जैसे वह आकाश में उड़ते, चहचहाते पक्षियों के साथ उड़ा जा रहा हो। एक ख़ुशी का सैलाब उसके सब्र के बाँध को तोड़ने की पुरजोर कोशिश कर रहा था। अकेले में इतनी अधिक ख़ुशी को पाकर रैस्टलैस महसूस करने लगा वह। क्या करे अकेले में! इस ख़ुशी को वह यार-दोस्तों के बीच शेयर कर ख़ुद हल्का होना चाहता था। सैलिब्रेशन तो अकेले नहीं होता। कोई न कोई अपना यार-दोस्त तो होना ही चाहिए, "आफ्टर ऑल, मैन इज ए सोशल एनिमल!"—वह जोर से बोल पड़ा।

पर...पर किसके साथ इस ख़ुशी को शेयर करे, एक नए स्टेशन में! उसे यह एक प्रॉब्लम लगी। उसने याद करने की कोशिश की, तेज़पुर कोर हेडक्वार्टर में पोस्टेड अफ़सरों की, जो उसके परिचित हों। अरे हाँ, मेज़र कपाली, मेज़र हर्ष, मेज़र मेहता, तीनों तो यहीं पोस्टेड हैं, 'क्यू' एंड 'जी' ब्रांच में। दो-तीन कोर्सेज भी साथ-साथ किए हैं—जेसी, डी एंड एम और प्लाटून वैपन कोर्स। बीनागुड़ी कैंट में तो मेहता और हर्ष के साथ एक कॉलोनी में रहे भी हैं छह महीने तक।...पर उनको तो, उनको क्या, सर्विस लगने के बाद सेना में किसी को भी नहीं बताया कि वह कविता-कहानी लिखता है। यह बात सिर्फ़ कुछ एक चन्द लोग, उसका दोस्त बिसन, सिद्धदेव या सिर्फ़ भाई-बहनों आदि को ही पता है बस। और किसी को भी नहीं। कभी इच्छा ही नहीं हुई किसी को इस बारे में बताने की। उनके लिए कवि मतलब फ़ालतू आदमी। सभी हिन्दी को हेय दृष्टि से देखते हैं। जब कभी वह लाइब्रेरी

से हिन्दी कविता—कहानी की कोई किताब इश्यू करवा ऑफ़िस में पढ़ता, तो कई अफ़सर उससे कह बैठते—यार ये हिन्दी-विन्दी कैस पढ़ लेते हो! समझ में आ जाती है कविता-सविता! वी जस्ट डोंट अंडरस्टैंड। तब से वह हमेशा हिन्दी की किताबों को अपने ब्रीफ़केस के अन्दर रखता है और सिर्फ़ घर में ही पढ़ता है।

उसे पता है सेना में अफ़सर क्लास की भाषा अँग्रेज़ी है। अँग्रेज़ी में बोलना, पढ़ना, लिखना। ऑफीशियल ब्रीफिंग, प्रजेंटेशन्स सिर्फ़ अँग्रेज़ी में ही होती हैं। हिन्दी जेसिओज़ और जवानों की भाषा है। वो बात अलग है कि हर ऑफ़िस में आपको एक विज्ञापन लगा दिख जाएगा कि—बुधवार को हिन्दी में पत्राचार करने की पूरी छूट है। यह तो 'हाथी के दाँत दिखाने के और खाने के और' वाली बात है। वैसे अफ़सर क्लास घरों में अपनी प्रान्तीय भाषा या हिन्दी ही बोलते हैं पर घर से बाहर निकल वे ऑक्सफ़ोर्ड रिटर्न अँग्रेज बन जाते हैं। गलत शायद वो भी नहीं हैं, दरअसल इज्ज़त अँग्रेज़ी से ही मिल रही है आज। ऐसा ही अब सिविल में हो गया है यह हाल। विडम्बना यही है इस देश की। अपनी संस्कृति और साहित्य पर हमें गर्व नहीं है। भेड़ चाल है। जनता भेड़ चाल ही चलती है। जहाँ पैसा, इज्ज़त; जनता उसी का अन्धानुकरण करती है। विराट कोहली, सचिन को दुनिया जानती है परन्तु पाँच बार की वर्ल्ड-चैम्पियन मैरीकाम को चन्द लोग। मैरीकाम और मिल्खा सिंह पर यदि फिल्में न बनी होती तो बहुत कम ही लोग इनके बारे में जान पाते।

ऐसी स्थिति में वह अपने सो-कॉल्ड फ्रेंड्स के साथ अपनी इस ख़ुशी को कैसे सैलिब्रेट कर सकता है! यदि उसने सैलिब्रेशन का कारण बता दिया तो खिल्ली उड़ाते नसीहत देंगे, "अरे इतना समय शेयर मार्केट, रियल स्टेट में लगाते तो कुछ फायदा भी होता।" पर उनको कौन समझाए और न वो समझेंगे कि—'इन लाइफ़ व्हॉट मैटर्स, डज़ नॉट मैटर, एंड व्हॉट इज नॉट मैटर, मैटर्स।' ऐसा करना तो अन्धों के शहर में आईना बेचने जैसा होगा।

परन्तु पहली बार मिली इस अप्रत्याशित ख़ुशी को पचाना उसे मुश्किल पड़ रहा था। गाँव में होता तो सीधे बिसन के घर दौड़ पड़ता। इस असमंजस के कारण वह सोच में पड़ गया। सोचते-सोचते वह लॉन में रखी गार्डन-चेयर पर बैठ गया। कुछ देर बाद एक आइडिया उसके दिमाग़ में कौंधा। "वाऊ!"—वह ख़ुद से बोला।

"अरे भई यहाँ आना!"—लॉन में पौधों को पानी देते हुए वह एक जवान से बोला।

"आया साब!"

"राम-राम साब!"

"राम-राम! देखो वो सामने अफ़सर मैस है। वहाँ जाकर मैस हवलदार को बुलाकर ले आओ!"—जवान को निर्देश देकर वह अपने मोबाइल से कोर हैडक्वार्टर का मिलिट्री टेलीफ़ोन एक्सचैंज मिलाता है। फिर टेलीफ़ोन ऑपरेटर से 'क्यू' एंड 'जी' ब्रांच मिलाने को कहता है। उसे बेहद ख़ुशी होती है कि तीनों दोस्तों से उसकी बातें हो गई, पुराने दिनों के बैचलर डेज़ की यादें फिर ताजा हो गईं। बात खतम करने से पहले वह तीनों को शाम को कॉकटेल-पार्टी के लिए ब्रेवो अफ़सर मैस में आमंत्रित करता है। उनके "व्हॉट इज द अकेजन लाइक टु सैलिब्रेट?"—पर वह कहता है—"टु डे इज माइ बर्थ-डे।" टैलीफ़ोन पर तीनों दोस्तों के बर्थ-डे विश करने के बाद फ़ोन रखने से पहले वह तीनों को 'थैंक्स, सी यू इन द ईवनिंग!' कहता है।

"राम-राम साब! मैस-हवलदार, आपने बुलाया?"

"राम-राम! हाँ मैंने ही बुलाया। अच्छा ऐसा है आज शाम आठ बजे मैं एक कॉकटेल पार्टी देना चाहता हूँ। मुझको मिलाकर चार अफ़सर हैं। स्नैक्स में फिश फिंगर, चिकन टिक्का, पनीर टिक्का, सीक कबाब और गोभी-मंचूरियन तैयार करवा देना। बार-मैन से कहना ब्लैक लैवल व्हिस्की, सोडा और कुछ बियर बॉटल्स तैयार रखेगा, पौने आठ बजे तक। चार-पाँच चेयर और पैग टेबल्स बाहर लॉन पर ही लगा देना। ठीक है न!"

"ठीक है साब, हो जाएगा।"—यह कहकर सैल्यूट मारते मैस हवलदार मैस की तरफ़ चल पड़ा। उसके जाते ही वह फिर अपनी कविताओं की दुनिया में विचरने लगा—'...उड़ान भरने से पहले/और उड़ान से लौटने के बाद/होता है ज़रूरी/पंछी के लिए/दो इंच ज़मीन का होना...'; ...। सपाट ज़िन्दगियों के सफ़ेद चिकने पन्नों पर/नहीं ठहरती इतिहास की स्याही/सपाट ज़िन्दगियाँ गुज़र जाती हैं ऐसे ही/जैसे हवा के अन्धड़ में/सूखा पत्ता...'

"एक्सक्यूज़ मी सर! सर योअर क्लास इज वेटिंग!"—एक कैडेट की आवाज़ से वह चौंका।

"इज इट! ओके, लैट्स गो!"—यह कहते वह कुर्सी से उठकर तेज़ी के साथ क्लास की तरफ़ चल पड़ा।

दोपहर लंच करने के बाद अपने कमरे में पहुँच कपड़े चेंज कर, वह बेड पर फ़ैन ऑन कर पसर गया। सोचने लगा—उनको क्या पता कि मेरा बर्थ-डे कब होता है। पैरेन्ट्स, भाई-बहन, पत्नी अथवा बच्चे और एक-दो घनिष्टतम दोस्तों के अलावा किसको याद रहता है आजकल। हाँ, ये ज़रूर है कि सीनियर अफ़सर से ए.सी.आर. लिखाने से पहले उसका बर्ड-डे, एनिवर्ज़री सब याद रहता है। और न जाने फिर कब मिलना हो इनसे। मिलें न मिलें। 'हैप्पीनेस मस्ट बी शेयर्ड एंड रिलीज्ड थ्रो एनी टाइप ऑफ़ कम्पनी एंड मीन्स'—इस आख़िरी वाक्य को वह जोर से पंखे और दीवारों को सम्बोधित कर खड़े होकर बोल पड़ा।

इन तीनों को थोड़े ही पता लगेगा कि आज शाम की पार्टी की असल वज़ह कुछ और ही है। ख़ुशी तो सिर्फ़ एक अहसास भर है। ख़ुशी को चेहरे अथवा बॉडी-लैंग्वेज से देखकर कोई ये तो नहीं बता सकता कि फलाँ ख़ुशी लॉटरी निकलने की है, फलाँ ख़ुशी प्रमोशन की, फलाँ बाप बनने की, फलाँ पाठकों से मिली प्रशंसा के कारण, ख़ुशी का एक ही रंग होता है। हाँ, ख़ुश होने की वज़ह व्यक्ति के जीवन-दर्शन, जीवन-दृष्टि, उसके अध्ययन, स्वध्याय, संस्कार और संगत से निर्दिष्ट होती है।

शाम को पार्टी में जाने से पहले उसने अम्बिका और अपनी बेटी से बातें की। शाम की पार्टी के बारे में उसने अम्बिका को बताना ज़रूरी न समझ नहा-धोकर वह तैयार होने लगा। शीशे के आगे बालों को सँवारते हुए उसने अपने प्रतिबिम्ब से कहा—"हैप्पी बर्थ-डे गौतम! चलें!"—और प्रतिबिम्ब को हाथ से 'थम्स-अप' दिखाते कमरा बन्द करने के बाद वह मैस की तरफ़ चल दिया। पौने आठ बजे वह मैस के अन्दर था। बार-मैन से उसने म्यूज़िक सिस्टम ऑन कर जगजीत सिंह की सी डी लगाने को कहा, और बार-काउंटर पर ब्लैक-लेवल व्हिस्की और फ्रिज़ में बियर देखने के बाद वह लॉन में टहलते दोस्तों का इन्तज़ार करने लगा।

मैस गेट पर मारुति जिप्सी रुकते देख वह उसी दिशा में बढ़ने लगा।

"वैलकम फ्रेंड्स! गुड ईवनिंग!" तीनों को रिसीव करते वह बोला।

"गौतम डियर विश यू ए वैरी हैप्पी-बर्थ-डे!"

"मैनी हैप्पी रिटर्न्स ऑफ़ द डे!"—बुके हाथ में देते तीनों समवेत स्वर में बोले।

"थैंक्स फ़ॉर ग्रेसिंग द अकेज़न!"—यह कहते वह तीनों को लॉन में व्यवस्थित की गई चेयर्स के पास ले आया।

"ब्यूटिफुल फ्लावर्स!"—यह कहते हुए उसने बुके को सेंटर टेबल के वाज़ में सजा दिया।

"आइ नो, यू ड्रिंक व्हिस्की, एंड आइ ड्रिंक बियर। सो फ़ॉर यू आइ हैव कैटर्ड ब्लैक-लेवल। ओके!"—वह तीनों को बताता है।

"या-या। दैट्स गुड!"

"वेटर, साहब लोगों को ब्लैक-लेवल और मुझे बियर लाओ।"—पास में खड़ा वेटर ऑर्डर लेकर बार को चल देता है।

'चियर्स! गॉड ब्लैस मेज़र गौतम ऑन हिज़ बर्थ-डे! हैप्पी-बर्थ-डे वंस अगेन!'—यह कहते तीनों खड़े होकर हाथों में ग्लास पकड़ कर एक दूसरे के ग्लासों को छूते बोल पड़े। और फिर हुआ शुरू गप-शप, हँसी-मजाक और कोर्सेज में साथ-साथ बिताए गए दिनों की बातों का सिलसिला।

कुछ देर तक वह पार्टी में दोस्तों के बीच रुचि लेता रहा। परन्तु कुछ देर बाद ही वह अपने से ही बातें करने लगा और उनको दिखाने के लिए ऊपरी सतह से—'हूँ-हाँ,' 'ऑफ़ कोर्स,' 'ऑवियसली,' 'आइ एम विद यू'—जैसे जुमले फैंकते उनके साथ व्यस्त-सा दीखने का प्रयास कर रहा था। उसके लिए इतना काफ़ी था कि उसकी ख़ुशी में कोई सम्मिलित है, उसकी ख़ुशी शेयर करता हुआ। इस पार्टी में भी और पार्टियों की तरह ही कुछ देर बाद वही घिसी-पिटी बातें शुरू हो गई—ऑफ़िस के वर्क लोड की बातें, ए.सी.आर. की बातें, इगो-क्लैश की बातें, कारों के नए-नए मॉडल्स की बातें, रियल स्टेट, नए-नए इलेक्ट्रॉनिक्स गैजेट्स की बातें और या फिर घंटों क्रिकेट की बातें। इन सब बातों में वह अपने आपको तटस्थ रखता था। और पार्टियों में इन सबसे निकलकर वह बच्चों की कम्पनी में चले जाता, उनके साथ ख़ूब बातें करता आनन्दित होता रहता।

"यार तुम लोग कुछ खा-पी नहीं रहे। प्लीज़ रिचार्ज़ योअर ग्लासेज़। वेटर! साब लोगों को ड्रिंक्स-स्नैक्स दिखाओ"—यह कहकर वह सबके पास जाकर पर्सनल टच देने की कोशिश करने लगा।

कुछ ही देर बाद वेटर ड्रिंक्स और स्नैक्स की ट्रे लिए उपस्थित हो गया। अपना बियर मग हाथ में लेकर वह लॉन में चहलकदमी करने लगा। चाँदनी में नहाई लॉन की मैनीक्योर्ड घास, चारों तरफ़ लगे हवा से झूमते रंग-बिरंगे फूल-पौधे, हवा में मिली रात-रानी के फूलों की सुगन्ध, तारों से टिमटिमाते आसमान ने पूरे वातावरण को रोमांच से भर दिया था। ऐसा रोमांच वह तब भी महसूस करता था जब गाँव में गर्मी के दिनों में वह पूरे परिवार के साथ खुले आकाश के नीचे चारपाई लगाकर सोता था। अब ये मयस्सर कहाँ!

"गौतम डियर! मिसिंग मैडम! गुमसुम क्यों हो यार! कुछ गाने-वाने हो जाएँ। यू सिंग वैल, वी नो।"—मेज़र हर्ष उसके पास आकर बोला।

"ओके!"—यह कहते वह पुनः उनके पास कुर्सी पर बैठ गया।

"हुजूर गौर फरमाएँ। प्रस्तुत हैं कुछ किशोर कुमार के पुराने गाने..."

यह कहकर उसने एक के बाद एक चार-पाँच गाने गा दिए।

"यार ग़ज़ब का गाया! ब्यूटिफुल! तुम तो मऊ, बेलगाम में कोर्स के दौरान, पार्टीज़ में पार्टी की जान होते थे।"—मेज़र मेहता और मेज़र कपाली बोले।

"थैंक्स डियर! अरे वेटर! साब लोगों के ड्रिंक्स खाली हो गए हैं।, ड्रिंक्स लाओ और सीक कवाब भी। यार ये चिकन टिक्का तो खाओ"—वह प्लेट दिखाते हुए दोस्तों से बोला।

ग्लासेज रिचार्ज करने के बाद बातों का सिलसिला क्रिकेट वर्ल्ड-कप पर आ पहुँचा।

"एक्सक्यूज़ मी! गोइंग टु द वाशरूम।"—यह कहते हुए वह मैस के अन्दर जाने लगा। निपटने के बाद वह कुछ देर तक अपने को शीशे में 'बर्थ-डे बॉय' के रूप में देखने लगा। फिर शीशे के क़रीब जाकर, दोनों हाथ वॉश-बेसिन पर टिकाकर सहसा अपने प्रतिबिम्ब को सूरदास की निराकार ब्रह्म के बारे में कहीं गई पंक्तियाँ सुनाने लगा—

अबिगत-गति कछु कहत न आवै,
ज्यौं गूँगै मीठे फल कौ रस अंतरगत ही भावै,
परम स्वाद सबही सु निरन्तर अमित तोष उपजावै,
मन बानी कौ अगम-अगोचर, सो जाने, जो पावै...

यह जानकर उसे बड़ी ख़ुशी हुई कि बी.ए. में पढ़ी गई सूरदास की कविता उसे अभी तक याद है, और साथ ही उसे गर्व महसूस हुआ कि फौज़ की

निर्मम ट्रेनिंग और यांत्रिक माहौल में भी उसका कवि-हृदय अभी जीवन्त है।

"वन मोर ड्रिंक्स! वी आर ऑन हाइ नाऊ! वी रियली एनज़्वॉयड योअर बर्डे-पार्टी। थैंक्स। अब चलते हैं। गुड-नाइट"।

"ओके बॉय! गुड नाइट! हैप्पी बर्ड-डे वन्स अगेन!"

"थैंक्स फ़ॉर कमिंग। सी यू सून, बाय गुड नाईट!"—यह कहते हुए वह मैस गेट तक उनके पीछे गया। फिर वापस लॉन में आकर कुर्सी पर पसर जाता है आकाश को एकटक देखते हुए। एक रहस्यमयी नीरवता पसरी है चारों ओर। चाँदनी रात में इस समय झूमते फूल-पौधों, पेड़ों से अठखेलियाँ खेलती हवा की सरसराहट और झींगुर के स्वरों की थाप को वह अपने कानों से सुनते उसकी रूह में समाने को महसूस कर रहा है। इन सबके बीच वह समाधिस्त होकर प्रकृति से एकाकार हो गया है।

"साब कुछ और चाहिए?"—सामान बटोरते वेटर ने पूछा।

"यार एक गिलास पानी पिला दे बस।"

पानी का ग्लास लेकर वह वहीं टहलने लगता है फिर सहसा आसमान के तारों, झूमते फूल-पौधों को सम्बोधित करते, उनकी तरफ़ हाथ से पानी का ग्लास उठाते वह बोल उठता है, "चियर्स फ्रेंड्स! बेसिकली दिस कॉकटेल पार्टी वॉज़ फ़ॉर यू ऑन्ली...आइ डोन्ट नो हाऊ दे हैव बीन इनवाइटेड...'

"साब आपने कुछ कहा?"—वेटर चौंकते हुए बोला।

"मैंने...! नहीं...अरे हाँ सुनो तो! अकेले रहते हो यहाँ या फैमिली के साथ?"—किसी तरह अपने को सँभालते हुए वह बोला।

"पिछले हफ़्ते ही फैमिली लाया हूँ साब। एकोमोडेशन पन्द्रह दिन पहले ही मिली स्टेशन में।"

"देखो, ये टेबल के वाज़ पर फूलों का बुके रखा है। इसे घर जाकर अपने घर के गुलदस्ते में सजा देना। बीवी-बच्चे ख़ुश हो जाएँगे।"

"ठीक है साब! राम-राम साब!"

"राम-राम। गुड-शाबास थैंक्यू!"—यह कहकर वह धीरे-धीरे क़दमों से चलते हुए अपने रूम की तरफ़ चलने लगा। कुछ सोचते, स्वगत करते उस सुनसान रास्ते में वह ख़ुद से ज़ोर से बोल पड़ा," एम आइ नॉट ए सोशल एनिमल!"

अकाल मृत्यु

ओऽऽऽऽऽऽऽ...आऽऽऽऽऽऽऽ जै बजरंग बली की—कुर्सी से उठकर दोनों हाथों को अपनी-अपनी दिशाओं में खींचते, आसमान की तरफ़ मुँह कर आवाज़ निकालते उसने एक भरपूर अँगड़ाई ली। फिर सिर को तीन बार पहले क्लॉक वाइज़ और फिर उतनी ही बार एंटी क्लॉक वाइज़ घुमाया। कुर्सी को पीछे खिसकाते वह ऑफ़िस के टैरेस के बाहर आकर लॉन में हाथों को झुलाते घूमने लगा। ओह! आज तो सामने गोल्फ़ कोर्स में शाम को 'ऑन द हाउस' ग्रैंड गाला डिनर पार्टी है। बहुत मज़ा आएगा। बहुत दिनों बाद गोल्फ़ की पार्टी हो रही है—सामने गोल्फ़ कोर्स में जवानों द्वारा लगाए जा रहे शामियाने, बार-काउंटर, बैंड स्टैंड, तन्दूर और बारबेक्यू स्टैंड को देखते वह ख़ुद से बोला। पिछले वर्ष की गोल्फ़ पार्टी में वह पत्नी के साथ आया था। कितना मज़ा आया था। क्या तरह-तरह के स्नैक्स थे। सिंगल माल्ट व्हिस्की तो ऐसे सर्व हो रही थी जैसे रम हो। हो भी क्यों न! बैंगलौर के बड़े-बड़े बिज़नेसमैन जो आ रहे थे इस पार्टी में। क्योंकि वे सब आर्मी गोल्फ़ क्लब के मेम्बर हैं। उसने घड़ी देखी। चार बजा था। पार्टी तो साढ़े सात से शुरू होगी। काम पर वापस आते हुए उसने दूर से टेबल के ऊपर फ़ाइलों का पहाड़ देखा। टेबल तक चलते वह एक पुराना गाना गाने लगा—कभी किसी को मुकम्मल जहाँ नहीं मिलता, कहीं जमीं तो कहीं आसमाँ नहीं मिलता...

"अरे कान्तिराम, तू भी पाँच मिनट का ब्रेक ले ले। फ्रैश होकर दुबारा

बैठेंगे काम पर"—उसने अपने साथ काम कर रहे हवलदार क्लर्क से कहा, जो अभी भी फ़ाइलों में डूबा था।

वह लॉन में ही चहलकदमी करने लगा। ले रखी है फौज़ ने—उसने अपने आपसे कहा। पिछले तीन माह से ऊपर वाला भी छप्पर फाड़ कर काम की बरसात किए जा रहा है। पहले उसे 'कन्सट्रक्शन स्टेट ऑफ़ एकोमोडेशन एंड लैफ्ट-ओवर कन्सट्रक्शन मैटीरियल बोर्ड' का प्रिजाइडिंग अफ़सर बना दिया। जनप्रिया बिल्डर्स द्वारा आधे में छोड़े गए सेना के अफ़सरों, जेसीओज़ और जवानों के फ्लैट्स का मूल्यांकन करने। करोड़ों का प्रोजेक्ट अधूरा छोड़कर बिल्डर ने पता नहीं क्यों मना कर दिया था। अब नए बिल्डर को प्रोजेक्ट देने के लिए पूरे फ्लैट्स की वर्तमान स्थिति न सिर्फ़ ग्राउंड में जाकर रिपोर्ट बनानी थी अपितु ज़मीन पर पड़ा बिना उपयोग में लाया गया सरिया, रोड़ी, बजरी और ब्रिक्स के ढेर का आकलन कर उसको भी रिपोर्ट में प्रस्तुत करना था। हालाँकि इस काम में मदद करने हेतु उसे दो सुबेदार, सात जवान और एम.ई.एस. (मिलिटरी इंजीनियरिंग सर्विस) का एक सदस्य मिला था। परन्तु ऑफ़िस समय के बाद दोपहर के तीन बजे से शाम के सात बजे तक उसे ग्राउंड पर रहना तो पड़ता था। बहुत ही नीरस, उबाऊ और थका देने वाला काम था यह। इस बोर्ड से पहले एक कोर्ट ऑफ़ इनक्वायरी में उसे फिर प्रिज़ाइडिंग अफ़सर डिटेल कर दिया। पूरा एक महीना उसी में लग गया। और फिर अपने ऑफ़िस का अलग से काम। इस बीच पत्नी का गले का ऑपरेशन करना पड़ा। लिम्फनोट के कारण। एक महीने कमांड एयरफोर्स हॉस्पिटल में एडमिट रही। बोर्ड के काम से निपट फिर उसे हॉस्पिटल जाना पड़ता पत्नी के पास। फिर रात को नौ बजे घर लौटकर वह बेड पर थककर कटे पेड़ की तरह गिर जाता। इस बोर्ड के खतम होने के दो दिन बाद उसके कमांडर ने एक और बोर्ड थमा दिया जो वह अभी कर रहा है। यूएन (यूनाइटेड नेशन) मिशन में जाने के लिए जेसिओज़ (जूनियर कमीशंड ऑफ़ीसर), एनसिओज (नॉन कमीशंड ऑफ़ीसर) के ए.सी.आर. में उनके कैरियर सर्विस प्रोफाइल का मूल्यांकन कर उनकी लिस्ट बनाना। लिस्ट में थोड़ी भी ग़लती होने पर कोई भी उसके खिलाफ़ आर टी आइ एप्लीकेशन डालकर उसे कटघरे में खड़ा कर सकता है। पिछले एक हफ़्ते से दोपहर के ठीक तीन बजे से शाम के सात बजे तक वह इस बोर्ड को ही निपटाने में लगा है।

"कहाँ चले गया रे कान्तिराम!"—उसने जोर से आवाज़ लगाई।

"आया साब!"

वे दोनों एक बार फिर फ़ाइलों में डूब गए। क़रीब एक घंटा लगातार काम करने के बाद वह एक जगह अटक गया।

"यार ये बन्दा तो हर कोर्स में ए एक्स आइ ग्रेडिंग हैं ऊपर से सर्विसेज हॉकी प्लेयर। पर इसके एक ए.सी.आर. में रेड इंक इंट्री है। अच्छा हुआ मेरी नज़र पड़ गई वरना मैं तो इसकी कोर्सेज रिपोर्ट देख तो बह ही गया था।

"अच्छा पकड़ा साब।"

फिर से वे दोनों फ़ाइलों से क्लिप-बोर्ड में लगे पेपर पर नोट करने लगे। काफ़ी देर तक काम करते हुए वे दोनों एक आवाज़ से चौंके।

"साब, आज तो आपको भी सामने गोल्फ़ कोर्स में हो रही पार्टी में जाना होगा"—कान्तिराम बैंड-स्टैंड से आ रही आवाज़ की तरफ़ देखकर बोला।

फिर खिड़की से उसने भी उस दिशा में देखा। एक आदमी अकेला सैक्सोफोन बजाते अभ्यास कर रहा था।

"हाँ भई, मुझे भी जाना है। हमारा सेंटर ही तो ऑरगेनाइज कर रहा है यह गोल्फ़ पार्टी। साल में दो ही तो 'ऑन द हाउस' गोल्फ़ पार्टी होती है। इसमें जाना भला कोई क्यों छोड़ेगा! मैं तो इस पार्टी का कई दिनों से इन्तज़ार कर रहा था। अभी तो छह ही बजे हैं। साढ़े सात-पौने आठ तक जाना है'।

"चल चाय का दस मिनट का ब्रेक करते हैं। फिर आधा-पौन घंटा काम करके चलेंगे।"

"ठीक साब। मैं टी-रूम से चाय भेजता हूँ।"

कान्तिराम के जाते ही उसके सामने शून्य की स्क्रीन पर उसकी पिछली तीस वर्षों की फ़िल्म चलने लगी। फ़िल्म का नाम—क्या पाया क्या खोया। फ़िल्म के शुरू होते ही उसने हीरो को स्वगत करते पाया। उसका पैशन एक ही था पढ़ना और पढ़ाना। किशोरावस्था से ही वह अपने जीजाजी के यहाँ पढ़ने चले गया था जो कुमाऊँ विश्वविद्यालय में हिन्दी के प्रोफ़ेसर एवं विभागाध्यक्ष थे। तब उसके कस्बे में डिग्री कॉलेज नहीं था। परन्तु हिन्दी के प्रोफ़ेसर होने के बावज़ूद उनको अँग्रेज़ी साहित्य का इतना ज्ञान था कि आए दिन वे शेक्सपियर, मिल्टन, शैली, कीट्स, बायरन, टेनिसन, ब्राउनिंग, ईलियट, इमर्सन, शॉ, ऑस्कर वाइल्ड को जीवन के रोज़मर्रा के सन्दर्भो में

कोट करते। फिलॉसाफी में भी कांट, हेगल, किरकेगार्ड, शोपनहावर, कामू, काफ्का, नीत्शे, सार्त्र की बातें बताते रहते। कई बार तो लगता कि उन्हें अँग्रेज़ी का प्रोफ़ेसर होना चाहिए था। उनका मानना था कि सीता के व्यक्तित्व से कहीं बढ़कर शेक्सपियर की लेडी मैकबैथ का व्यक्तित्व है। इन्हीं सब बातों से प्रभावित होकर उसने एम.ए. अँग्रेज़ी साहित्य से किया। उसके इस पढ़ने-पढ़ाने के पैशन को पूरा करने के लिए मास्टरी सबसे उपयुक्त प्रोफेशन था। फिर चाहे वह हाईस्कूल हो, इंटर अथवा डिग्री कॉलेज, संस्था गौंण थी। पढ़ाना सर्वोपरि था। पढ़ाना यानी एक पत्ते का दरिया के बहाव में बहते चले जाना। यह बहाव उसे रोमांचित करता था।

परन्तु उन्हीं दिनों पोस्ट-ग्रेजुएशन करने के बाद वह एक बहुत बड़ी ग़लती कर गया। उसने समाज की आँखों से आने वाले भविष्य में अपना मूल्यांकन करने की भूल कर दी। उन दिनों उसके गाँव में कर्नल नेगी और कर्नल मनराल जब चमचमाती जोंगा में यूनीफॉर्म पहने पी-कैप लगाए अपने ताऊजी के घर बरेली से आते, तो उनको देखने के लिए भीड़-सी लग जाती। लोग उन्हें बड़ी हसरत भरी निग़ाह से देखते। उन्हीं से जब उसे पता लगा कि सेना में क्लास वन गज़ेटेड अफ़सर को फ्री एकोमोडेशन, फ्री मेडिकल सर्विस, घर का काम करने के लिए सेवादार, कैंटीन फैसिलिटी ओर डिमांड करने पर सरकारी गाड़ी मिलती है। और साथ में आर्मी के क्लब, गोल्फ़ की मेम्बरशिप भी। तो इन सबने उसकी आँखों में पट्टी बाँध दी। गाँव, कस्बे, आस-पड़ोस में उसके जान-पहचान वाले, यहाँ तक कि उसके जीजाजी ख़ुद कई बार कहते—ये मास्टरी भी कोई नौकरी है! जब नौकरी के सब दरवाज़े बन्द हो जाते हैं, तो तब आदमी मास्टर बनता है। वे अक्सर कहते, एक पटवारी, पुलिस हवलदार, इंसपैक्टर का मास्टर की तुलना में कहीं अधिक रुतबा होता है समाज में।

परन्तु इस बस तड़क-भड़क, सुविधाओं और स्टेटस के बावज़ूद क्या वह अन्दर से ख़ुश है! अब तक की पूरे तीस वर्ष की नौकरी में रूहानी सुकून देने वाली नौकरी वह सिर्फ़ बारह वर्ष की मानता है जब वह एक इंसट्रक्टर के रूप में इंडियन मिलिट्री एकेडमी देहरादून, ऑफ़ीसर ट्रेनिंग एकेडमी चैन्नई, ट्रेनिंग कॉलेज पचमढ़ी और डेप्युटेशन पर सैनिक स्कूल चित्तौड़गढ़ गया था वाइस प्रिंसपल के पद पर। बाकी के अठारह वर्ष अपने मन को मारते सब

फालतू के ही काम किए हैं। सब ऑफिशिएटिंग काम—एडजुटैंट, कम्पनी कमांडर, कैम्प कमांडेंट, जी एस ओ—थ्री, जी एस ओ टू, कैंटीन अफ़सर, मैस सैकरेट्री, डी क्यू, हैलीपैड अफ़सर, स्पोर्टस अफ़सर वग़ैरह। यानी जैक ऑफ़ ऑल ट्रेड्स। और ऊपर से जीरो एरर सिंड्रोम की लटकती तलवार। चलो, अब तो सिर्फ़ छह महीने ही रह गए हैं रिटायमेंट के।

द एंड। फ़िल्म खतम। वह अब वर्तमान में लौट आया।

"काम शुरू करें साब! फिर आपको पार्टी में भी जाना है।"

टेबल से फ़ाइल उठाता कान्तिराम बोला।

"ओके। चलो शुरू करते हैं।"

वे दोनों एक बार फिर फ़ाइलों के जंगल में खो गए। काफ़ी देर तक काम करने के बाद उसने फिर हाथ-पैरों को खींचते हुए एक अँगड़ाई ली। एक बार फिर सिर को क्लॉक वाइज़ और एंटी क्लॉक वाइज़ घुमाते उसकी नज़र सामने गोल्फ़ हट की तरफ़ चली गई, जहाँ आज रात की पार्टी की तैयारियाँ हो रही थी। गज़ीबो के दाँए-बाएँ चार बार काउंटर लगा दिए गए थे। कुछ ही दूर बारबेक्यू स्टैंड के आसपास तन्दूरों से धुआँ उड़ता आसमान की तरफ़ जा रहा था। जैज बैंड के आगे के डांसिंग फ्लोर पर डिस्को लाइट्स फिट होकर टेस्ट की जा रही थी। गोल्फ़ हट के सामने ही सीटिंग अरेंजमेंट किया गया था। हूँ...आज तो महीनों की थकान निकल जाएगी—उसने ख़ुद से कहा।

"साब साढ़े छह बजने को हैं। फिर पार्टी भी जाना है आपको, बाकी काम कल कर लेंगे।"

"हाँ सही कहा। कल ठीक तीन बजे पहुँच जाना। अब सब फ़ाइलों को उठा अलमारी में बन्द कर चाबी मुझे दे दे।"

उसने नोट किए हुए कुछ पेपर और चश्मा अपने ब्रीफ़केस में रखा। फिर ब्रीफ़केस बन्द कर टेबल पर झुककर हाथों से टेबल का सहारा लेकर उठते उसके मुँह से अनायास 'ओड टु द वैस्ट विंड' की पंक्तियाँ निकल कर हवाओं को सम्बोधित करने लगी—

"ओह! लिफ्ट मी एज ए वेभ, ए लीफ, ए क्लाउड!
आइ फॉल अपॉन द थौर्न्स ऑफ़ लाइफ़, आइ ब्लीड!"

"चाबी साब! जै हिन्द साब!"

"जै हिन्द।"

थके क़दमों से कार पार्किंग की तरफ़ जाते वह ख़ुद से बोला—दिस इंटरनल ब्लीडिंग कैन आन्ली बी फैल्ट बाइ द सैल्फ।

अचानक उसका मोबाइल बज उठा। उसने ज़ेब से निकाल कर देखा। कोई अनज़ान कॉलर था।

"हैलो कर्नल जोशी स्पीकिंग।"

"सर गुड ईवनिंग। सर मैं मुकेश सुंडा। आइ मीन स्क्वाड्रन लीडर मुकेश सुंडा। आपका एक्स स्टुडेंट। जब आप सैनिक स्कूल चित्तौड़गढ़ में बाइस प्रिंसपल थे। सर आइ पास्ड आउट ड्यूरिंग योवर टैन्योर।"

"ओह! स्कूल कैप्टन मुकेश सुंडा। प्रताप हाऊस! हाउ कैन आइ फॉरगेट यू। फर्स्ट ऑफ़ ऑल हार्टिएस्ट कांग्रेचुलेशन। ग्रेट टु हियर यू। कहाँ हो भई आजकल?"

"सर मैं और स्क्वाड्रन लीडर हर्षित त्यागी बैंगलौर के एयर शो में भाग लेने आए हैं। वी बोथ फ्लाइ सुखोइ फाइटर जैट। एक्स-चित्तौड़ियन्स से पूछकर आपका मोबाइल नम्बर ढूँढ़ निकाला। सर वी ऑलवेज रिमेम्बर यू। हाईस्कूल की इंग्लिश क्लास में आपके द्वारा पढ़ाई गई सत्यजीत रे की 'पतोल बाबू' और डैष बैनहर की 'ट्रिब्यूट' आज भी हमें याद है। आपकी क्लास में, मॉर्निंग एसेम्बली में बहुत मज़ा आता था। हमें एस.एस.बी. इग्ज़ाम की कोचिंग आपने ही दी थी सर। सर कल और परसों हम बैंगलौर हैं। परसों संडे को मैं और हर्षित आपके घर आना चाहते हैं। सर अपना एड्रैस मुझे व्हाट्सऐप पर भेज दीजिए। ये मेरा नम्बर है। सर आपका स्टुडैंट हर्षित भी आपसे बात करना चाहता है। ओवर टु हर्षित सर!"

क़रीब दो-तीन मिनट तक वह हर्षित से बातें करता रहा। हर्षित ने उसके परिवार को 2002 में अपने घर डिनर के लिए बुलाया था जब वह चित्तौड़गढ में पोस्टेड था। 'एंड बोथ ऑफ़ यू विल हैव लंच एट माइ होम, थैंक्यू।" कहकर उसने मोबाइल स्विच ऑफ़ कर दिया।

क्या दिन थे वे! मज़ा आता था बच्चों को पढ़ाने में। क्लास उसमें खो जाती थी और वह क्लास में। कुछ तो बात ज़रूर होगी। तभी और भी पुराने स्टुडेंट्स की तरह इन्होंने भी क़रीब सोलह साल बाद मेरा मोबाइल नम्बर पूछ-पाछ कर ढूँढ़ ही लिया।

क्या इस रूहानी सुक़ून का कोई तराज़ू है!

थोड़ी दूर आगे बढ़ा ही था जब उसने पार्किंग से पहले ऑफ़िस के वेटिंग रूम में लोगों से बहस करते सुना। इस समय क्या कर रहे हैं यह यहाँ। वह पास जाकर दीवार की ओट में छिपकर सुनने लगा।

ओह! तो ये सब एस.एस.बी. इग्ज़ाम की तैयारी कर रहे हैं। कोर, कमांड हैड क्वार्टर में एस.एस.बी. ट्रेनिंग देने के लिए वह सर्विस के दौरान कई बार टैम्पोरेरी ड्यूटी पर भेजा गया है। यह तो उसका ही सब्जेक्ट है। तो चला जाय इनके पास। मुकेश सुंडा और हर्षित त्यागी की बातों से वह अब भी रोमांचित हो रहा था।

"हाँ भई क्या कर रहे हो?"

"जै हिन्द सर! कुछ नहीं सर। बस एस.एस.बी. इग्ज़ाम की तैयारी कर रहे थे। हम चारों को अगले महीने की दस तारीख को अलग-अलग एस.एस.बी. सेंटर में रिपोर्ट करना है इग्ज़ाम के लिए।'—उनमें से एक जवान बोला।

"कोई हेल्प चाहिए किसी सब्जेक्ट में—साइकॉलॉजिकल टेस्ट—टी.ए.टी., डब्लू.ए.टी., एस.आर.टी. में या पी.पी.डी.टी., जी.टी.ओ. टास्क में। पूछ सकते हो।"

"सर साइकॉलॉजिकल टेस्ट में खासतौर से टी.ए.टी. (थीमेटिक एपरसैप्शन टेस्ट) और डब्लू.ए.टी. (वर्ड एसोसिएशन टेस्ट) समझ नहीं आ रहा। उसे सर समझा दीजिए।"

"हूँ। तो बैठो। मज़ा आएगा अब तुम्हें भी। मेरे लिए एक चेयर यहाँ रख दो। किनारे रखी बेंच पास ले आओ। दरवाज़ा बन्द कर दो। हाँ। अब ठीक है। ध्यान से सुनना। साइकॉलॉजिकल टेस्ट पढ़ाने से पहले मैं तुम्हें फ्रायड की 'आइसबर्ग थ्योरी' समझाऊँगा। तभी तुम्हें कॉनसश, सब-कॉनसश और अनकॉनसश को समझने में मदद मिलेगी। इसके बाद तुम्हें प्रोजेक्टिव टैकनीक्स के बारे में बताऊँगा। क्यों और कैसे यह टैकनीक इस्तेमाल की जाती हैं, इसके बारे में भी। पहले एक पेपर और एक पैन दे दो।

तो सुनो..."

"समझ में आई सत्यनारायण कथा! या कोई डाउट है अभी!"

"साब एकदम समझ में आ गया।"

"अभी मैं अगले दो दिन तक इसी रिकार्ड ऑफ़िस में आऊँगा। साढ़े छह बजे तुम में से कोई एक आकर मुझे याद दिला देना। और सब्जेक्ट्स

के डाउट्स भी दूर कर दूँगा। और उसके बाद भी कोई हेल्प चाहिए, तो शाम को तुम मेरे ऑफ़िस में आ सकते हो। मोबाइल पर रिंग करके—नोट करो मेरा मोबाइल नम्बर।"

वे चारों अपना मोबाइल निकाल उसका नम्बर नोट करने लगे।

"नोट कर लिया साब। कल याद दिला देंगे साब। थैंक्यू साब, जै हिन्द!"

कमरे से बाहर निकल वह अपने को पंख की मानिन्द हवा में हिचकोले खाता उड़ता एकदम हल्का महसूस करने लगा। एक ग़ज़ब की स्फूर्ति की लहर ने उसके मन-मस्तिष्क को सराबोर कर दिया था। ऐसी ही स्फूर्ति उसने जवानों के चेहरे पर भी देखी।

"ये शाम मस्तानी, मदहोश किए जाए, मुझे डोर कोई खींचे, तेरी ओर लिए जाए...।"—गाना गाते हुए वह कार के पास पहुँचा। अरे! आज तो गोल्फ़ पार्टी में जाना था—बैंड की बजती आवाज़ से वह चौंका। उसने घड़ी देखी। पौने नौ बजे थे। आँय! बैंड की आवाज़ पहले क्यों नहीं सुनाई दी! कैसे भूल गया! कार स्टार्ट कर उसने कुछ देर चलाकर गोल्फ़ हट के पास वाली सड़क के किनारे खड़ी करके कार की लाइट्स बन्द कर दी और सामने का दृश्य देखने लगा।

पार्टी अपने पूरे शबाब पर थी। जैज बैंड के धड़कते म्यूज़िक पर जोड़े थिरक रहे थे। वेटर्स ड्रिंक्स और स्नैक्स सर्व कर रहे थे। तन्दूरी में रोस्ट हो रहे बारबेक्यू, रोस्टेड चिकन, फिश और फ्राइड स्नैक्स की मिली-जुली गन्ध बहती हवा के झोंकों के साथ उसकी कार के अन्दर महसूस हो रही थी। कुछ देर तक वह पूरा दृश्य देखता रहा। फिर ख़ुद से बोलते पूछने लगा—विच टेस्ट इज बैटर एंड लास्टिंग—टेस्ट ऑफ़ द टंग और मेंटल एंड स्प्रीच्वल टेस्ट। यानी रूहानी सुकून का आस्वाद।

'ऑवियसली इट हैज टु बी स्प्रीच्वल टेस्ट। रूहानी सुकून के आस्वाद का कोई ज़वाब नहीं। इसका जायका तो कई महीनों तक दिलो-दिमाग़ पे छाया रहेगा।

उसने कार स्टार्ट कर लाइट्स स्विच ऑन की। खिड़की का शीशा बन्द कर बिना पार्टी वाली लोकेशन पर नज़र डाले वह उसी गाने की अगली लाइन गाने लगा। और अब उसकी कार वनारपैट ऑफ़िसर्स कॉलोनी की तरफ़ दौड़ने लगी, जहाँ उसका घर था।

ए डिफरैंट काइंड ऑफ़ मी टू

अगस्त माह की यह एक भीगी शाम थी। पूरे दिन झमाझम बारिश होती रही। पिछले कुछ दिनों से ख़ूब पानी बरस रहा है। हो भी क्यों न। एक तो वर्षा ऋतु। ऊपर से शिलाँग, मेघालय, यानी मेघों का आलय। आलय यानी घर। तो पानी तो बरसेगा ही। डेढ़ साल होने को है मुझे यहाँ पोस्टिंग पर आए हुए। आसाम रैजिमेंटल सेंटर में पोस्टेड हूँ। शाम को बारिश जैसे ही रुकी, मैं हाथ में छाता लिए छावनी की सड़क पर ईवनिंग-वॉक के लिए निकल पड़ा। पिछले कुछ दिनों से वर्षा के कारण ईवनिंग-वॉक बन्द ही हो गया था। रोड के दोनों तरफ़ के पेड़ हवा के झोकों से झूमते अपने ऊपर पड़ी पानी की बूँदें अभी भी गिरा रहे थे। टेलीफ़ोन के तारों पर पानी की कतारबद्ध मोती सी बूँदें डूबते सूर्य की लालिमा से चमक रही थीं। उन्हीं तारों पर कतारबद्ध बैठे पक्षी वर्षा के रुकने से आनन्दित होकर चहचहाते आपस में अठखेलियाँ कर रहे थे। कभी-कभार सड़क के एक किनारे से मोर भागते हुए दूसरी तरफ़ के पेड़ों के पीछे चले जाते। सड़क लगभग वीरान थी। बोलेवार्ड के बीच से दूर तक जाती सड़क पानी से धुलकर सूर्य की रोशनी से दीप्तिमान होकर रोमांचित कर रही थी। आँधी के साथ आई बारिश के कारण सड़क पर पेड़ों की पतली टहनियाँ बिखरी थी। इस नीरवता में घूमते हुए मैं कभी आकाश में उड़ते तरह-तरह की आकृतियाँ बनाते बादलों की यायावरी देखता, कभी बादलों के बीच से झाँकते नीले आसमान को, कभी सड़क पर गिरे पानी में अपना और पेड़, बादलों का प्रतिबिम्ब देखकर सिहरता, तो कभी पक्षियों की रहस्यमय गुफ़्तगू सुनकर रोमांचित होता। अपनी धुन में कोई गाना गुनगुनाता चला

जा रहा था कि तभी मुझे अपने पीछे से स्कूटर के धीमे होने की आवाज़ सुनाई दी।

'अरे जो (जोशी), आज आप हमारे गरीबखाने में तशरीफ लाएँ। साथ बैठकर डिनर करेंगे। आजकल आप अकेले हैं। कब आ रही हैं मिसेज़ जोशी?

'गुड ईवनिंग सर! क्यों तकलीफ कर रहे हैं सर! मैस है न! फिर जब वाइफ आएगी। तब आएँगे। अगले हफ़्ते तो वह आ रही है। फिर कभी सर।'

'अरे नहीं जो। कोई फॉर्मल डिनर थोड़े ही है। बस आप-हम नो एक्स्ट्रा एफर्ट। गप-शप करेंगे। सो कम एराउंड एट। ओके। बाय!'

'एज यू विश सर।'

मेज़र अनिरुद्ध मोहंती हाथ हिलाता स्कूटर से आगे निकल गया।

प्रकृति की छटाओं का आनन्द लेते, गुनगुनाते जिस धुन में मैं चला जा रहा था, वह अब टूट चुकी थी। टूटनी नहीं चाहिए थी। पर टूट गई। हम दोनों एडम एंड एकाउंट्स ऑफ़िस में एक साथ ही बैठते हैं। बस ऑफ़िस की हाय-हैलो है। वेभ-लैंथ हम दोनों की नहीं मिलती। लेकिन चूँकि एक ही विभाग के एक ही ऑफ़िस में बैठते हैं तो ऑफ़िस में इनफॉर्मल बातें होते ही रहती हैं। परन्तु मेरे मन में उसके प्रति खटास हो गई। दरअसल क़रीब एक माह पहले उसने ऑफ़िस में मुझसे मेरा स्कूटर माँगा। शायद उसका स्कूटर खराब हो। मैंने अपना एकदम नया स्कूटर जो हाल ही में खरीदा था, उसकी चाबी उसे पकड़ा दी। यह एक सामान्य बात थी। मगर एक घंटे बाद जब वह वापिस ऑफ़िस आया, उस समय मैं ऑफ़िस के बाहर ही खड़ा था। मैंने देखा, स्कूटर की फ्रंट लाइट टूटी है। फ्रंट की बॉडी एक साइड से पिचकी है। साथ ही मड-गार्ड भी।

"सॉरी यार! सामने से आ रही एक बुलेट ने टक्कर मार दी। पता नहीं आजकल के लड़के कैसे चलाते हैं!" यह कहते मेज़र अनिरुद्ध ने मुझे चाबी पकड़ा दी।

मुझे कितना दुःख हुआ, मैं ही जानता हूँ। किसी भी नई खरीदी गई चीज़ का टूटना कितना कष्टकारी होता है। और यदि वह वस्तु अपेक्षाकृत महँगी हो। मैं मन मसोस कर रह गया। चूँकि वह मेरा सीनियर था। एक अफ़सर पहले जैंटलमैन होता है। इसीलिए आइ.एम.ए., ओ.टी.ए. में कैडेट्स को जैंटलमैन कैडेट्स कहते हैं। आर्मी में तो खासतौर से अफ़सरों को सोशल ग्रेसेज़, एटिकेट्स, टेबल मैनर्स का मसीहा माना जाता है। ये क्यों नहीं सीख पाया। उसकी जगह मैं या कोई अन्य समझदार व्यक्ति होता, तो स्कूटर रिपेयर करा कर देता। और फिर अन्दर

से दुखित हृदय से दुःख व्यक्त करता। जैन्वुइन कन्सर्न। परन्तु उसने तो सिर्फ़ सॉरी कहकर पल्ला छुड़ा लिया। और ये बात मुझे अब तक कचोट रही है।

और शायद मेरी ईवनिंग-वॉक की धुन को तोड़ने की दूसरी वज़ह थी उसकी पत्नी कनुप्रिया। जिससे मैं सोशल गैट-टुगेदर, मैस पार्टीज़ आदि में मिला था। वह एक बोल्ड, सोशल एक्टिविस्ट, फैमिनिस्ट मूवमेंट फ़ॉर विमेंस लिबर्टी एंड एंपावरमेंट की कार्यकर्ता और स्तम्भकार थी। उसके लेख 'द ट्रिब्यून', 'द टाइम्स ऑफ़ इंडिया', 'द हिन्दू' के एडिटोरियल अथवा संडे-सप्लीमेंट में प्रकाशित होते रहते थे। मैंने भी उसके कई आर्टिकल पेपरों में पढ़े थे, जब मैं चैन्नई ओ टी.ए. (ऑफिसर ट्रेनिंग एकेडमी) में पोस्टेड था। और मैं प्रभावित भी हुआ था। दरअसल मैं भी नारी का—चाहे वह माँ हो, बहन हो अथवा पत्नी, उसे आदमी के बराबर का दर्जा देता हूँ। पहले गाँव में फसल कटने के दिनों मैं गाय-भैंस की देखरेख में माँ की मदद करता। माँ, बाबू के खेत से देर में लौटने पर खाना भी बना देता। माँ, बाबू ख़ुशी से झूम उठते, जब घर लौटने पर उन्हें दाल, चावल, सब्जी सब तैयार मिलता। परन्तु यह फसल कटने के दौरान अथवा किसी एक के बीमार हो जाने पर होता।

पार्टियों में कनुप्रिया से बातें करना मुझे भाता। उसको भी किताबें पत्रिकाएँ पढ़ने का शौक था। राजनीति, सोशल इश्यूज़, करैंट अफेयर्स और साहित्य में उसकी अच्छी पकड़ थी। और ऊपर से विचारों में बोल्ड। उसका मानना था कि प्रेम कभी भी, कहीं भी किसी से हो सकता है। शादी के बाद भी। मानता तो मैं भी था। परन्तु साहस नहीं था, अतः चुप रहता। परन्तु वह सबके आगे बेधड़क होकर अपने विचार रखती। लेखों में व्यक्त करती। एक न्यूज़ पेपर के संडे सप्लीमैंट में तो उसने ये तक लिख दिया कि यदि दो अपोजिट सेक्स वाले मेंटली क्लिक कर जाएँ, एक ही वेभ-लैन्थ हो, तो इच्छा होने पर 'वन नाइट स्टैंड' में कुछ बुरा नहीं है। भई प्यास लगी और पानी पी लिया। बस। पानी पीना कोई याद करने की चीज़ है भला! किस बात का अपराध-बोध! उसकी बातें उत्तेजक हुआ करतीं। कई बार पार्टियों में कनुप्रिया से बातें करते देख पत्नी घर पहुँचने पर डाँट मारती—बस कनुप्रिया के साथ चिपके रहते हो! सबसे मिला करो पार्टी में। लगातार एक से ही बात करना ऑड लगता है। मुझे पत्नी की बात सही लगी। मैस डिकोरम भी कोई चीज़ है। फिर उस दिन के बाद पार्टीज़ में हम जब भी मिलते, तो मैं उसे हाय-हलो कहके, इधर-उधर निकल जाता।

उसका पति अनिरुद्ध एक आत्म-केन्द्रित, कंजूस, मतलबी और नीरस आदमी था। किसको कैसे दुहा जाए—यही उसका एकमात्र लक्ष्य था। मुँह के अन्दर हमेशा गुटका रहता। गुटके के रस से भरा हुआ। बात करने के लिए उसे बार-बार थूकना पड़ता। अपने नीचे कार्य कर रहे कर्मचारियों के ए.सी.आर. वह तब तक नहीं लिखता, जब तक वह उनको पूरी तरह दुह नहीं लेता। चेहरा ऐसा सूजा हुआ जैसे कई बर्रों ने काट लिया हो उसे।

वॉक करते समय मैं इसी उधेड़बुन में था कि अनिरुद्ध के घर उसके साथ दो घंटे कैसे गुजारूँगा। टूटे हुए नए स्कूटर की कसक अभी भी मुझे पीड़ा दे रही थी।

शाम के आठ बजे उसके घर पर पहुँचकर मैंने बेल बजाई।

"गुड ईवनिंग सर"।

"गुड ईवनिंग। आइए तशरीफ लाइए।"

"थैंक्यू सर!" छाते को बन्द कर कोने में रख मैं अन्दर आया।

"बारिश ने परेशान कर रखा है सर। धूप ही नहीं निकल रही। कपड़े तक सूख नहीं पा रहे"—रूमाल से मुँह पौंछते मैंने सोचा बातों के सिलसिले को शुरू करने के लिए, मौसम से बेहतर कोई विषय नहीं है।

"हाँ, रेनी सीजन है"।

"गुड ईवनिंग अंकल!"

"गुड ईवनिंग बेटे! ये लो।"—यह कहते मैंने ज़ेब से कैडबरी चॉकलेट के दो बार अनिरुद्ध के पाँच साल के बेटे को पकड़ा दिए। 'थैंक्यू अंकल' कहते वह अन्दर चला गया।

"जो (जोशी) ये देखो, दो लार्ज के क़रीब व्हिस्की बची है इस बॉटल में। सो लैट्स हैव वन पैग ईच ऑफ़ ऑफ़िसर्स च्वाइस व्हिस्की।", बॉटल के तले पर चिपकी व्हिस्की को दिखाते अनिरुद्ध बोला।

"अरे रहने दीजिए सर। क्या यह सब ज़रूरी है?"

"कैसे रहने दें जो! आप हमारे घर आए हैं। सो लैट्स सैलिब्रेट" यह कहते वह पानी लेने किचन में चला गया।

मैं मन ही मन सोचने लगा कि कैसा होस्ट है। डिनर को बुला लिया और घर में ड्रिंक्स नहीं है। बगल में तो कैंटीन है। मैस है। पाँच बजे इसने मुझे डिनर के लिए इनवाइट किया था। इन दो-ढाई घंटे में तो ये जाकर ला सकता था। अजीब मेहमाननवाज़ी है! खैर छोड़ो। ज़्यादा क्या सोचना।

"गुड ईवनिंग मैडम!"—कनुप्रिया को आते देख मैंने उन्हें सोफ़े से उठकर विश किया।

"गुड ईवनिंग जी, अरे प्लीज़ बैठिए आप। कब आ रही हैं मिसेज़ जोशी?" यह कहते वह मेरे सामने वाले सोफ़े पर बैठ गई।

"बस मैडम दस दिन बाद पहुँच रही हैं।"

"जो, ये पकड़ो। चियर्स!"

"चियर्स।"

"मैडम ये रहा आपका सॉफ्ट ड्रिंक" अनिरुद्ध ने ग्लास अपनी पत्नी को पकड़ाया।

"अच्छा मैं ज़रा किचन में जाकर स्नैक्स बनाता हूँ। आप मैडम से बातें करें।" बिना मेरी तरफ़ देखे अनिरुद्ध किचन में चले जाता है।

"और मैडम आजकल किसमें व्यस्त हैं आप?"

"आजकल अगले महीने होने वाले एनजीओ कैम्प ऑन वीमेंस लिबर्टी एंड हर इंपावरमेंट पर होने वाले प्रोग्रेम्स को फायनल शेप देने में लगी हूँ। इसमें स्ट्रीट प्लेज़, लैक्चर सिरीज, इंटरव्यूज एंड इंटरेक्शन विद विलेज वीमेन शामिल हैं। कुछ आर्टिकल्स भी लिख रही हूँ। मेधा पाटकर, कविता कृष्णनन, कमला भसीन जैसी नामी हस्तियाँ भी शिरकत करने आ रही हैं। पाँच दिनों का कैम्प है ये। आसाम के गौहाटी के आसपास के कस्बों, गाँवों में।'

"आप भी जाएँगी उस कैम्प में"।

"ऑफकोर्स, ऑबवियसली।"

"ये लीजिए। फ्राइड पीनट्स और पापड़।"

"थैंक्यू सर।"

"और आजकल क्या पढ़ रहे हैं आप?"

"पिछले हफ़्ते लाइब्रेरी से राजेंदर सिंह बेदी का कहानी संकलन लाया था। वही पढ़ रहा हूँ। 'लाजवंती' कहानी तो ग़ज़ब की है। दो बार पढ़ गया। सर को दूँगा आपके पढ़ने के लिए।"

"अरे आपकी दो पुरानी पत्रिकाएँ, हाँ, मंटो पर केन्द्रित जब्तशुदा कहानियों के दो विशेषांक काफ़ी दिनों से मेरे ही पास पड़े हैं। कल इनके हाथ भिजवा दूँगी ऑफ़िस में।"

"कोई बात नहीं मैम।"

"जो! ये लो फ्रैंच फ्राइज।" अनिरुद्ध प्लेट दिखाते बोला।

"सर आप तो शर्मिंदा कर रहे हैं। बैठिए न आप। अब बस डिनर करेंगे।"

"वो भी करेंगे। एक और लो।"

"थैंक्यू।"

अनिरुद्ध एक बार फिर किचन के अन्दर चला गया।

"और मैम, इस बीच कुछ पढ़ा आपने?"

"हाँ, क़रीब एक महीने से बीच-बीच में जब भी टाइम मिलता है, सिमोन द बुआ की 'सेकेंड सेक्स' पढ़ लेती हूँ। क्या लिखती है! आँखें खुल जाएँगी आपकी। किस तरह पुरुष ने समाज में औरत का ऑबजैक्टीफिकेशन किया है। आदमी की सोची-समझी साजिश के कारण आज औरत हाशिए पर दयनीय, बेबस खड़ी है। यू मस्ट रीड इट!' यह कहते कनुप्रिया ने सामने सेंटर टेबल पर रखी प्लेट से एक फ्रैंच फ्राइ उठाया और फिर एक टाँग के ऊपर दूसरी टाँग रखते सोफ़े पर पसर-सी गई।

"ये लीजिए गरम-गरम क्रिस्प पापड़।"

"आप तो किचन के अन्दर ही व्यस्त हो गए। आप तो कह रहे थे नो एक्सट्रा एफर्ट। नो फॉर्मल डिनर।"

"अरे भई। ये तो मेरा रुटीन वर्क, आइ मीन, इट्स नार्मल इन एव्री होम।"

अपनी पत्नी को स्नैक्स दिखाने के बाद प्लेट को सेंटर टेबल पर रख 'लेते रहिएगा' कहते वह एक बार फिर किचन में समा गया। इस बीच कनुप्रिया अन्दर गई। मैं सोचने लगा बड़ा अजीब आदमी है ये। अपनी वाइफ को मेरे पास बिठाकर ख़ुद किचन से नहीं निकल रहा। और कनुप्रिया भी तो।

"ये देखिए। टाइम्स ऑफ़ इंडिया के संडे में मेरा आर्टिकल 'मी टू' पर।" यह कहते उसने मुझे एक पेपर पकड़ाया।

मैं अब पेपर पढ़ने लगा। आर्टिकल का शीर्षक था—'ए डिफरैंट काइन्ड ऑफ़ मी टू।' पूरा पढ़ने के बाद तो जैसे मेरे पैरों के नीचे से ज़मीन ही खिसक गई। अभी तक मैंने आदमियों द्वारा औरतों पर किए गए 'मी टू' के बारे में ही पढ़ा था। मगर इस लेख में प्राइवेट कम्पनी की एक सीनियर मैनेज़र ने अपनी ही कम्पनी के हॉल ही में नियुक्त एक नौजवान को घर में बुलाकर कई दिनों तक उसको 'मी टू' का शिकार बनाया।

"स्ट्रेंज। अनबिलीवेबल।" यह कहते मैं बेसब्री से अनिरुद्ध का किचन से

बाहर निकलने का इन्तज़ार करने लगता हूँ। अब कोई इस तरह के 'मी टू' पर एक महिला से कोई कितना खुल सकता है। समाज में शिष्टाचार की हद में रहना होता है।

"अब तो आदमी भी 'मी टू' का शिकार होने लगे हैं। सब पावर एंड पोजीशन का खेल है।" यह कहते वह एक बार फिर उसी टॉपिक को सामने ले आई।

"शिलाँग में आपने कौन-कौन सी जगहें देख ली।" टॉपिक को बदलने के लिए मैंने जान-बूझकर सवाल किया।

"अभी तो डॉन बास्को म्यूज़ियम, बटर फ्लाई म्यूज़ियम, लैटकोर पीक ही देख पाई हूँ"।

'उमियम लेक, नोहकालीकाई वाटर फॉल देखिएगा, देखने लायक हैं।'

मैंने घड़ी देखी, सवा नौ बजे थे। इस बीच मोबाइल की घंटी बजने से कनुप्रिया 'एक्सक्यूज़ मी' कहते अन्दर चली गई। मैं इस बात पर बैचेन था कि जब से मैं घर के अन्दर आया हूँ। कनुप्रिया का पति अनिरुद्ध किचन के अन्दर ही घुसा है और यह महारानी बन के मेरे साथ गप मार रही है। आफ्टर ऑल, शी इज ए हाउस वाइफ, होम मेकर आल्सो, बिसाइड्स ए सोशल एक्टिविस्ट। किचन में एक बार भी नहीं गई अब तक। शायद आया हो खाना बनाने के लिए...फिर भी, शी केननॉट टर्न ए ब्लाइंड आइ टुवर्ड हर मेन ड्यूटी, दैट इज किचन वर्क।

"खाना बनाने के लिए आया है आपके पास?" मैंने डिनर के बारे में अप्रत्यक्ष रूप से पता करने के लिए पूछा।

"अरे कहाँ मिलती है आया यहाँ। बहुत कोशिश की। नहीं मिली" पुनः सोफ़े पर बैठते वह बोली।

"अब देखिए, अगले वीक मेरे दो सोशल एक्टिविस्ट दोस्त सुदीप घोष और पुलकित पांडे आ रहे हैं यहाँ तीन दिन के सेमिनार में। टॉपिक है—'ए कंपेरिटिव स्टडी ऑफ़ मैट्रिआकल एंड पैट्रिआकल सोसाइटी—ए केस स्टडी। मेरा भी पेपर पढ़ा जाना है उसमें। दो-तीन दिन यहीं रहेंगे। उनके साथ व्यस्त रहूँगी।"

तभी मुझे याद आया कि अनिरुद्ध ने अगले सप्ताह तीन दिन की केज्वुल लीव के लिए कुछ दिन पहले ही एप्लाई किया था। अच्छा, तो ज़नाब अगले सप्ताह के तीन दिन किचन में खाना बनाएँगे, वॉशिंग मशीन में कपड़े धोएँगे, बेटे का होम वर्क, टिफिन वग़ैरह-वग़ैरह सब काम करेंगे।

"जो, कम फ़ॉर डिनर। एकदम इनफॉर्मल। नो एक्सट्रा एफर्ट। सिंपल।" हाथ में दो प्लेटें लिए अनिरुद्ध किचन से बाहर निकला और उसने प्लेटों को डाइनिंग टेबल पर रख दिया।

"आप भी चलिए मैडम। साथ-साथ बैठकर डिनर करते हैं।" सोफ़े पर बैठे-बैठे मैंने कहा। परन्तु मेरे मन में शंका हुई कि टेबल पर डोंगे तो रखे ही नहीं! प्लेटों पर खाना रखकर क्यों लाया होगा ! ये तो टेबल मैनर्स के विरुद्ध है। और न हम इतने करीबी दोस्त हैं जैसे गाँव का बिसन। खैर, यही सब सोचते-सोचते मैं सोफ़े से उठा और डाइनिंग टेबल की तरफ़ बढ़ने लगा।

"आँय!" मेरे न चाहते हुए भी मुँह से आवाज़ निकल ही गई।

"कुछ कहा?" कनुप्रिया मोबाइल की स्क्रीन पर कुछ टाइप करते बोली।

"मैम, वॉशरूम जाना था।"

"गो स्ट्रेट दैन टर्न लैफ्ट"।

"राइट मैम"

वॉशरूम के अन्दर पहुँचकर मैंने अपने दोनों हाथ वॉश-बेसिन पर टिका अपने को सँभालने की कोशिश की। एक तरह से मैं वॉश-बेसिन पर झुक सा गया। धीरे-धीरे सँभलती साँसों को नियंत्रित करते मैं दीवार में लगे शीशे पर देख पूछने लगा—डिनर में आमंत्रित कर क्या कोई अतिथि को ब्रैड-ऑमलेट खिलाता है! ग़रीब से ग़रीब आदमी भी जब किसी को खाने पर बुलाता है तो कम से कम एक दाल, एक सब्जी, रोटी, चावल, सलाद तो खिलाता ही है। बेशर्मी की पराकाष्ठा है ये तो। बुलाया ही क्यों फिर! मैस में मजे में दो सब्जियाँ, दाल, चावल, रोटी, पुडिंग सब खाने को मिलता। और आज तो शनिवार है। चिकन बनता है मैस में आज के दिन। क्या अनिरुद्ध ने नहीं बताया होगा वाइफ को कि उसने मुझे डिनर पर बुलाया है। वॉशरूम बिना इस्तेमाल किए मैंने फ्लश चलाया और फिर बाहर निकल आया।

"जो कम। टोमेटो सॉस, बटर, जैम, चीज़ स्प्रैड जो भी ब्रैड के साथ खाने की इच्छा हो, बिना तकल्लुफ़ के लेना। डॉन्ट बी फॉर्मल।"

"थैंक्यू सर!"

अब हम तीनों अपनी प्लेटों पर झुके खाने लगे।

"अच्छा क्रिस्प ऑमलेट बना लेते हैं आप!" मैंने सहज होने की कोशिश करते हुए कहा।

"शुक्रिया। सब मैडम का सिखाया है।"

"अनिरुद्ध आपकी छुट्टी सैंक्शन हो गई क्या?"

"कैसे नहीं होती। तुमने मुझे पन्द्रह दिन पहले जो बता दिया था। तभी पुट अप कर दी थी मैंने। आज ही सैंक्शन हुई है।"

"जो, हैव वन मोर स्लाइस"

"नो सर। थैंक्स"

डिनर खतम होने के बाद मैंने राहत की साँस ली क्योंकि मैं जल्दी से इस घर से निकलना चाहता था।

"जो, ये लो। पुडिंग ही समझो इसे। रेडी-मेड पुडिंग।"

"ओह एक्लेयर्स टॉफी! ये तो मुझे बेहद पसन्द है।"

"भई सबकी च्वाइस का ध्यान रखना पड़ता है।"

"अच्छा सर चलूँगा अब, थैंक्स फ़ॉर द लवली ईवनिंग। गुड-ईवनिंग मैम! गुड ईवनिंग सर!" दरवाज़े के कोने से अपना छाता उठाते मैं बाहर निकला।

"गुड नाइट डियर!"

बाहर घना दूधिया कोहरा था। रिमझिम वर्षा की फुहार अभी भी छाते पर तबला बजा रही थी। दूर तक सड़क पर फैली लैंप-पोस्टों की रोशनी घने कोहरे से लिपटे अँधेरे से मुक़ाबला करते पस्त होती नज़र आ रही थी। चारों तरफ़ एकदम नीरवता फैली थी। सड़क पर चलते हुए मेरे अन्दर विचारों का बवंडर उठ रहा था। पत्नी कितनी भी बड़ी क्यों न हो, घर में तो उसे गृह लक्ष्मी, हाउस वाइफ की मूल जिम्मेदारी तो निभानी ही पड़ेगी। इससे वह मुँह नहीं मोड़ सकती। हाँ, पति इन सब कामों में उसकी मदद कर सकता है। और करनी भी चाहिए। पत्नी के अस्वस्थ होने में पति को पूरे घर की पूरी जिम्मेदारी भी लेनी चाहिए। मैं भी तो पहले गाँव में करता था। अब ज़रूरत पड़ने पर पत्नी की मदद भी करता रहता हूँ। मगर अभी तो कनुप्रिया न बीमार थी और न व्यस्त। पूरे समय मेरे साथ गप मारती रही। सोशल एक्टिविस्ट बनकर वीमेंस लिबर्टी एंड इंपावरमेंट सेमिनारों, कैंपों में भाग लेकर ही कुछ नहीं होता। पहले अपना घर ठीक करो... चैरिटी बिगिन्स एट होम। सब साले बहरूपिए हैं।

सहसा मुझे कनुप्रिया का न्यूज़ पेपर में छपा लेख—'ए डिफरैंट काइन्ड ऑफ़ मी टू' याद आया। अनिरुद्ध की 'मी टू' की चीत्कार कनुप्रिया को क्यों नहीं सुनाई दे रही! अपने पति का कितने वर्षों से शारीरिक शोषण कर रही है और

इसका इसे पता ही नहीं! परन्तु प्राइवेट कम्पनी की सीनियर महिला मैनेजर द्वारा उसकी ही कम्पनी के एक युवक का शारीरिक शोषण इसे इतना प्रभावित कर गया कि उस पर एक आर्टिकल लिख डाला—ए डिफरैंट काइंड ऑफ़ मी टू। चराग तले अँधेरा।

अचानक मुझे एक आइडिया कौंधा। क्यों न उसके आर्टिकल के इस शीर्षक 'ए डिफरैंट काइन्ड ऑफ़ मी टू' से मैं एक कहानी लिख डालूँ। फिर कहानी के किसी पत्रिका में छप जाने के बाद एक दिन वह पत्रिका कनुप्रिया को पढ़ने को दूँ। साहित्य का एक महत्वपूर्ण उद्देश्य भटके हुए को सही रास्ता दिखाना भी तो है। जैसे सुदर्शन की कहानी 'हार की जीत'। डाकू खड़क सिंह का किस तरह हृदय परिवर्तन हो जाता है जब बाबा भारती उससे प्रार्थना करते हुए कहते हैं, 'इस घटना को किसी के सामने प्रकट मत करना। लोगों को इस घटना का पता चला तो वे दीन दुखियों पर विश्वास नहीं करेंगे।' और फिर वह सुनसान रात के अँधेरे में बाबा भारती के अस्तबल में उनके प्रिय घोड़े सुल्तान को बाँध आता है। और जैसे तब नादिरशाह का हृदय परिवर्तन हो गया था एक पल में, जब उसने दिल्ली में कत्लेआम बन्द करवाने का हुक्म दे डाला; जब दिल्ली के उस समय के बादशाह के वज़ीर ने, जो एक शायर भी था, नादिरशाह के पास सलाम बजाते एक शेर सुनाया—

कसे न माँद कि दीगर ब तेगे नाज़ कुशी,
मगर कि ज़िन्दा कुनी, ख़ल्क रा व बाज़ कुशी'

फारसी में कहे इस शेर का मतलब था : हे जहाँपनाह! तेरी तलवार के जौहर ने दिल्ली को श्मशान में तब्दील कर दिया है। अब तो तेरे पास इसके सिवा कोई उपाय नहीं कि तू मुर्दों को फिर ज़िन्दा कर दे और फिर उन्हें मारना शुरू कर।

जब नादिरशाह जैसे क्रूर, निर्दयी आदमी के ऊपर साहित्य का असर हो सकता है, तो...ये तो...

हो सकता है कहानी पढ़ने के बाद मुझसे नाराज़ हो जाए। पर मुझे क्या फर्क पड़ता है! छह माह के अन्दर तो पोस्टिंग आ ही जाएगी। फिर वो कहाँ और मैं कहाँ।

तो मैंने उसी शीर्षक से कहानी लिखनी शुरू की। ऑफ़िस की व्यस्तताओं के बावज़ूद दसवें दिन मैं कहानी को अन्तिम रूप दे पाया। फिर रजिस्टर्ड

लिफ़ाफ़े में बन्द कर उसे दिल्ली से छपने वाली एक साहित्यिक पत्रिका को प्रकाशनार्थ भेज दिया।

चार महीने बाद जिस दिन मेरी पोस्टिंग पठानकोट आई, उसी दिन मुझे पत्रिका के सम्पादक का 'स्वीकृति पत्र' मिला। लिखा था कहानी पत्रिका के आगामी अंक में आएगी। मुझे ख़ुशी हुई। लेकिन दु:ख भी हुआ कि मुझे एक माह के अन्दर ही शिलाँग से पठानकोट के लिए मूव करना पड़ेगा। कनुप्रिया को कहानी न पढ़वा पाने का अफ़सोस हो रहा था।

पठानकोट जाने के तीन महीने बाद वो कहानी पत्रिका मुझे डाक से मिली, जिसमें मेरी कहानी उसी शीर्षक 'ए डिफरैंट काइन्ड ऑफ़ मी टू' से छपी थी। अगले दिन मैंने उस पत्रिका को रजिस्टर्ड डाक से अपने एक दोस्त कैप्टन बुधवार को भेज दिया, जो आसाम रैजिमेंटल सेंटर शिलाँग में ही पोस्टेड था और मेज़र अनिरुद्ध के घर में उसका आना-जाना भी था। पत्र में मैंने उसे विशेष रूप से लिखा कि ये पत्रिका कनुप्रिया को कहकर देना कि इसमें मेरी कहानी छपी है।

कुछ ही दिनों बाद मुझे फील्ड एक्सरसाइज़ 'ऑप एलर्ट' के लिए सरहद पर जाना पड़ा। यूनिट के साथ। एक माह के लिए सरहद पर जाते ही सबसे सम्पर्क टूट-सा गया। तब मोबाइल का भी अविष्कार नहीं हुआ था। हुआ था भी तो हमारे देश में नहीं आया था। संवाद का आदान-प्रदान पत्रों के द्वारा ही हो पाता था। लैंड-लाइन सरहद में तब उपलब्ध नहीं थी।

एक माह बाद जब मैं वापस पठानकोट आया, तो मिलिट्री एक्सचेंज़ जाकर मैंने शिलाँग में अपने दोस्त कैप्टन बुधवार को कॉल बुक की। क़रीब पन्द्रह मिनट बैठने के बाद कॉल मिल गई। पहले दुआ-सलाम हुई। फिर हालचाल जानने के बाद मैंने बुधवार से कहानी के बारे में कनुप्रिया की प्रतिक्रिया जाननी चाही।

"कहने लगी, कहानी तो अभी नहीं पढ़ पाई। पर सर ये बताओ आपके और उनके बीच कुछ खटपट हुई क्या? वे दोनों तो आपकी बुराई कर रहे थे। कह रहे थे एक ही डिपार्टमेंट में रहते हुए, घर में डिनर करवाने के बावज़ूद भी पीठ पीछे बुराई...हाउ अनग्रेटफुल...!"

"मतलब उसने कहानी पढ़ ली है तभी तो...मतलब खड़क सिंह, नादिरशाह वर बैटर दैन हर...।"

"क्या कहा सर! आइ कुंट गैट व्हाट यू सैड..." फ़ोन पर दोस्त की आवाज़ सुनते ही उसने फ़ोन रख दिया।

□□□